COLLECTION
FOLIO/ACTUEL

Jean-Pierre Péroncel-Hugoz

Une croix sur le Liban

Édition augmentée de textes de référence

Lieu Commun

Au Liban, pays et idée

Comment te nommer, Liban ?
Comment ne pas te nommer ?

ANDRÉE CHÉDID

AVANT-PROPOS

J'ai écrit ce livre pour dire quelle merveilleuse (et redoutable) anomalie était naguère encore, en Méditerranée orientale, le Liban islamo-chrétien, accueillant aux persécutés de tous bords, seul Etat de la Ligue arabe à pratiquer sans réserve la liberté de conscience et d'expression.

Les quinze années que j'ai passées au Maghreb et au Proche-Orient, comme journaliste, m'ont fait mesurer tout le prix de ce pays en une région où l'homme a de moins en moins de valeur, dans la montée mêlée des censures et des obscurantismes.

Aujourd'hui, j'ai la triste satisfaction de voir que les pires déductions suggérées par ce livre, notamment quant au maintien des chrétiens au Liban comme citoyens vivant sur un pied d'égalité avec les musulmans, risquent fort d'être bientôt dépassées. Cependant la résistance des maronites dans leurs rocailles, face aux hégémonies environnantes, depuis plus de mille ans, a déjà accompli tant de prodiges que je veux croire encore à l'autre sens du titre de ce livre : le symbole de Jésus est et restera planté bien droit sur la montagne aux cèdres; le Mont-Liban ne peut pas subir le sort du mont Ararat.

J.-P. P.-H., *septembre 85*

Tous les ouvrages et périodiques cités dans ce livre sans indication de lieu de publication ont été édités à Paris.

I

UN NON-COMBAT DOUTEUX

Rien ne coûte plus cher que le dédain des origines.

Régis Debray

Si le Liban n'était qu'un pays, on n'aurait pas besoin de tant d'acharnement pour le supprimer. Avec tous les coups qu'il a reçus, toutes les trahisons qu'il a subies depuis le début, en 1975, de la guerre protéiforme qui le ravage, il aurait disparu de longue date. Mais le Liban est également une idée.

Une idée et une exception, celle d'un Etat de droit, du respect des droits de l'homme, au milieu de la géhenne orientale. Une grande métropole, une dizaine de petites villes, 1 500 villages, environ 3 millions d'habitants sur un bloc rocailleux comparable à la Corse par la taille, la pauvreté et aussi la beauté, bref un microscopique lieu de liberté parmi l'immensité, les richesses et les foules des satrapies arabes.

C'était encore trop. L'Union soviétique s'est accommodée d'une Autriche libérale, l'Allemagne communiste de Berlin-Ouest et les sultans malais du refus de Singapour de subir leur loi (islamique). Les régimes arabes de « droite » ou de « gauche » n'ont jamais encaissé le Liban, gênante antithèse de ce qu'ils sont. « Mon pays s'est immolé à la cause de la rationalité et à la progression des lumières, déployant des efforts inouïs pour le triomphe des principes d'un nationalisme tolérant, du cosmopolitisme, de la démocratie, de la laïcité et du modernisme, dans un milieu arabe qui ployait sous le joug de l'oppression politique, des coutumes désuètes et des rituels surannés », devait résumer Amine Gémayel [1] au temps où il n'était encore que député et où l'accession à la présidence ne lui avait pas coupé son franc-parler.

Le prodige libanais, naturellement, s'explique. Il tient à mille cinq cents ans d'endurance, de privations, de qui-vive, de drames, de sacrifices, notamment en vies humaines. Il ne s'est pas passé un demi-siècle sans que quelque barbe-bleue politique ne tente d'effacer le non-conformisme « libanais », depuis l'an 517 où les Byzantins massacrèrent sur l'Oronte 350 moines de la règle de saint Maron — les premiers maronites. Chez eux fermentait déjà cette passion pour l'indépendance d'esprit et de corps qui devait être ensuite, face à tous les empires, l'apanage de la nation décidément peu commune que sont, en Orient proche, les chrétiens du Liban.

Dès le Moyen Age, la France remarqua ce petit peuple qui, *mutatis mutandis,* menait le même combat qu'elle contre les hégémonies environnantes. Une complicité en naquit, du même type, affectif et philosophique à la fois, que celle unissant Polonais et Français. Au Liban, les chrétiens pourraient nous dire, comme Lech Walésa : « Notre combat est porteur d'avenir, même si l'Occident ne s'en rend pas compte. » Et encore, à Varsovie, la France n'a pas pris parti pour le général Jaruzelski !

Si la Pologne est homogène et quasi unanime dans sa résistance, le Liban ne l'est pas, ne l'a jamais été, et sans doute, congénitalement, ne pourra jamais l'être. Son noyau dur (le noyau du noyau, le nifé, étant maronite) [2], historique, est chrétien. Aider à le préserver, c'est garantir la pérennité de *tout* le Liban. Et « s'il est un pays qui puisse revendiquer le droit et à qui s'impose le devoir d' "intervenir" au Liban, c'est bien la France. Les responsabilités qui sont les siennes ne relèvent pas des droits classiques des Etats, mais des exigences spirituelles de l'Histoire. Aucun

1. Conférence à l'université Harvard, aux Etats-Unis, en février 1982.
2. Environ la moitié des chrétiens libanais sont maronites.

pays ne peut les partager avec elle, et elle ne peut les déléguer ou les taire sans se renier [3] ».

Ce Liban vu par Maurice Barrès — avant même la guerre de 1914 et sa reconstitution sous forme d'un Etat moderne — comme une « terre de souvenirs et pleine de semences », « n'est pas un pays riche [...], mais une tête de pont importante, la seule que nous possédions (dans la région) ; et si nous n'y sommes pas, d'autres s'y précipiteront à notre grand dam [4] ».

Il y a toujours eu, en France, un conflit, latent ou ouvert, entre ceux qui pensent que la France a une « mission » au Levant (et ailleurs) et ceux que de Gaulle appelait « la démission nationale » ; entre ceux estimant que « la protection des chrétiens d'Orient fait partie de la politique orientale de la France [qui] se rattache à des origines presque aussi anciennes qu'elle-même [5] » et ceux, tels Jaurès ou Clemenceau, opinant que la France n'a rien à faire en Méditerranée orientale.

A Jean Jaurès, député, Maurice Barrès, député également, demandait, en rentrant d'Orient, juste avant la Grande Guerre, d'appuyer à la Chambre son projet de sauvegarder l'enseignement du français dans ce qui était encore l'Empire ottoman ; le tribun socialiste fit à l'écrivain nationaliste cette réponse déconcertante : « Il est fatal et *légitime* que la prépondérance intellectuelle [y] appartienne à [l'Allemagne] qui [y] possède la prépondérance économique. Je ne m'associerai pas à votre campagne [6]. »

Cependant, tout au long de notre histoire, le courant de l' « absence » avait, généralement, eu le dessous, du moins en ce qui concerne le Levant *stricto sensu*. Après avoir grommelé : « Je ne suis pas très syriaque », Georges Clemenceau, président du Conseil, avait dû, à la fin de la Première Guerre mondiale, « ramener la France en Syrie »,

3. Michel Hayek, prêtre maronite, auteur notamment des *Arabes ou le baptême des larmes,* Gallimard, 1972, dans *Le Monde,* 9 juin 1976.
4. Maurice Barrès (1862-1923), *Une enquête aux pays du Levant.*
5. François Charles-Roux, *France et chrétiens d'Orient,* Flammarion, 1939.
6. Maurice Barrès, *op. cit.*

sous peine de voir son « abstention » lui être reprochée par ses compatriotes comme un « abandon [7] ».

Si nous avons précisé que c'est au Levant, au sens strict du terme, c'est-à-dire au Liban et en Syrie, que la France avait à peu près toujours rempli sa mission protectrice, de saint Louis [8] à de Gaulle, en passant par les Valois, les Bourbons ou Napoléon III, c'est bien parce qu'elle n'a jamais pu ou voulu en faire autant dans l'ensemble du Proche-Orient.

Ni lors du génocide arménien (1890-1918), ni lors de l'effondrement de la République arménienne (1920), ni lors des liquidations massives d'Assyriens en Irak (1846-1849, 1915-1918 et 1933), ni lors de la déposition par Sadate du pape copte (1981), pour ne citer que quelques faits saillants récents, la France n'a assumé le rôle de « protectrice des chrétiens d'Orient ». Si elle l'a joué au Mont-Liban, c'est avant tout parce que le goût farouche des maronites pour l'indépendance, et leur combativité, lui fournissaient un solide répondant. En outre, la France a toujours privilégié les catholiques par rapport aux Eglises non unies à Rome ; le congrès de Berlin, en 1878, devait d'ailleurs reconnaître le droit particulier des Français à veiller sur la catholicité orientale. Les maronites sont catholiques.

Dès les premiers massacres d'Arméniens, en Turquie, à la fin du XIXe siècle, Georges Clemenceau, Anatole France, Jean Jaurès et d'autres humanistes de ce temps avaient réagi, créant la revue *Pro Armenia.* Mais ils n'avaient pas fait agir la France politiquement ou militairement. Ce qu'il faut savoir aujourd'hui et si possible crier, écrire, y compris sur les murs, c'est que le processus qui, en un quart de siècle, a réalisé la quasi-éradication des Arméniens de leur sol

7. *France et chrétiens d'Orient, op. cit.,* voir p. 13.

8. La missive de Louis IX, datée du 21 mai 1250 à Saint-Jean-d'Acre (aujourd'hui, ville du nord d'Israël), adressée à la « nation maronite » (baron de Testa, *Recueil des traités de l'Empire ottoman,* t. III), est, pour beaucoup, le fondement des relations privilégiées franco-libanaises. Le roi capétien y écrit notamment : « Quant à nous et à ceux qui nous succéderont sur le trône de France, nous promettons de vous donner, à vous et à votre peuple, protection comme aux Français eux-mêmes. » François Ier, Mazarin, Louis XIV, Louis XV, de Gaulle agirent dans l'esprit du roi canonisé.

ancestral, est en marche au Liban, depuis 1975, pour les chrétiens de ce pays.

Ce génocide lent de ses plus vieux et plus fidèles amis en Méditerranée, la France de cette fin de siècle ne semble même pas le percevoir.

La constatation de cet aveuglement de « leur tendre mère la France », par les chrétiens libanais, a été très douloureuse. Longtemps, ils n'ont pas voulu y croire ; certains espèrent encore en un resaisissement de notre pays. Béchir Gémayel lui-même, dont la lucidité était presque effrayante et qui, en tout cas, ne se payait jamais de mots, avouera encore en août 1981, à une délégation de radicaux de gauche français : « Avec la France, il est difficile de déceler toutes les choses communes, qui existent entre nous, de les nommer, de les énumérer, elles sont incrustées dans l'inconscient collectif de nos deux peuples [...] Quelle longue et profonde complicité culturelle qui, depuis si longtemps, nous permet d'ourdir ensemble, par un même discours, dans le même langage, le complot de la liberté ! »

Pourtant nos coreligionnaires du pays des cèdres ont bel et bien perdu la cote parmi l'élite française. La nation française, dans ses profondeurs, est sans nul doute restée plus fidèle : en 1982, l'appel d'un hebdomadaire en faveur de l'hôtel-Dieu de France, bombardé à Beyrouth, rapporta, uniquement en chèques de quelques francs, bien au-delà de la somme espérée ; en 1984, un appel pour accueillir durant un mois en France 500 enfants libanais a obtenu en quelques jours les réponses favorables de près de 800 familles du Midi, etc.

Mais, parallèlement, la calomnie a creusé son cratère. Comme essaie de le montrer ce livre, tout a été fait, depuis dix ans, pour désinformer les Français à propos du Liban.

La France, l'Europe occidentale ne se doutent guère que l'*étatcide* et la chute possibles de tout le Liban dans l'enfer d'une dictature islamique plus ou moins intégriste, sans doute sous haute surveillance soviétique, les concernent directement. Ce qu'elles ont vu, sur leurs écrans de télévision, se passer à Beyrouth, avec la défaite morale des démocraties, l'humiliation des armées occidentales « canardées » (selon la cavalière expression de Claude Cheysson, ministre des relations extérieures) sans recevoir même l'ordre de s'autodéfendre, l'abandon d'un petit pays ami en perdition, la fuite de l'Amérique et de la France devant des bandes armées maniant le chantage à l'attentat, la volonté impitoyable d'un Etat dictatorial de 8 millions d'habitants à peine, la Syrie, entretenue par les deux astres rivaux de l'intégrisme islamique, l'Arabie séoudite et l'Iran, ce que l'Europe libre a regardé chaque soir pendant des mois, des années, indifférente ou blasée, sur son petit écran, c'est peut-être le tragique modèle réduit de son propre avenir.

L'alliance, contre-nature mais pourtant comme inscrite dans le ciel, entre la puissance militaire russe et la poussée de multitudes tentées par l'extrémisme islamiste, risque fort d'accoucher un jour de la force qui pourrait contraindre les Etats-Unis à larguer l'Occident européen. « Pendant que l'Europe essaie de parer aux fusées soviétiques, les Cosaques sont déjà là, sur les montagnes libanaises dominant l'entrée de l'Asie et de la Méditerranée. [...] Le barrage libanais est en train de céder. Qu'en sera-t-il de l'Europe et de l'Afrique, du désert pétrolifère arabe et du *Mare Nostrum* [9] ? »

Le refus des Euro-Américains de combattre au Liban, leur reculade devant les guérilleros de l'oppression et de l'ignorance, l'atonie des opinions publiques occidentales, c'est comme un duplicata des Européens de 1936 s'inclinant en mars de cette année fatidique, devant la remilitarisation de la Rhénanie par Hitler, au mépris du traité de Versailles.

Et comment ne pas voir dans le président Amine Gémayel, humilié, seul, au début de 1984, dans son palais de Baabda jonché de débris d'explosifs soviétiques lancés par les Syriens et les druzes, le reflet du malheureux Emile Hacha, chef de l'Etat tchécoslovaque, abandonné de la terre entière, convoqué à Berlin par le Führer, pendant que l'armée nazie envahissait son pays et le disloquait « sans que les Occidentaux réagissent autrement que par leur rhétorique habituelle en de tels cas [10] ».

9. Michel Hayek, *La Croix,* 23-24 octobre 1983.
10. Pierre Emmanuel, écrivain gaulliste, *France catholique-Ecclesia,* 17 février 1984.

La patrie d'Amine Gémayel était déjà partagée *de facto* lorsqu'il a dû se rendre à Damas, fin février-début mars 1984, pour y déchirer aux pieds du général Hafez El-Assad le traité libano-israélien du 17 mai 1983 (approuvé au parlement de Beyrouth par 64 voix contre 2 et 4 abstentions), sacrifiant ainsi l'un des derniers carrés de la souveraineté extérieure libanaise. Les vingt et un coups de canon de l'accueil solennel de la Syrie, dans lesquels les capitales occidentales ont, par couardise, feint de voir « un hommage à l'indépendance du Liban », rendaient en fait un écho lugubre aux bombardements de cette même Syrie sur le Beyrouth chrétien et aux ultimes et inutiles salves de l'armada américaine sur la montagne du Chouf — ces salves dont on sait aujourd'hui qu'elles visaient souvent le vide quand elles n'étaient pas tirées à blanc par le « navire de guerre le plus moderne du monde », ce *New-Jersey* de 270 mètres de longueur, pouvant lancer des obus d'une tonne à plus de 35 kilomètres de distance, et qui avait soulevé tant d'espoirs chez les Libanais avides de voir leur pays libéré ; ce *New-Jersey* que, dégoûtés, ils finirent par baptiser *New-Jersa,* la « nouvelle honte », en anglo-arabe...

La France a craint, si elle soutenait les chrétiens, de les désigner ainsi comme « les seuls propriétaires » du Liban. Or ils n'ont jamais revendiqué cette position, se présentant plus modestement comme les « gardiens du pays ». Des gardiens déterminés, certes, car ils savent que s'ils perdent le Liban ou le laissent devenir une autocratie comme les autres Etats du Proche-Orient, ils ne retrouveront plus jamais cette patrie dans laquelle ils sont des citoyens à part entière, à égalité avec leurs compatriotes musulmans.

L'enjeu majeur, et pourrait-on dire unique, de la guerre du Liban est là. Car, sous toutes les causes extérieures du conflit — et Dieu sait s'il y en a : palestiniennes, syriennes, arabes, israéliennes, russo-américaines, etc. —, le fond du problème est qu'il y a dans ce pays, comme le rappelait le vieux chef sunnite [11] beyrouthin, Saëb Salam, « des chré-

11. De même que le christianisme est divisé entre catholiques et protestants, l'islamisme l'est entre sunnites et chiites. Le chiisme, comme le protestantisme, s'est lui-même subdivisé en une multitude de sectes.

tiens et des musulmans [12] »... A côté de cette fausse lapalissade, tout le reste n'est que littérature.

Quoiqu'on fasse, les chrétiens se sentiront toujours angoissés, du moins tant que leurs compatriotes mahométans n'auront pas, une fois pour toutes, donné le pas à leur *libanité* sur leur arabité ou leur islamité, deux concepts qui les relient à tout un univers où, par les temps qui courent, il vaut mieux ne pas être chrétien ; et les musulmans se sentiront frustrés tant qu'ils n'occuperont pas, à Beyrouth, la totalité du pouvoir qui, à leurs yeux, leur revient de toute éternité, ou du moins de tout islam. Quel est le musulman qui n'a pas appris enfant que « l'islam domine et ne saurait être dominé », qu'un « musulman ne peut être gouverné que par un musulman » ? Allah a voulu cela, sinon il n'aurait pas dit à Mahomet, par la voix de l'archange Gabriel :

> « *Vous formez la meilleure communauté*
> *suscitée pour les hommes :*
> *vous ordonnez ce qui est convenable*
> *vous interdisez ce qui est blâmable [...]*
> *Si les gens du Livre* [13] *croyaient,*
> *ce serait meilleur pour eux.*
> *Parmi eux se trouvent des croyants,*
> *mais la plupart d'entre eux sont pervers.* »
>
> (Sourate de la famille d'Imrane, III, 110.)

Même s'ils méritent un coup de chapeau, que valent, face à la Parole divine, ces autres propos de Saëb Salam ? « Nous, musulmans, nous tenons avec insistance à ce que le chef de l'Etat libanais soit maronite. Je suis de ceux qui comprennent que nos frères chrétiens, et particulièrement les maronites, éprouvent des sentiments de peur qui ont des siècles d'histoire [14]. »

12. *The Wall Street Journal,* New-York, 18 juin 1982.
13. Expression la plus favorable, et la plus couramment utilisée par le Coran, pour désigner les israélites et les chrétiens. Ce verset est extrait d'*Essai d'interprétation du Coran inimitable,* Dar el-kitab el-loubnani, Beyrouth, 1978, la seule version francophone du Coran — due à l'arabisante française Denise Masson — approuvée par l'islam sunnite.
14. Le 16 mars 1984, sur Radio-Monte-Carlo-Proche-Orient.

Au début de la guerre, Husseïn Kouatly, directeur de *Dar el-fatoua,* la principale institution théologique sunnite du Liban, avait rafraîchi les mémoires avec la doctrine classique de l'islam face à la politique : « Le musulman ne peut admettre [...] les demi-solutions à l'égard du pouvoir. Ou bien le dirigeant et le pouvoir sont islamiques et [le musulman] est donc satisfait [...] ; ou bien le dirigeant et le pouvoir sont non islamiques et alors il le rejette, s'oppose à lui et s'emploie à le supprimer par la souplesse ou la force, ouvertement ou secrètement [...] Toute concession [politique] signifie forcément une concession à sa doctrine [...] Le musulman au Liban, en principe, ne peut être qu'engagé [dans] la création de l'Etat islamique [15]. »

Le système politique biconfessionnel, pour le moment en vigueur au Liban, est sans nul doute, pour paraphraser Churchill discourant sur la démocratie, le pire des régimes arabes, à l'exception, naturellement, de tous les autres... Les chrétiens en sont les garants, non pas en le dominant, mais par l'espèce de veto potentiel que leur donne la présence d'un des leurs à la tête de l'Etat, en vertu d'un « pacte national » islamo-chrétien, d'ailleurs purement verbal, conclu en 1943.

Le régime libanais est un peu comme une entreprise où un groupe d'actionnaires — en l'occurrence les chrétiens — détient 51 % des parts. Cette légère prééminence ne fait pas des musulmans des victimes, mais, bien au contraire, à peu près les seuls adeptes de cette foi, dans le monde arabe, non soumis à une tyrannie ou à un régime politique contraignant.

Hélas ! une partie des musulmans libanais, et l'influence islamiste [16] n'a fait qu'accroître leur nombre ces dernières années, préféreraient sans nul doute — du moins tant qu'ils ne la subissent pas — une dictature entièrement arabo-

15. Article de Kouatly dans *El-Safir,* quotidien financé par le colonel Kadhafi, Beyrouth, 18 septembre 1975.
16. Le néologisme « islamiste », substantif ou adjectif, induit l'intégrisme (ou fondamentalisme) tandis qu' « islam » ou « islamique » restent neutres ainsi que « musulman », « mahométan » et « mohamédien ». Islam avec une majuscule désigne la communauté humaine, la civilisation tandis qu'islam avec une minuscule s'applique à la religion (l'islamisme).

islamique plutôt qu'un régime libéral où le pouvoir est partagé avec des chrétiens. Elu en 1972, et jamais renouvelé depuis lors en raison de l'état de guerre, le parlement de Beyrouth tout « désuet », « vieillot » et « anachronique » qu'il puisse paraître n'en est pas moins « l'expression la moins dévoyée de la volonté populaire à travers tout le monde arabe [17] ».

Les chrétiens du Liban, pris individuellement, ne sont peut-être pas des modèles de tolérance, surtout après ce qu'ils ont subi depuis 1975. Pourtant, un gouvernement libanais dans lequel la primauté appartiendrait aux musulmans serait immanquablement moins clément pour les chrétiens que le gouvernement à « prépondérance » chrétienne ne l'est pour les musulmans. Même s'il n'aime guère son compatriote musulman, un chrétien du Liban reconnaît qu'il y a égalité juridique et humaine entre eux. Même s'il éprouve la plus vive sympathie personnelle pour son compatriote chrétien, un musulman n'admettra pas cette égalité entre eux, sauf s'il est partisan, ce qui est de plus en plus rare, de la laïcité. Le droit et la jurisprudence islamiques instituent une hiérarchie incontournable entre les « vrais croyants » et les autres. Tout le reste n'est que faux-semblant et propagande.

L'islamisme a été et sera peut-être encore une force de progrès, de pondération et d'échange. Aujourd'hui, il est tout ce que l'on voudra sauf cela.

Avec un chef d'Etat chrétien, les Libanais ont au moins l'assurance de ne pas découvrir, en ouvrant la radio, comme les Soudanais en 1983, qu'ils sont désormais placés sous l'empire exclusif de la loi coranique, avec ses inégalités entre les sexes et les religions, ses châtiments cruels, ses contraintes d'ordre privé ou public, etc.

Le Liban, ce petit mais héroïque bastion de la modernité, du non-exclusivisme, des droits de l'homme *et de la femme,* ce contrepoint de l'Iran ou de l'Albanie, aurait dû plaire à l'Occident qui, en principe, honore les mêmes valeurs. Il n'en a rien été. C'est dans l'indifférence glaciale de l'univers

17. Lucien George, *Le Monde,* 17-18 juin 1984.

que, début mars 1984, l'ambassadeur du Liban aux Etats-Unis, Abdallah Bouhabib, pouvait décrire « la mort d'un rêve, l'assassinat d'un espoir : le concept du Liban, l'idée dont le pays était féru depuis des siècles était la liberté, le pluralisme et le respect du droit et de la dignité de l'homme. Nous avons essayé sans jamais complètement réussir, mais toujours avec une grande dévotion, d'atteindre ces nobles objectifs. La cause de la démocratie et du pluralisme a subi un grand échec. Le Liban tel que nous le connaissions a probablement disparu pour toujours ».

Ce que les Français n'ont plus senti, depuis la disparition de De Gaulle, c'est que les musulmans — qu'on le veuille ou non, tout se jauge en Orient à l'aune confessionnelle — auraient trouvé normal que la France continuât de soutenir au Levant les coreligionnaires de la majorité de ses propres citoyens. En retirant son appui aux chrétiens du Liban, elle a perdu le plus clair de son crédit dans ce pays, car elle n'a pas gagné, en échange, comme elle l'escomptait, l'audience des mahométans. Leur réaction et celle de nombre d'autres musulmans, non libanais, a souvent été : « Si la France, qui est chrétienne, trahit des chrétiens, que nous réserve-t-elle à nous qui sommes d'une autre foi ? » Lors d'un voyage à Bagdad, Raymond Barre, alors premier ministre, à son grand étonnement, s'entendit reprocher par le président (musulman) Saddam Husseïn « la défaillance de Paris dans son amitié séculaire pour le Liban [18] ». *L'homo laïcus* de la rive septentrionale de la Méditerranée avait oublié que sur la rive méridionale vit *l'homo religiosus.*

Sous le septennat de François Mitterrand, pourtant, les choses avaient paru bien commencer pour le Liban. En homme féru d'histoire et sensible au rang de la France dans le monde, le nouveau président ne pouvait ignorer l'importance du Liban pour nous. Les responsables libanais de tous ordres reçus à l'Elysée sentirent vite le changement : « On est écouté avec une attention qui nous change de la période giscardienne. » Le soutien à l'Etat libanais fut d'abord sans faille.

18. Selon le journaliste libanais Antoine Basbous, *Le Monde,* 31 juillet 1982.

Mais le Quai d'Orsay veillait. Peu à peu, de déclaration en déclaration, Claude Cheysson réussit à présenter le gouvernement de Beyrouth comme une « faction en lutte » parmi d'autres.

Isolé, sur la question libanaise, dans son propre milieu politique, assiégé par son ministre des relations extérieures, accablé de récriminations par la grappe de professeurs qui, au Parti socialiste, croient préparer une « nouvelle diplomatie pour la France » en piétinant le délicat humus des siècles qui permet à notre pays de conserver un rôle mondial, le président de la République finit par craquer. L'abandon par Paris de l'Etat libanais, de ce fragile Etat qui avait pourtant mieux résisté à dix années d'épreuves que certainement n'auraient pu le faire les plus « forts » des régimes arabes, fut annoncé par un Mitterrand penaud au détour d'une phrase, le 12 février 1984, lors d'une conversation à bâtons rompus à la télévision.

L'explication fournie était que la position du président libanais, Amine Gémayel, paraissait « très compromise ». C'était précisément à ce moment-là qu'il fallait le soutenir ! Non point pour faire étalage d'esprit chevaleresque, mais parce qu'une nation comme la France se doit d'être toujours du côté du droit — la présidence de la République libanaise étant le dernier rempart d'un Etat légitime et légal.

François Mitterrand avait eu beau proclamer, en novembre 1983 : « Le Liban et la France, c'est une vieille et grande histoire. Je suis porteur de plus d'une tradition, d'intérêts légitimes, de grands intérêts. Je ne peux pas signer — je m'y refuserai — la disparition de la France de la surface du globe, en dehors de son pré carré » ; pourtant — par sa politique libanaise en zigzag, faite de coups de cœur sans lendemain (sa visite à Beyrouth, en 1983, après le sanglant attentat contre un poste militaire français) et de vœux pieux (« la France n'a pas d'ennemis au Liban »), jusqu'au bouquet final de la retraite devant les menaces de terroristes sans visage — il a bel et bien favorisé l'éviction de la France du Liban. Si ce n'était que le Liban ! Mais Paris va prendre peu à peu conscience de ce que représentera, à l'échelle du Proche-Orient, la chute de notre influence à Beyrouth, dans cette région où, paradoxalement, nous livrons aux rapaces le loyal agneau libanais dans le même temps où nous misons plus que jamais sur de très incertains loups des sables.

Qui peut comprendre cette politique ? On nous dit que nous n'avons pas les moyens de sauver le minuscule Liban. Dès lors aurions-nous ceux nécessaires pour inverser le cours des événements dans le gigantesque conflit irano-irakien ? Nous avons déserté Beyrouth quand nous nous engagions plus lourdement aux côtés de Bagdad.

La vérité, c'est que Paris, ayant oublié la bonne vieille recette capétienne et gaullienne permettant à la France à la fois d'entretenir des rapports multiformes avec les puissances musulmanes et de ne pas ménager sa protection à la Chrétienté du Levant, s'est imaginé qu'il perdrait ses marchés en arabodollars s'il appuyait la cause chrétienne libanaise.

> « *La France emporte notre démocratie*
> *A la semelle de ses talons*
> *Et pour de l'or noir d'Arabie*
> *A retiré ses bataillons* [19]. »

Mauvais calcul, car les Arabes, en bons négociants, vont seulement, comme le prouve toute l'histoire de leurs relations commerciales, où est leur intérêt. Les quelques succès remportés dans l'aire musulmane par les exportateurs français tiennent à la qualité ou à l'attrait de certaines de nos productions et non pas à nos mesquines manœuvres antilibanaises. La plupart des autres puissances occidentales réalisent d'ailleurs de meilleures affaires que Paris au Proche-Orient, sans s'être grimées comme nous en mamamouchis.

Cependant, depuis François Ier, pour s'en tenir aux Temps modernes, les Libanais ont constamment été, et sont encore, en Méditerranée orientale, nos meilleurs introducteurs culturels, commerciaux, politiques. Dans cette région mouvante s'il en est, la francophilie libanaise a été non seu-

19. Vers publiés dans *Informaction,* Montréal, mai 1984, par un juif libanais exilé au Canada, Alberto Delburgo (Libertus).

lement précieuse pour la France mais fructueuse pour les nations arabes désirant se moderniser.

Cette coopération aurait pu continuer. C'est nous qui avons tout fait pour y mettre fin, comme si, et c'est hélas ! sans doute le cas, nous étions fatigués de notre rôle en Orient méditerranéen. C'est nous, et nous seuls, qui nous serons privés de ce point d'appui unique qu'était le Liban. L'erreur a été de croire que tel ou tel autre pays arabe pourrait, le cas échéant, être notre allié intime au Levant. Le seul sur qui nous aurions peut-être pu compter était l'Egypte, mais la dérive intégriste y a tout compromis.

Prenons un seul exemple de l'impact libanais : la francophonie. Le Liban, dès le XVIIIe siècle, en a été le dispensateur dans les écoles de l'Orient. Trois des cinq universités libanaises — la nationale, la jésuite et la maronite — ont toujours conservé le français comme langue de travail, au côté de l'arabe. Alors que la Grèce, la Turquie, l'Egypte, Israël et jusqu'à la Syrie prosoviétique se mettaient à l'anglo-américain, les Libanais, avec quelques Egyptiens souvent d'origine libanaise, maintenaient sans complexe au Proche-Orient dans l'enseignement, la presse, la littérature, le cinéma, le théâtre, la recherche, la médecine et même la banque, sans parler de la vie quotidienne, l'usage du français. Des enseignants formés au Liban ont largement contribué à répandre le français parmi une vingtaine de nations d'Orient arabe et des deux Amériques où est présente la diaspora levantine. L'un des deux ou trois dramaturges francophones contemporains les plus joués à travers le monde est Georges Schehadé *(L'Emigré de Brisbane).* Et Andrée Chédid, qui a célébré, en français, le *Double-Pays,* est née au Caire, de sang libanais.

L'abandon culturel, un jeune diplomate français rentrant de Beyrouth en 1982 l'avait touché du doigt, qui nous confiait : « J'ai assisté un jour à ce pénible dialogue entre M. X., haut-fonctionnaire au Quai d'Orsay, et un conseiller de l'ambassade de France à Beyrouth : "A combien se monte au total votre effectif de coopérants ? — Environ 200 personnes. — C'est beaucoup trop. — Mais comment, notre effectif était de 400 avant la guerre et il a diminué de moitié depuis lors ? — C'est encore beaucoup trop !" »

S'il existait une haute cour culturelle, il y a des responsables français qui mériteraient sans doute d'y être traduits pour « atteinte aux positions intellectuelles de la France à l'étranger ». A la faveur de la guerre du Liban, fut vendu, sans bruit, le grand lycée français Abdelkader de Beyrouth-Ouest (13 500 m²), pour éponger les déficits métropolitains de la Mission laïque française au lycée de... Draveil (Essonne). La Cour des comptes fut estomaquée de découvrir, mais trop tard, cette transaction contraire à tous les intérêts culturels de la France au Liban.

On peut rester insensible à la communauté de conception du monde, de genre de vie, de religion ou d'intérêts, mais pour refuser son aide à ceux qui nous la demandent *dans notre propre langue,* à laquelle, qui plus est, ils ont rendu de signalés services, il faut avoir le cœur desséché par l'anglomanie, comme Valéry Giscard d'Estaing ou Claude Cheysson.

La méconnaissance de la réalité libanaise était d'ailleurs telle, chez Giscard, qu'il fit éclater de rire tout le Proche-Orient lorsque, au printemps de 1981, dans le seul but de ramasser quelques voix de plus à l'élection présidentielle proche, il annonça l'envoi de deux avions sanitaires français à Beyrouth, dont un seul d'ailleurs partit. Or, même en pleine guerre, le Liban continuait de disposer (avec Israël) du réseau hospitalier le plus efficace du Proche-Orient, à telle enseigne que des patients syriens ou égyptiens préféraient courir le risque de recevoir un obus en venant se faire traiter à Beyrouth plutôt que de se livrer aux services médicaux mortifères de leurs pays respectifs...

Résultat : il fallut que les diplomates français se livrent à d'humiliantes contorsions pour que l'Elysée voie au moins arriver à Paris une vingtaine de blessés libanais, auxquels nos services de santé osèrent ensuite présenter la note des prothèses dont ils avaient été pourvus... Voilà à peu près toute l' « œuvre » giscardienne en faveur de nos plus anciens partenaires en Méditerranée tombés dans le malheur ! On retiendra aussi de Giscard ces mots à l'adresse du général Assad qui venait d'envahir le Liban et était néanmoins reçu en grande pompe à Paris, ces mots qu'un de Gaulle aurait préféré se faire couper la langue plutôt que les prononcer : « Rien ne nous satisferait davantage que de constater que le concours de la France au Liban n'est pas nécessaire [20]. »

Quant à Claude Cheysson, il fit non point rire mais frémir le Proche-Orient, où toutes les confessions sont à cheval sur le respect des usages, notamment les jours de deuil : lorsque, au lendemain même de l'assassinat de Béchir Gémayel, à la mi-septembre 1982, le chef de la diplomatie française se rendit à Beyrouth, au cours d'un de ces grisants voyages éclairs en avion particulier qu'il affectionne particulièrement et qui ne servent, généralement, à rien (à part justement de le « griser »), il n'alla même pas serrer la main à la veuve du défunt. Notre ambassade avait naturellement informé le ministre de la rigueur des us régionaux lors d'un décès, surtout lorsqu'il s'agit d'un chef. Mais Claude Cheysson, chrétien de « gauche » à défaut d'être chrétien tout court, et à qui les phalangistes « font horreur », refusa de se plier à une coutume qui n'est pourtant, au-delà de la politique, rien d'autre qu'humaine. Même les ennemis les plus virulents de Béchir Gémayel, les communistes libanais, étaient allés embrasser la famille du disparu... L'Orient, encore une fois, nous donnait une leçon.

Si Giscard est un dur du mondialisme, Cheysson en est un du tiers-mondisme. Cela se vaut. Et cela ne se réduit pas à une absence de « bons sentiments ». Il s'agit de cynisme chez Giscard, d'aversions personnelles chez Cheysson, dans les deux cas si forts qu'ils engendrent la myopie politique. On peut bien mépriser ou vomir les phalangistes. On ne peut pas négliger que, sans eux, on ne parlerait plus du Liban depuis longtemps : il aurait complètement et définitivement été partagé entre Palestiniens, Syriens et Israéliens, comme au XVIIIe siècle la Pologne découpée par la Prusse, l'Autriche et la Russie. Or la politique affirmée de Paris a toujours été en faveur de « l'intégrité et de la souveraineté libanaises ».

20. *Le Monde,* 19 juin 1976.

Si ces notions ont pu conserver, jusqu'à maintenant, quelque apparence au Liban sur 1 000 km^2, soit moins du dixième du sol national, si Amine Gémayel peut encore être le roi de Bourges à Beyrouth-Est, c'est uniquement grâce à la résistance d'une partie des Libanais, organisée par ces insupportables phalangistes. Ce qui gêne à Paris, c'est que « cette résistance est uniquement chrétienne ». Est-ce que la résistance française à l'occupation nazie fut unanime ? Allons donc ! Pas un Français sur cent y participa ! En a-t-elle moins de valeur pour autant ?

Qu'importe tout cela ! Aux yeux du ministre des relations extérieures, la présence de la France au Liban appartient au passé. Il le décrète allègrement, sans l'ombre d'un regret, d'une hésitation. « C'est un pays où *nous avons eu* une responsabilité historique », lance-t-il le 28 février 1983 [21] alors que nos troupes sont encore là-bas. Fouaillé par l'impitoyable Marie-France Garaud et n'osant plus servir le seul argument qui ait sans doute jamais justifié à ses yeux l'envoi de notre armée au Liban — « la protection des populations palestiniennes » —, le si peu nationaliste Claude Cheysson, dont on ne pouvait évidemment attendre qu'il citât les dangers assaillant les chrétiens ou le gouvernement du Liban, découvre soudain « les 7 000 Français qui sont notre vraie vie commune avec le Liban ». Quelques milliers de résidents français jamais invoqués par Paris en neuf ans de guerre et qu'un ministre met brusquement en avant, un soir, pour argumenter une politique misérable, quitte à les abandonner ensuite à eux-mêmes puisque l'orateur savait très bien, pour y avoir personnellement contribué, que les forces françaises allaient un mois plus tard quitter Beyrouth... Plus de mille ans d'histoire commune ramenés à la protection, au reste éphémère, d'une petite colonie de doubles nationaux !

Marc Bonnefous, ancien ambassadeur de France à Tel-Aviv, directeur du département Afrique du Nord - Moyen-Orient, que je visitais au Quai d'Orsay en février 1984, est le type même du haut bureaucrate à l'âme glacée pour qui « moins il y a d'embêtements mieux cela vaut ». S'il avait

21. Sur la première chaîne de télévision française.

bien lu Giraudoux, qui parlait là en diplomate plus qu'en écrivain, il aurait pourtant su que la vocation de la France est justement d'être « l'embêteuse du monde ». Bonnefous justifia la politique de son ministère au Liban, et en particulier le proche rappel des 2 000 soldats français de Beyrouth, par la nécessité d'être prêt, si nécessaire, à se battre « en première ligne ». « Où ça ? — Mais en Afrique du Nord, où la France ne pourrait tolérer que s'installent des régimes khomeinistes. — Le Quai met donc une croix sur le Liban... — Si vous voulez. Une croix, ça fera plaisir aux chrétiens... »

Le décrochage occidental au Liban est le plus formidable encouragement que le mouvement islamiste ait jamais reçu depuis son émergence au milieu de la décennie 70. Pour préserver le Maghreb, il fallait, d'abord, ne pas céder au Machrek.

Le premier indice, mineur mais probant, de l'abandon de la cause libanaise par les socialistes avait été, en mai 1983, le refus d'émettre — avec, ensuite, une descente de police nocturne, comme s'il s'était agi de détruire un foyer subversif — opposé à la petite station de radio privée parisienne, la Voix du Cèdre, qui diffusait des nouvelles du Liban et du monde arabe aux quelque 50 000 Libanais établis ou réfugiés à Paris et aux Parisiens attentifs aux événements de cette partie du monde. Las ! La Voix du Cèdre était « phalangiste », « chrétienne », « conservatrice »... Elle s'unit avec Radio-Orient, station musulmane. Nenni ! On écrivit au premier ministre de l'époque, Pierre Mauroy. Point même de réponse.

Les citoyens en exil d'un Etat ami se voyaient privés d'informations sur leur pays en guerre ! Au même moment, les Portugais, les Latino-Américains, les Maghrébins, les juifs, les Antillais, etc, obtenaient d'émettre. Radio-Orient, bien pourvue en pétrodollars, a recommencé ensuite à fonctionner, venant s'ajouter à plusieurs autres stations, autorisées ou non, de « sensibilité musulmane », captables à Paris : Radio-Beur, Radio-Berbère, Radio-Soleil-Goutte-d'Or, Radio-Soleil-Ménilmontant, Radio-Arabe, Fréquence Immigrée Maghreb-Afrique, etc. En somme, toutes les ethnies orientales ont le droit de s'exprimer, sauf les chrétiens du Liban...

En apprenant la « récupération » de la Voix du Cèdre, une heure par jour [22], par Radio-Solidarité (opposition), les cercles gouvernementaux français firent des gorges chaudes, y voyant la « preuve » que les Libanais chrétiens ont « partie liée » avec les milieux « les plus droitiers ». Noble attitude consistant à ne pas laisser aux victimes d'autre issue que celle qu'on leur reproche ensuite d'avoir « choisie »... Où était la fameuse « générosité » socialiste ?

Mais ce coup de canif n'est rien, cent fois rien à côté de l'erreur de fond de la politique des socialistes français au Liban : y avoir été à la traîne des Américains, quitte à se déconsidérer en les critiquant puis en les imitant quelques jours après, que ce soit pour les raids aériens ou pour le départ définitif. Le mimétisme français était hélas ! originel dans cette affaire : déjà, lors de l'envoi de la première force franco-américaine à Beyrouth pour l'évacuation des miliciens palestiniens, à la fin de l'été 1982, Paris n'avait rien eu de plus pressé, l'opération terminée, que de retirer ses troupes du Liban, à l'image de Washington, alors qu'en y restant elles auraient pu éviter le drame de Sabra et Chatila.

La leçon ne servit point. Le 22 septembre 1982, le président annonçait, plein de mâle gravité, le retour de nos soldats à Beyrouth. Fort bien ! Malheureusement, François Mitterrand précisait dans le même souffle que nous ne serions sur place que « dans les trois jours qui viennent ». Pourquoi ce délai ? Pour ne pas arriver plus tôt que les fusiliers-marins des Etats-Unis, alors qu'il aurait fallu, au contraire, dès ce moment-là, choisir symboliquement de ne pas tenir compte, pour agir, de ce que faisaient les Américains. Cheysson eut beau, par la suite, s'égosiller à répéter que nous n'étions pas sur la même « roue dentée » que les Etats-Unis, nous y fûmes constamment, livrant comme les Américains un non-combat douteux avant la débandade finale.

Mitterrand est, sur ce point, d'autant plus coupable

22. Le temps d'antenne est facturé 10 000 F par mois à la Voix du Cèdre par une radio qui s'appelle pourtant « Solidarité »...

d'avoir agi ainsi qu'il n'a jamais eu d'illusions quant à la capacité de l'administration Reagan de se comporter autrement au Liban qu'en éléphant dans un champ de mines. En novembre 1982, au cours d'un déjeuner à l'Elysée, le chef de l'Etat nous affirma qu' « il ne pensait pas, contrairement à la Maison-Blanche, qu'un début de solution s'amorcerait au Liban dans les premiers mois de 1983, avec le retrait progressif des forces d'occupation syriennes et israéliennes » ; ce en quoi il voyait juste. Il se déclara donc prêt à augmenter nos forces à Beyrouth, et, du reste, il tint parole, en février 1983, portant de 1 650 à près de 2 000 le nombre de marsouins et de légionnaires dans le Grand-Beyrouth.

Ce qu'il ne fit pas, en revanche, en dépit de ce qu'il nous avait laissé entendre le même jour, c'est d' « entreprendre quelque chose au Liban si les Américains, comme je le pense, ne font rien ». Même sans « entreprendre » quoi que ce soit, Paris aurait pu s'en tenir, ce qui aurait déjà été très appréciable pour les frêles autorités libanaises, à un soutien ferme et définitif à Amine Gémayel.

Les rares aspects bénéfiques de la présence, durant un an et demi, du contingent français au Liban, tels la réouverture et le contrôle du passage du Musée entre les deux Beyrouths, furent obtenus au corps défendant de Cheysson. De même, il fallut lui forcer la main pour installer sur la ligne de démarcation, en 1984, 80 « casques blancs » français, armés de leurs seules jumelles pour détecter les violations du cessez-le-feu, et qui, par leur courage, pansent un peu l'honneur blessé de l'armée française au Liban. De cette armée dont nombre de membres rentrèrent en France, en mars 1984, visages et poings fermés, humiliés d'être « allés là-bas pour défendre le Liban et d'en être revenus après en avoir été réduits à ne même plus nous défendre nous-mêmes ». Ulcéré, le vice-amiral Bernard Klotz, chef du groupe d'appui naval « Olifant » au Liban, refusa d'assister à la « grandiose » cérémonie de départ de nos troupes que les ministres Cheysson et Hernu firent organiser pour eux à Beyrouth. En quoi une retraite en bon ordre efface-t-elle une défaillance politique ?

Il n'y a pas qu'à l'Elysée ou au Quai d'Orsay que l'on a fait une croix sur le Liban. Fin février 1984, j'allai voir Jacques Chirac en sa mairie de Paris. « Le Liban ? Oui, j'arrive d'Abidjan ; à l'escale de Dakar, j'ai reçu une délégation de Libanais d'Afrique... — Mais encore ? — Ben, je ne sais pas... Si, il aurait fallu que la France envoie 25 000 hommes à Beyrouth dès le début, et non pas 1 500, et qu'ils épaulent pour de bon le pouvoir du président Gémayel, mais elle n'en avait plus les moyens [23] à cause de la situation économique dans laquelle l'ont mise les socialistes. — Si vous pensez que le Liban en vaut la peine, pourquoi ne pas demander à tout le moins une réunion extraordinaire de l'Assemblée nationale sur ce pays ? — Oh ! Vous savez, le problème n'intéresse pas vraiment l'opinion publique française — Raison de plus pour lui faire prendre conscience que le Liban, c'est important pour la France ! — Oui, peut-être... » Et, naturellement, rien ne fut entrepris par celui qui se veut pourtant « l'héritier du général de Gaulle ».

Quant à Jean-Marie Le Pen, il pose maintenant au défenseur des chrétiens du Liban, qui ont d'autant moins à gagner à cette tentative de récupération de leur cause que lorsqu'il s'est agi, début 1984, d'aider autrement que par le verbe lesdits chrétiens, c'est-à-dire maintenir notre contingent à Beyrouth, Le Pen était d'accord, comme la plupart de ses pairs du sérail politique français, pour retirer sans délai nos soldats...

Etrange et pervers système politique aussi que celui des Etats-Unis où, pour qu'un président soit réélu, il se croit obligé de livrer à ses ennemis un pays pro-occidental et d'humilier sa formidable armée en la faisant déguerpir devant des miliciens et des hommes de main. Généreuse

23. Crise économique ou pas, on peut se demander si la France, troisième fabricant d'armes mondial et troisième puissance nucléaire, représente encore une force armée conventionnelle dissuasive. Selon l'Institut international d'études stratégiques de Londres, la France (56 millions d'habitants, outre-mer compris) disposait, en 1983, de 1 668 chars, 522 avions de chasse et 783 pièces d'artillerie lourde. Les chiffres de la Syrie (8 millions d'habitants) et de la Libye (2,5 millions d'habitants) pour les mêmes variétés d'armement étaient alors respectivement de 4 200 et 2 900 chars, 457 et 533 avions, et 2 600 et 960 pièces d'artillerie.

Amérique qui couvre d'or Israël et l'Egypte, nations en paix, mais a contraint, en 1983, le Liban aux abois et en guerre à payer rubis sur l'ongle un milliard de dollars d'armement ! Figuraient sur la honteuse facture jusqu'aux fils de fer barbelés entourant les inutiles positions américaines de l'aéroport de Beyrouth — inutiles, car elles n'en permirent même pas la réouverture.

Stupéfiante incapacité aussi que celle d'un pays qui, on l'a souvent dit, est la seule grande puissance de l'histoire a être devenue impérialiste sans l'avoir cherché, mais à qui ses échecs, ses erreurs et ses reculs ne servent jamais de leçon ! Puisqu'il est acquis de longue date dans toutes les chancelleries qu'aucune solution stable au Proche-Orient ne pourra intervenir sans la participation des Russes, pourquoi avoir gâché dix années dans cette région à y tenter l'impossible — nier le poids de l'Union soviétique —, au lieu d'avoir invité Moscou à la table du règlement quand l'Occident pouvait y paraître, ce qui n'est plus le cas aujourd'hui, en situation de force ? Que de vies humaines et de positions auraient pu être sauvées !

Quant aux Français, sur lesquels les Libanais comptaient encore après la désertion américaine, et malgré le plus inutile de tous les raids aériens de la guerre du Liban (novembre 1983 : Baalbek, base islamiste, vagues d'avions Super-Etendard, communiqués de victoire à Paris ; objectif ennemi atteint : zéro ; victimes : une ou deux, dont un berger libanais...), ils ont tiré gloire — les politiciens, pas les militaires — de leur départ à pas plus lents que leurs alliés. En réalité, dans ce dernier acte, les Français se sont comportés comme cette reine du Portugal qui, voyant autour d'elle ses compatriotes prendre d'assaut les bateaux pour le Brésil afin d'échapper à l'invasion napoléonienne, leur criait : « Ne courez pas, on pourrait croire que nous nous enfuyons ! »

En 1956, Nasser s'était gaussé des « petits soldats français parfumés » qui avaient dû évacuer dare-dare le canal de Suez, non pas sous la menace de l'armée égyptienne, mais sous celle du verbe américano-soviétique. En 1984, les islamistes du monde entier, et jusqu'en plein Paris, se sont moqués des 90 infortunés soldats français « tués à Beyrouth dans leur lit ou en prenant le soleil, comme des femmes », et ils attribuent non sans raison le fiasco français au chantage à la bombe des kamikazes de la guerre sainte.

Jusqu'à une jeune journaliste algérienne établie en France qui n'aurait certainement pas la langue aussi bien pendue dans son pays d'origine et qui lance : « Bien fait pour leur gueule ! », à l'adresse des soldats français assassinés dans leur sommeil à Beyrouth, en 1983, par une bombe islamiste ! Les soldats d'une armée dont le général Gouraud, haut-commissaire de France au Levant de 1919 à 1923, avait pu dire, il y a un demi-siècle, qu'ils étaient « les parrains de l'indépendance libanaise ». Des parrains revenus pour assister sans bouger au supplice de leur filleul. Incompréhensible politique militaire d'un gouvernement qui refuse de porter secours à ses amis, ne riposte pas quand ses ennemis tirent sur ses soldats, mais déclenche une sanglante « bataille » (sic) contre des pêcheurs espagnols, en infraction mais paisibles (mars 1984).

La France est une grande nation qui a eu au Liban, depuis la disparition de De Gaulle, et depuis 1975 en particulier, une petite politique. En 1982-1983, François Mitterrand a eu des velléités d'y mener enfin, derechef, une grande diplomatie qui s'est terminée en pantalonnade tragique, car on ne s'est pas tenu à l'objectif comme s'il était au-dessus de nos forces, surtout de nos forces morales. En 1984, la France n'a plus du tout de politique au Liban, si ce n'est d'y rechercher des amis chez des gens qui, pour toutes sortes de raisons historiques ou culturelles, ne peuvent être que ses partenaires circonstanciels.

Charles de Gaulle, à peine de retour au pouvoir, en 1958, avait souffert mille morts, au moment de la crise provoquée au Liban par les nassériens, de voir les Américains débarquer seuls à Beyrouth tandis que la France restait impuissante, faute alors d'être prête pour une politique étrangère d'envergure. Il a dû se dresser dans sa tombe, lui qui ne demanderait l'avis de personne, en 1969, pour prononcer l'embargo militaire contre Israël coupable de lèse-Liban ;

lui, surtout, qui avait consigné dans ses *Mémoires de guerre :* « Je savais qu'au milieu de facteurs enchevêtrés une partie essentielle se jouait [au Levant]. Il fallait donc en être [...]. Je savais qu'entre Tripoli et Bagdad, en passant par Le Caire, Jérusalem, Damas [...] les passions et ambitions, politiques, racistes, religieuses, s'aiguisaient et se tendaient sous l'excitation de la guerre, que les positions de la France y étaient minées et convoitées, qu'il n'y avait, dans aucune hypothèse, aucune chance qu'elle en gardât aucune, si, pour la première fois dans l'Histoire, elle demeurait passive, alors que tout était en cause. »

En 1983-1984, en Orient proche, alors que « tout était en cause », la France s'est dérobée. Pour « la première fois dans l'histoire », elle a, au Liban, renié ses traditions et ses origines, fait fi de ses intérêts moraux et matériels permanents. Aura-t-elle jamais l'occasion de réparer cette faute ?

II

UN CRIME MÉDIATIQUE

On ne saura jamais ce que la peur de ne pas paraître à gauche aura fait commettre de lâchetés à nos Français.

Charles Péguy
(1873-1914)

Ne cherchons pas seulement les bourreaux du Liban parmi les Syriens, les Palestiniens, les Israéliens, les Soviétiques, les Iraniens, les Libyens ou d'autres encore, dont, bien sûr, ceux des Libanais qui n'ont pas cru en la nécessité du Liban. Les assassins sont aussi parmi nous. Des assassins qui, souvent, ne sont armés que de la parole ou de l'écrit, ou encore de cette force d'inertie dont Lénine constatait qu'elle était toujours la plus grande. Le chef de la révolution bolchévique savait aussi que « les mots gagnent des guerres ». Au Liban, ils ont fait des ravages. Un proverbe arabe avait enseigné, bien avant l'âge de la communication : « La gueule du canon est moins dangereuse que la bouche des calomniateurs. » Parmi les responsables de l'image négative des chrétiens du Liban, les têtes pensantes françaises se taillent la part du lion. Ce sont elles qui, par légèreté quand ce n'était pas par mauvaise foi, ont imposé aux opinions occidentales et, partant, aux gouvernants de l'Ouest, une vision ultra-simpliste du dossier libanais. Comme le relève Georges Corm [1], universitaire libanais de gauche (sans guillemets), on a donc eu d'emblée : « D'un côté, un christianisme dit minoritaire de "méchants exploiteurs" ; de l'autre, une

1. *Le Monde diplomatique,* novembre 1983.

masse islamique de “pauvres exploités”. Bulldozer géant, presse et médias du monde entier [...] se sont dépêchés de faire taire tout ce qui pouvait entrer dans cette merveilleuse dichotomie de chrétiens réactionnaires et de musulmans progressistes. »

« La démocratie, c'est, de plus en plus, la technologie aidant, la dictature de l'opinion, et je constate que l'opinion se trompe tout le temps », a pu affirmer [2] le théoricien de la libération du tiers-monde devenu chargé de mission à l'Elysée, Régis Debray, à l'occasion de la sortie de son livre *La puissance et les rêves* [3]. Debray a dit encore : « L'opinion est la partie frivole, la partie passagère de l'histoire, bien qu'elle soit à court terme terriblement oppressive [...] Mais, par-dessus le marché, il y a maintenant une technologie de l'opinion qui est vraiment oligarchique, élitiste, ultra-centralisée [...] C'est ce qui me fait peur. » Et de conclure : « L'opinion a toujours été contre les gens qui ont dit la vérité. La vérité blesse. » [4]

Les intellectuels — politiciens, journalistes, écrivains, religieux, penseurs et décideurs de tous ordres —, pour avoir voulu, une fois de plus au détriment de la vérité, se situer dans « le sens de l'Histoire », risquent fort d'avoir, à terme, l'occasion de se frapper la poitrine à propos du Liban.

Faire *mea culpa* appartient de toute façon à leurs habitudes. Pour ne pas remonter au-delà de 1945, ils ont déjà battu leur coulpe pour leurs erreurs de jugement sur la Russie stalinienne, la Chine de la « révolution culturelle », Cuba castriste, la Guinée « anti-néo-colonialiste » de Sékou Touré, l'Algérie « socialiste » et « anti-impérialiste », le Cambodge rouge, l'Iran « islamique » et autres moindres Angolas. Et ils auront encore cent fois l'occasion de la battre, car si les fascismes « bruns » ont montré, de la Grèce à l'Argentine, qu'ils étaient mortels, les fascismes « rouges » ont paru jusqu'ici être éternels. Après avoir entendu des leçons sur les vertus du « Liban progressiste », on risque bien d'avoir à en subir, des mêmes bouches, sur les « dévia-

2. *Les Nouvelles,* 5 avril 1984.
3. Gallimard, 1983.
4. *Médias,* 27 avril 1984.

tions regrettables » du « Liban islamiste », pourtant enfant légitime du premier...

Nos intellectuels, fourvoyés une fois de plus, ne seront pas embarrassés. Ils feront à la une du *Figaro* dans le remords libanophile, comme Annie Kriegel, ex-fan de Staline, fait aujourd'hui dans l'atlantisme vibrant ; ils parleront avec accablement de « forme islamique du malheur » ; ils publieront force pensums pour émouvoir les salons sur leurs bévues et complaisances à l'égard du dernier-né des totalitarismes orientaux, dont ils se seront, bien entendu, détournés entre-temps avec une horreur distinguée, comme les philosophes Michel Foucault et Roger Garaudy, dégoûtés de l'Iran khomeiniste, après l'avoir porté au pinacle...

Tout cela occupera les médias et fouettera l'édition, mais ne nous rendra pas le Liban qui sera peut-être alors à jamais livré — avec la complicité active, consciente ou inconsciente peu nous importe, le résultat est le même, de ces faiseurs d'opinion — à un pouvoir monocorde, autocratique, obscurantiste et, sans doute, étranger.

On regrettera alors le prétendu « pouvoir maronite » — « beau désordre, douce injustice [5] » —, mais il sera trop tard. Les chrétiens du Liban auront été égorgés ou, comme leurs coreligionnaires d'Egypte, se seront recroquevillés dans la fragile et stérilisante coquille du *dhimmi,* le « protégé » non musulman, « toléré » sur sa propre terre promue tout entière « d'Islam », ou bien encore ils auront émigré non sans — ultime insulte — qu'on leur reproche leur « manque de patriotisme » après leur avoir retiré, une à une, toutes les raisons culturelles ou économiques de se sentir à l'aise dans leur patrie.

Les autres grands perdants, encore que eux ne seront pas, le cas échéant, lésés dans l'essentiel de leur identité culturelle ou religieuse, se trouveront être les musulmans du Liban, politiciens destructeurs du système pluraliste par ressentiment confessionnel ou ambition à courte vue, et surtout simples « croyants » qui gémiront — entre leurs dents, car les fameux *moukhabarat* (renseignements) séviront désor-

5. Georges Naccache, journaliste et diplomate libanais (1902-1972), *Le Progrès égyptien,* Le Caire, 1956.

mais à Beyrouth comme, de longue date, au Caire, à Damas, à Bagdad, à Djeddah, à Tripoli ou à Alger — devant les frontières verrouillées, le commerce étatisé, le contrôle des changes, la censure d'Etat, le parti unique, la prière obligatoire, le fouet ou le poteau de la loi dite coranique et tous les autres avantages dont jouissent déjà, du Maghreb à l'Indus, tant de nations musulmanes.

Prenons les expressions « guerre civile », « conflit confessionnel », « révolution sociale », employées sans aucun discernement, quand ce n'était pas à dessein, par la presse internationale, dès le début de la guerre du Liban en 1975. L'intelligentsia occidentale avait déjà fait son choix : face aux « Levantins », gominés et gras comme il se doit, les sveltes guérilleros palestiniens, la tête entortillée dans leur keffieh rouge et blanc ou noir et blanc, porteurs des espoirs de la « révolution mondiale », ne pouvaient à aucun prix être mis en accusation. Le conflit serait donc interlibanais pour que ne soient pas perturbés les fantasmes des « penseurs » de Montparnasse ou des universités américaines de « pointe ».

Grande fut ma surprise, en mai 1976, alors que j'étais en poste au Caire, et que *Le Monde* m'envoya à Beyrouth pour y remplacer notre correspondant Edouard Saab — il venait d'être tué par un franc-tireur posté à Beyrouth-Ouest [6] —, de constater que la majorité des combattants, du côté musulman, étaient palestiniens et que ceux des Libanais qui se battaient à l'ouest étaient armés et manipulés, sinon directement dirigés, par l'Organisation de libération de la Palestine (OLP). Si la guerre était « civile », elle l'était dans la mesure où elle le fut en Europe en 1914-1918 : des peuples participant d'un même ensemble géographique, d'un même fonds de civilisation, s'entretuaient.

Bref, la guerre du Liban était alors essentiellement libano-palestinienne, mais il ne fallait pas le dire. Il ne fallait pas trop souligner non plus qu'elle pouvait revêtir des aspects confessionnels, ou bien en précisant que c'était « par la faute des chrétiens ». Il suffisait pourtant d'ouvrir les yeux

6. A Beyrouth, depuis 1975, l'est de la ville est contrôlé par les chrétiens et l'ouest par les musulmans.

et les oreilles, sur place, pour voir que les Palestiniens, militant officiellement pour un « Etat laïque » ou, en tout cas, « pluriconfessionnel mais égalitaire », en Palestine, utilisaient sans vergogne, au Liban, l'argument religieux, pour grossir leurs troupes. En octobre 1983, encore, à Tripoli du Liban, Yasser Arafat, invité d'honneur d'une réunion publique du cheikh sunnite intégriste Saïd Chaabane, chef du Mouvement de l'unification islamique, appela « les musulmans à remplir leur rôle historique de dirigeance et à fouler aux pieds l'oppresseur [...] car le musulman n'a pas le droit de se laisser gouverner par un [...] mécréant *(kafer)* [7] ».

En Orient, chacun sait que le mécréant, l' « infidèle », c'est le chrétien. Il faudra bien qu'un jour les dirigeants palestiniens s'expliquent sur leur double langage : ils ont utilisé au Liban, contre les chrétiens, les arguments les moins reluisants de la « calotte » islamique et tenu à leurs interlocuteurs européens un discours « laïque, démocratique et pluraliste ».

En revanche, il n'était pas mauvais pour l'image des Palestiniens de les présenter comme les soutiens des « masses » libanaises, musulmanes cela va sans dire, insurgées contre les « milliardaires chrétiens ». La propagande palestinienne n'eut guère d'efforts à accomplir pour que les écrits paraissant sur le conflit libanais en Occident adoptent sinon ces positions du moins le vocabulaire les illustrant, ce qui est encore mieux, car on arrive ainsi à faire soutenir implicitement une cause, qui *a priori* n'est pas la leur, par des observateurs au départ « neutres ». Ainsi les colonnes de la presse française furent-elles désormais hantées par les acteurs d'une « guerre civile » prénommés « droite chrétienne », « chrétiens conservateurs », « milices de droite » (voire « fascistes », « fascisants », « isolationnistes », etc.) d'un côté, « islamo-progressistes », « palestino-progressistes » ou « milices de gauche » d'un autre...

Presque personne ne se reconnaissant de « droite » en France, il était clair que, sauf extravagante exception, le seul camp que l'on oserait ouvertement y soutenir, dans les

7. *El-Nahar,* quotidien indépendant arabophone, Beyrouth, 9 octobre 1983.

milieux politiques, serait celui que la presse plaçait à « gauche ». Dès lors, les chrétiens, que, pour être simplement exact, il eût fallu appeler les « résistants libanais » puisqu'ils défendaient, comme les Afghans, leur sol contre les envahisseurs ou des compatriotes armés et menés par des étrangers, étaient condamnés à ne bénéficier d'aucun appui sérieux en Occident. En revanche, ce fut un festival permanent de pétitions, motions, déclarations, articles, études, conférences, symposiums, etc. en faveur de la « résistance » palestinienne et des « progressistes » ou « musulmans » libanais, ces deux dénominations devenant même synonymes alors que, dans le contexte proche-oriental, elles sont le plus souvent antinomiques...

Un comble : les « résistants », dans les médias occidentaux, étaient ceux qui tuaient ou chassaient leurs hôtes libanais avec les armes théoriquement destinées à permettre au peuple palestinien de reprendre pied en Palestine ! Si des Palestiniens méritent le titre de « résistants », ce sont ceux qui s'opposent, les mains nues, aux empiètements israéliens dans les territoires de Cisjordanie et de Gaza occupés en juin 1967 et non pas ceux qui ont été les premiers responsables de la descente aux enfers du Liban.

Dans cette défaite sémantique qui leur a été infligée par leurs adversaires intérieurs ou extérieurs, les chrétiens ont quand même leur part de responsabilité. Malgré leur adaptation au monde moderne, ils ne sont pas, en politique, d' « excellents propagandistes », contrairement à ce que racontait leur ennemi, le chef druze Kamal Joumblatt [8]. Ils ont, en outre, négligé de défendre leur dossier, en raison de leur conviction, au reste étayée, de la justesse de leur cause. Mais il ne suffit pas d'avoir le droit pour soi : encore faut-il revêtir également l'apparence de ce droit.

Prenons l'exemple du terme « phalangiste ». On ne dira jamais combien a été nuisible à la Résistance libanaise qu'elle soit incarnée sous ce mot à connotation fasciste. Comme le cercle sportif des Phalanges (en arabe : *kataëb*), d'où sortirait une décennie plus tard le parti du même nom,

8. *Pour le Liban* (propos recueillis par Philippe Lapousterle), Stock, 1978.

fut créé en 1936 par le pharmacien Pierre Gémayel (1905-1984, père de Béchir et d'Amine), après les Jeux olympiques internationaux tenus dans l'Allemagne nazie, on voit de quel amalgame ont pu se délecter les détracteurs du Liban... Or les autres appellations officielles du mouvement phalangiste ont été Rassemblement libanais ou Parti démocrate social. Si les chrétiens avaient systématiquement utilisé ces dénominations démocratiques et rassurantes, comme la féodalité druze n'a pas craint de brandir sans cesse l'astucieux nom officiel de sa milice, « Parti socialiste progressiste » (PSP), sinon toute la face, du moins beaucoup de choses auraient été changées dans le regard étranger sur le Liban.

De même, il aurait fallu veiller, si le terme de phalangiste demeurait en vigueur, qu'il ne fût employé que sous sa forme arabe de kataëb, fort bien sonnante. Les *mourabitoun* sont les miliciens sunnites de Beyrouth-Ouest ; à leur « grande » époque (1975-1976), ils furent les auxiliaires les plus dévoués des Palestiniens, presque tous sunnites eux aussi. L'image des mourabitouns dans l'opinion occidentale est plutôt neutre. En serait-il de même si on avait utilisé, comme on l'a fait pour les kataëbs, la traduction française de leur nom, qui pourrait être « moines-guerriers » ou encore « maraboutins ». Le *ribat* (d'où le nom de la ville de Rabat) était jadis, en Islam, le fort dans lequel montaient la garde des soldats qui, pour ne pas être des moines au sens chrétien du terme, puisque Mahomet a interdit le monachisme, vivaient à peu près comme des templiers. Alors que, aussi bien dans l'intelligentsia occidentale que parmi les intégristes islamiques, on ne s'est pas privé d'assimiler les kataëbs aux croisés, on aurait très bien pu, du moins en Occident, brouiller le profil des miliciens sunnites en révélant que leur appellation de mourabitouns avait été choisie par référence aux belliqueux maîtres médiévaux du Maroc et de l'Espagne : les Almoravides, dont le nom français vient précisément d'*El Mourabitoun*.

Et que dire du mot *fedayin*, pluriel de *fedaï*, qui, en arabe, exprime le concept, religieux également, de « rédemption » ? « M. Yasser Arafat a donné ordre à ses rédempteurs de passer à l'attaque »...

L'image fascisante ou, à tout le moins, droitière que leurs adversaires ont répandu des phalangistes libanais, et que ceux-ci n'ont rien fait pour contrer, se dissout d'elle-même pour peu qu'on jette un coup d'œil sur la littérature du parti [9] ou sur ses initiatives parlementaires. Au-delà du galimatias propre à toute formation politique, on y est frappé, outre l'attachement passionné à l'indépendance du pays, par l'accent mis sur les questions sociales, le sort de la jeunesse et des classes populaires. Il n'y est question que de « pacte social », de « citoyen nationaliste, laïc, progressiste et engagé », de « femme libérée », de « refonte du système fiscal », etc. La première législation libanaise sur le travail fut édictée sous l'impulsion des kataëbs.

On ne s'étonnera pas de ces orientations dès lors que l'on saura que c'est le personnalisme chrétien du philosophe français Emmanuel Mounier (1905-1950), fondateur de la revue *Esprit,* qui fournit les principes directeurs de leur doctrine aux kataëbs. Mounier est d'ailleurs mort à la veille d'un voyage qu'il devait entreprendre au Liban, en Israël et à Chypre. Ce penseur est assez délaissé aujourd'hui en France. Pas au Liban. Au printemps 1984, alors que nous nous trouvions à l'université des moines maronites, à Kaslik, décrite par les « islamo-progressistes » de Beyrouth-Ouest comme l' « antre de la réaction », nous avons découvert qu'un jeune religieux, le Père Jean Maroun, auteur d'une thèse à l'université grégorienne de Rome sur *L'Internationalisme chez Emmanuel Mounier,* faisait, depuis 1980, un cours sur « l'actualité du personnalisme » où il insistait sur « l'ouverture à toutes les religions ». Les chrétiens n'ont jamais songé à exploiter à leur profit ce type de fait, témoignant pourtant avec éloquence qu'ils représentent plus que jamais les lumières en Orient arabe.

L'écrivain Jean-Edern Hallier — que François Mitterrand plaça « au premier rang de sa génération » et dont il loua le « talent vaste et fort [10] » avant de se fâcher avec lui — n'a

9. *Connaissance des kataëbs,* département des études kataëbs, Beyrouth, novembre 1948. « Structure des kataëbs », dans *El-Amal* (Le Travail), organe officiel du parti, Beyrouth, avril 1977.
10. « Mitterrand juge Jean-Edern Hallier », *Le Nouvel Observateur,* 18 novembre 1974.

pas pour habitude de voir la presse ignorer ses éclats. Cela lui est quand même arrivé au moins une fois. Au Liban. Il y avait été invité, en avril 1982, à la Ire Conférence internationale de solidarité avec le Liban organisée par les Forces libanaises [11] de Béchir Gémayel. Il lui suffit de peu de jours pour voir où la « cause palestinienne » avait conduit ce petit pays qu'il ne connaissait pas. Il circula. Il passa une journée au monastère maronite Saint-Moïse, thébaïde austère de la Montagne, dominant des positions de l'occupant syrien. Il s'y entretint avec le Père Charbel Kassis, l'un des moteurs de la Résistance libanaise et du monachisme catholique oriental.

Hallier fit ensuite une déclaration publique, devant grand renfort de presse, sur « la capacité fondamentalement chrétienne et plus particulièrement catholique de ne jamais céder quand ce qu'il y a de plus profond en nous est en question ». Il compara les résistants libanais à ceux de la Pologne et même de l'Irlande. Il traça un parallèle peu conforme aux critères du jour sur « la similitude spirituelle éclatante » de ces trois pays. Les téléscripteurs ne bronchèrent pas d'une ligne. Aurait-il émis la énième motion de soutien d'un ténor parisien à l'adresse de la « résistance palestinienne » que nous aurions vu extemporanément crépiter les télex. On peut penser ce que l'on veut de Jean-Edern Hallier, l'homme ou l'auteur, mais s'agissant des Bretons, des droits des femmes, des radios libres et d'autres thèmes neufs, les médias lui ont laissé jouer son rôle de pionnier. Pas pour les chrétiens du Liban. Cela aurait remis en question trop d'idées reçues.

A contrario, on pourrait multiplier les exemples où les insinuations les plus sottes ou les plus perverses contre les chrétiens passent comme lettre à la poste : *Croissance des jeunes nations,* revue d'un tiers-mondisme modéré, fondée en 1961 par l'écrivain catholique Georges Hourdin, justifiait implicitement les massacres de chrétiens du fait des druzes

11. Fondées en 1976 par Béchir Gémayel les FL sont le bras armé de la Résistance libanaise ; elles regroupent les kataëbs (environ 75 % des effectifs), les *noumour* (tigres) du Parti national libéral de Camille Chamoun, le Tanzim (l'Organisation) d'Abou Roÿ et les Gardiens du Cèdre d'Abou Arz.

par l'implantation maronite au Chouf, vieille de plusieurs siècles, mais ayant « semé les germes de futurs troubles confessionnels [12] » ! La même respectable publication n'avait pas reculé, en juin 1981, devant cette stupéfiante explication des canonnades syriennes sur les civils de Beyrouth-Est et de Zahlé, ville chrétienne de la plaine de la Békaa : « Les Syriens ont perdu plus de 2 000 hommes [...] presque toujours à la suite de *provocations* phalangistes. » Il y eut un temps, en France, entre 1940 et 1944, où l'on tenta de faire admettre les atrocités nazies par les « provocations » des résistants. En somme, les chrétiens n'avaient donc eu que ce qu'ils méritaient, pour s'en être pris à l'occupant ! Passons sur l'affirmation farfelue — tendant naturellement à suggérer que les kataëbs sont une puissance énorme — selon laquelle 2 000 soldats syriens seraient tombés au Liban en quelques semaines...

Quant au *Figaro,* il ira jusqu'à reprendre, sans en montrer le ridicule, cette « trouvaille » du journaliste franco-druze Mérouane Hamadé, conseiller de Walid Joumblatt : « L'intégrisme musulman [au Liban] est une réaction aux brimades phalangistes [13] » !

La palme revient quand même à la « grande conscience » parisienne Claude Bourdet qui, d'un même élan, faisait défiler — en plein massacres de chrétiens au Chouf en 1983 — les « bandes partisanes et terroristes de la fraction des maronites dirigée par les Gémayel », et le « gouvernement phalangiste [14] », « pouvoir collabo » en la légitimité duquel la France « pouvait s'abstenir de faire semblant de croire [...] Ou alors, pourquoi l'ironie et la réprobation dont on entoure le régime de Kaboul [15] ? »

Dès juin 1976, rencontrant pour la première fois Béchir Gémayel, dont on commençait à parler comme un chef de

12. *Croissance des jeunes nations,* novembre 1983.
13. *Le Figaro,* 6 juillet 1984.
14. En septembre 1983, le seul et unique « phalangiste » du gouvernement et de la haute administration libanaise était le président Amine Gémayel. Peut-on citer un mouvement ayant dirigé la résistance d'un pays, qui s'est contenté d'un seul poste politique, même si c'est le premier ?
15. *Témoignage chrétien,* 26 septembre 1983.

guerre hors du commun, j'avais été heureux de l'entendre dire avec conviction : « Je ne me bats pas pour le Liban de 1943 (celui du pacte national confessionnel non écrit) qui est dépassé. Je me bats pour un Liban libéral et démocratique, au sens occidental du terme, pour une laïcisation progressive, pour un nouveau pacte entre tous les groupes, faisant table rase de quarante ans de préjugés et de petitesses. Mais je me bats aussi pour préserver les principes et les traditions des chrétiens libanais, et pour empêcher que ceux-ci ne deviennent des étrangers sur leur propre sol. Je refuse cette curieuse logique qui voudrait que l'on excusât les Palestiniens de détruire le Liban sous prétexte que leur propre pays a été pris par les Israéliens. »

Je ne pus que noter ces propos car, à l'époque, il fut impossible de les publier tant ils venaient démentir l'image négative de Béchir Gémayel imposée par cette « technologie de l'opinion » dont parle Régis Debray. Je conservai également cette impression : « Ce qui fait figure d'évidence, après quelques jours passés dans le "petit Liban chrétien", c'est que la communauté non musulmane refusera toujours une solution faisant de ses membres des citoyens aux droits diminués. Ce cri du cœur entendu maintes fois : "Nous n'accepterons jamais d'être comme les coptes d'Egypte qui s'excusent presque d'être chrétiens." »

Il est quand même arrivé, au moins une fois, que ceux qui, par ignorance, par calcul ou par esprit moutonnier, ont contribué à faire que le Liban soit victime d'une sorte de crime par consensus mondial, d'une erreur judiciaire internationale, aient un sursaut de lucidité ou d'honnêteté. En décembre 1983, je fus discrètement avisé d'avoir à me rendre, presque comme pour une conspiration, à une réunion où il serait question de « faire quelque chose pour le Liban » avec Médecins du monde. Je retrouvai au lieu-dit le docteur Bernard Kouchner, président-fondateur de cette organisation humanitaire, le philosophe ex-structuraliste Michel Foucault, professeur au Collège de France et disparu depuis lors, le « nouveau philosophe » André Glucksmann, ex-maoïste reconverti en champion des droits de l'homme et de la défense de l'Europe occidentale, l'historien Jean Ellenstein, ex-penseur du Parti communiste, et un certain nombre d'autres personnages moins célèbres.

Deux malheureux chrétiens libanais — un député et un praticien — exhibés là, presque comme des bêtes curieuses, décrivirent les souffrances de leur communauté en ajoutant quelques mots sur ses principales caractéristiques. Michel Foucault intervint alors, donnant l'impression qu'il découvrait seulement maintenant la véritable dimension de la tragédie libanaise... Puis le débat s'engagea : il s'agissait tout à la fois et rien de moins que de réparer les dégâts de la désinformation dans l'affaire libanaise, d'attirer l'attention de l'opinion et des dirigeants français sur le risque d'instauration d'un totalitarisme islamiste au Liban, de soutenir le maintien d'une force militaire française à Beyrouth, de conforter la position du président Mitterrand face à l'opposition interne du Parti socialiste sur la question libanaise, et même, ô miracle, de « réhabiliter une communauté injustement discréditée ».

On n'allait quand même pas jusqu'à préciser qu'il s'agissait de la communauté « chrétienne »... Toujours la peur des mots : dès qu'il s'agit du Liban, « chrétien » rime avec « droite », entraînant le refoulement des meilleures volontés. Au fond, ce qui importe en France, parmi l'élite de l'esprit, ce n'est pas d'être vraiment « à gauche », mais c'est de ne pas avoir l'air d'être « à droite ».

Je ne cachai pas à l'assemblée que je ne croyais guère en son beau projet et que je doutais fort que l'intelligentsia française, même pour prévenir un génocide au Liban, montât au créneau, à quelques individualités près. Ce fut un joli brouhaha. On se récriait : « Mais pas du tout, nous voulons agir, nous devons agir, nous agirons, nous envisageons même éventuellement de monter une opération "un avion pour le Liban" comme il y a eu "un bateau pour le Vietnam". » Une cinquantaine de célébrités de l'esprit, philosophes et autres écrivains, dont ceux présents, seraient allés à Beyrouth pour y assurer de leur « soutien moral » le gouvernement libanais et le contingent français. Les mêmes personnalités devaient, dans le même temps, manifester publiquement leur soutien à la politique libanaise de l'Elysée qui, alors, paraissait encore plus ou moins dans les eaux de la fermeté. Tout devait être décidé définitivement en janvier 1984 et réalisé tambour battant les semaines suivantes. Michel Foucault conclut : « Si le Liban est la seule démocratie des pays arabes, il faut le sauver ! »

J'oubliai le tout jusqu'à que je trouve, mi-février 1984, sur mon bureau, un « appel » signé d'une vingtaine de membres de Médecins du monde. Un des appels comme on en reçoit une dizaine par semaine dans un journal, à propos de toutes les causes du monde. La montagne avait accouché d'une souris en papier...

André Glucksmann, qui, à la réunion, avait paru tout feu tout flamme pour défendre le Liban « concrètement », n'avait pas signé ce modeste texte qui mentionnait quand même — effort méritoire — « le massacre possible des chrétiens *ou de toute autre communauté* ». Qui était aussi menacé ? Les sunnites ? Pas que l'on sache. Les chiites, encore moins. Quant aux druzes, aurait-on songé en 1915 à mettre les Ottomans sur le même pied que les Arméniens dans un texte en faveur de ceux-ci ? En 1984, la défense des chrétiens du Liban, même quand ils sont les seuls à être en danger, est un thème qui fait encore peur aux gens les plus honnêtes.

Et cela continue. Prenons l'exemple du véritable procès instruit récemment contre les chrétiens, notamment dans les journaux français et américains, sous prétexte qu'ils seraient devenus « minoritaires ». Il n'y a plus eu de recensement complet au Liban depuis le Mandat français, en 1932. Ce qui d'ailleurs vaut peut-être mieux que les census falsifiés d'Egypte, où l'on réduit arbitrairement le nombre des chrétiens de 5 ou 6 millions à 2,5 millions. Le Liban dispose à tout le moins de résultats de « dénombrements » ou « projections » dus à des organismes fiables comme les Nations unies (1975) ou la Chambre de commerce de Beyrouth (1977). Ils évaluent à près de 3 millions le nombre de Libanais résidant dans leur pays.

Quant à la répartition confessionnelle, les sources sérieuses la font osciller, pour les chrétiens, entre 59 % (*World Christian Encyclopedia*, Oxford Press, 1982) et

44 % (Groupe britannique des droits des minorités, 1983). Selon le ministère libanais de la justice, il y avait, en 1975, 1 478 000 musulmans (48,4 %) et 1 576 000 chrétiens (51,6%). Le chercheur libanais musulman sunnite, Bassem El-Jisr, nommé en 1984 directeur de l'Institut du monde arabe, à Paris, après avoir comparé la plupart des chiffres et enquêtes disponibles sur la population libanaise, était arrivé à une répartition entre deux parts *grosso modo* égales, avec peut-être un léger avantage numérique pour les mahométans [16]. *Idem* pour les calculs auxquels s'est livré l'orientologue Philippe Rondot [17].

Il est certain, en tout cas, que si on comptabilisait toutes les personnes détenant la nationalité libanaise vivant ou non au Liban, les musulmans seraient largement minoritaires. En effet, sur les 5 630 000 émigrés libanais recensés à travers les cinq continents, en 1980, par l'Union libanaise culturelle mondiale, 2 770 000 possédaient un passeport frappé du cèdre doré, soit à peu près autant que les citoyens résidant dans la mère patrie. Or environ les deux tiers des expatriés libanais, définitifs (Amériques, Australie) ou temporaires (péninsule Arabique, Afrique noire), seraient chrétiens.

Faut-il pour cela les exclure de la vie politique libanaise ? Dans un pays démocratique comme la France, les expatriés (1,5 million de personnes), même nés outre-mer depuis plusieurs générations, même jamais venus en France, même détenant, outre la française, une autre nationalité, participent pleinement, s'ils le veulent, par le vote, à la vie politique de leur pays d'origine, leurs voix pouvant être déterminantes dans un scrutin essentiel comme celui qui désigne le président de la République au suffrage universel. Au Liban, d'ailleurs, selon la Constitution de 1926 en vigueur, c'est le seul parlement qui élit le président, ce qui écarte le risque d'un chef de l'Etat élu surtout par les expatriés. Le conseil que la France, promotrice de la laïcité et de la séparation de la religion et de l'Etat à travers le monde, devrait avant tout

16. *Les Conflits libanais et l'entente,* Dar el-Nahar, Beyrouth, 1981 (en arabe).
17. Revue *L'Afrique et l'Asie modernes* du Centre (français) des hautes études sur l'Afrique et l'Asie modernes, automne 1983.

prodiguer aux Libanais, c'est de procéder à un recensement sans distinguer la confession des citoyens.

Il n'empêche. Il faut à tout prix que les chrétiens du Liban soient une « minorité », et, partant, qu'ils se résignent à toutes les concessions, même celles mettant en péril leur identité propre et le pluralisme libanais dont ils sont les garants. Chacun jette sa pierre. L'ancien directeur du *Monde* lui-même, Jacques Fauvet, qui est un spécialiste de la politique intérieure française, mais ne connaît goutte à l'embrouillamini libanais, prend position tout de go en faveur de « l'arrivée au pouvoir de la majorité musulmane », comme panacée au Liban [18] ! Le *Wall Street Journal,* le grand organe capitaliste américain, et qui, par conséquent, a soutenu Ronald Reagan, y compris dans son recul au Liban, et sa justification de ce dernier par une minorisation de la chrétienté dans ce pays, ramènera carrément, le 15 décembre 1983, la proportion des chrétiens à 30 % de la population totale, pourcentage « historique » dans le sens de la baisse, et que la presse française de « gauche » recueillera naturellement comme parole d'Evangile. A chacun sa *Pravda...*

De tout côté sonne l'hallali contre cette petite communauté qui, en s'obstinant à ne pas disparaître, nous donne mauvaise conscience et trouble nos bonnes vies. Pourtant, « ce ne sont pas les chrétiens qui sont minoritaires au Liban (même s'ils le sont en chiffres), ce sont les Libanais libres, chrétiens, musulmans et mécréants [19] ». Mais de cela notre monde « libre et démocratique » n'a cure.

Quelquefois, heureusement, parvient de la masse anonyme du public une voix qui proteste avec clairvoyance, tel ce lecteur marseillais de la presse parisienne [20] : « Le fait que les chrétiens au Liban seraient devenus une minorité est invoqué pour les inciter à s'effacer politiquement devant les musulmans. Je n'ai pourtant jamais entendu personne

18. Dans *Les Nouvelles,* 14 septembre 1983, et à la télévision française quelques jours après.
19. Youakim Moubarac prêtre et auteur libanais, disciple de Louis Massignon, dans *Libanica,* n° 8, 1984, Jouarre (Seine-et-Marne).
20. M. Guy Bocquillon, *Le Monde,* 21 janvier 1984.

demander que la minorité musulmane alaouite de Syrie (10 % de la population) cède le pouvoir aux chrétiens syriens (12 %) et aux musulmans sunnites syriens (70 %) ; que la minorité arabe sunnite (20 %) d'Irak le cède aux chiites (55 %), que la minorité bédouine de Jordanie (40 %) le cède aux Palestiniens (60 %) ; on pourrait multiplier les exemples à travers le monde arabe, sans oublier les minuscules castes militaires qui, ici et là, accaparent le pouvoir pris à l'immense majorité du peuple [21]. »

Ce lecteur concluait : « Minorité ou pas, les chrétiens libanais n'ont jamais établi de police secrète rendant la vie impossible, ni fermé les frontières, ni interdit quoi que ce soit, ni empêché les musulmans de détenir les postes de premier ministre et de président de la Chambre. Doit-on supprimer le Liban, créé par cette "minorité" chrétienne, parce qu'elle en a fait le seul pays non dictatorial du monde arabe ? » Il faut que ce soit une voix obscure qui vienne rappeler de telles évidences à la classe politique et à la presse parisiennes !

Dans leur fureur contre les chrétiens du Liban, ceux-là même qui les accablent parce qu'ils y seraient devenus « minoritaires » font litière de la logique, au point d'aller jusqu'à leur reprocher d'avoir eu moins de victimes dans leurs rangs que les Palestiniens et leurs alliés musulmans... « Depuis 1975, la *plupart* des morts libanais ont été musulmans et non chrétiens », décide un journaliste du *Washington Post* [22], qui passe sans doute son temps à compter les cadavres dans les morgues et à déterminer leur confession... En quelque sorte, les chrétiens, même réduits à ne représenter plus que 30 % de la population libanaise, comme le veut le *Wall Street Journal,* devraient, par-dessus le marché, fournir la majorité des victimes...

La colline d'Achrafieh sur laquelle est bâtie le principal quartier chrétien de Beyrouth-Est et les faubourgs, également chrétiens, de Aïn-Remmaneh et Hadeth sont pourtant

21. Pour être complet, au Proche-Orient, il faudrait ajouter que c'est la minorité juive ashkenaze qui gouverne Israël, où environ 60 % des habitants israélites sont aujourd'hui séfarades (juifs orientaux).
22. Jonathan Randall, *La Guerre de mille ans,* Grasset, 1983.

parmi les sites urbains au monde qui ont reçu le plus d'obus depuis la Seconde Guerre mondiale, étant soumis périodiquement depuis près de dix ans à des pilonnages où s'en donnent à cœur joie toutes les bombes de la terre, « orgues de Staline » et fusées Grad en tête. L'ingénieur William Jabbour, l'un des responsables du Comité exécutif libanais des grands travaux, a calculé [23] que chacun des 750 000 habitants de la zone de loin la plus bombardée du pays (soit 200 km^2) avait « reçu », de 1975 à 1984, près de 67 kilos d'explosifs par personne, c'est-à-dire 50 millions de kilos pour toute la région visée. A titre de comparaison, chaque Allemand avait « reçu », entre 1939 et 1945, 5 kilos d'explosifs (300 millions de kilos pour 60 millions de personnes sur 400 000 km^2) ; en tout état de cause, si l'Allemand « a peut-être payé pour la paranoïa de Hitler, le Liban, quant à lui, n'a jamais agressé qui que ce soit ».

Au premier obus, celui que l'on ne peut prévoir, qui, généralement, fait le plus de victimes car il peut tomber dans une rue passante, une école, un marché, un encombrement, les chrétiens observent une stricte discipline en se précipitant vers les abris avec de l'eau, une radio et des couvertures. A Beyrouth-Ouest — où les bombardements, il est vrai, furent sans commune mesure avec ceux subis par l'Est [24] —, de telles réactions ordonnées devant le danger ont rarement eu cours. Surtout les combattants s'y lançaient souvent au feu d'une manière courageuse, mais bravache, du style « Regardez-moi, je suis Trompe-la-Mort »... C'est en assistant à des combats à Beyrouth-Ouest, et également dans le Sinaï, du côté égyptien, durant la guerre du Kippour (octobre 1973), que j'ai compris ce qu'était la « chair à canon ».

Le chef druze allié des fedayins, Kamal Joumblatt, a lui-même reconnu : « Nous avons eu à regretter la pagaille semée par les Palestiniens et par presque tous les partis, [...] la tendance à la curée. C'est inouï combien cet âge juvénile

23. *Un massacre sans importance,* note du 1er mars 1984.
24. Du moins, les bombardements du fait des résistants chrétiens. Beyrouth-Ouest eut à souffrir durement, en revanche, des pilonnages israéliens de l'été de 1982 et de ceux de l'armée libanaise, au début de 1984 ; néanmoins, ils furent limités dans le temps.

et ingrat s'est révélé décevant [...] La bataille semblait pour les jeunes un jeu : ils s'y adonnaient à cœur joie, comme à un sport [...] Voler une maison ou un tapis — et c'est le danger de l'idéologie de gauche mal comprise —, c'était pour eux "réquisitionner" [...] C'était horrible, écœurant [25]. »

Un jeune Européen aux yeux clairs, arborant sourire narquois, panoplie d'armes, jumelles et *Totenkopf* [26], se tailla une solide réputation de « tireur d'élite » parmi les « rédempteurs » et les « moines-soldats » durant la première partie de la guerre du Liban. Il prétendait avoir été officier français et se faisait appeler « Karim ». On chuchotait alors que c'est à lui qu'avait eu recours, avec bien sûr espèces sonnantes et trébuchantes, cette équipe de télévision américaine qui filma la mort sur commande de paisibles Beyrouthins abattus « par un tireur non identifié », selon la formule rituelle des agences de presse. Karim se vanta en tout cas d'avoir « flingué » 197 chrétiens en quelques mois à Beyrouth.

Un autre mauvais procès, que les fabricants d'opinion internationale intentent aux chrétiens, vise leur « refus de déconfessionnaliser le système politique libanais ». Appelons tout de suite à la barre comme témoin à décharge le chef de ceux qui, sans doute, après les Palestiniens, ont le plus nui aux chrétiens du Liban : le Syrien Hafez El-Assad. Le 20 juillet 1976, lors d'un mémorable discours à Damas, le général-président rapportant l'un de ses entretiens avec Kamal Joumblatt révéla : « Il me parla un jour d'un Etat laïc au Liban. Je lui fis alors observer que les kataëbs plaidaient avec plus d'ardeur encore que lui le dossier de la laïcisation, mais que le mufti sunnite et l'imam chiite s'étaient récriés contre cette atteinte à l'essence de l'islam. »

Pour bien faire comprendre la position chrétienne sur ce point focal, citons encore une fois — pourquoi pas ? — une simple lectrice de la presse parisienne [27] : « Nous sommes nombreux, modernistes libanais de toutes origines, à réclamer de longue date la laïcisation. Mais, pour nous chrétiens,

25. Kamal Joumblatt, *op. cit.*, voir p. 42.
26. La tête de mort des *Schutz-Staffel*, les SS de Hitler.
27. Mme Wafaa Gebrayel, *Le Monde*, 16 février 1984.

à une seule condition : qu'elle soit *totale.* Pas de postes officiels réservés, pas de recensement confessionnel, pas de marque religieuse sur les papiers d'identité ! Mais aussi plus de statut personnel religieux : la même loi civile *égalitaire* pour tous en matière matrimoniale, adoptive, successorale, judiciaire, etc. »

Qui ne soutiendrait une position d'une si évidente raison ? Mais ceux-là même qui réclament à cor et à cri la « déconfessionnalisation du système politique libanais » (en clair, remplacer le président chrétien par un musulman) et sont en fait viscéralement hostiles à la laïcisation de la société au Liban ! Le Conseil des théologiens musulmans sunnites libanais a, d'ailleurs, maintes fois dénoncé sans ambages « la campagne des dirigeants maronites en faveur de la laïcité », car ceux-ci visent de la sorte « quatre objectifs : dissoudre la personnalité musulmane du Liban en permettant le mariage de la musulmane avec un non-musulman ; promouvoir l'avènement de générations bâtardes [...] et corrompre l'authenticité islamique ; abattre le dernier barrage protecteur de la communauté islamique face à la laïcité occidentale et marxiste ; amener les musulmans du Liban à être comme les Scandinaves avec mariages de groupes, expositions sur la sexualité [...] et tous les autres aspects de la bestialité répandue là-bas »... [28]

Nul observateur étranger ne releva ce texte, et d'autres de la même encre, dont le racisme s'écoule en toute quiétude d'esprit. Ah « l'immense bonne conscience de l'islam [29] ! » Bien sûr, les correspondants de presse, les « bonnes âmes », les chancelleries même peut-être, auraient pris feu si tel évêque libanais avait fait mine d'empêcher l'union d'une seule de ses fidèles avec un musulman. J'ai même lu sous la plume de confrères parisiens que « les chrétiens du Liban méprisent leurs compatriotes musulmans » ou que « les maronites n'aiment pas les musulmans ». Je n'ai évidemment pas sondé tous les cœurs chrétiens du Liban, mais j'y ai observé que, si les musulmans, en particulier les sunnites (les chiites

28. Voir, notamment, le quotidien arabophone, anciennement porte-parole nassérien à Beyrouth, *El-Anouar,* du 25 mars 1976.
29. Nicolas Saudray, *La Maison des prophètes,* Seuil, 1984.

et les druzes sont parfois, sur ce point, un peu moins rigoureux), s'opposaient par tous les moyens au mariage de leurs filles avec des non-musulmans, ces derniers, le cas échéant, ne faisaient pas la guerre à l'amour, tout en sachant parfaitement que la progéniture de toute union mixte est, en Orient, automatiquement islamisée.

On a noté également, mais nul ne le fait jamais valoir, que les chrétiens, et particulièrement les maronites, ont cohabité depuis des siècles dans les villages de leur pays avec toutes les variétés de mahométans, alors que ceux-ci ont toujours refusé de vivre dans les mêmes villages que leurs propres coreligionnaires de sectes différentes. En dehors de la capitale, on ne trouve pratiquement pas de cohabitation chiito-sunnite, druzo-chiite, ou sunnito-druze, alors qu'y sont légion les localités christiano-sunnites, christiano-chiites et, jusqu'aux massacres du Chouf en 1983, christiano-druzes. Sur le plan de la vie quotidienne, et c'est là l'essentiel, les chrétiens n'ont de leçon de tolérance à recevoir de personne au Liban. Ils sont, au contraire, quant à la cohabitation et au respect de l'autre, l'exemple à suivre. Depuis plus de mille ans.

Et, au fond d'eux, les musulmans libanais le savent bien. Si cette solidarité communautaire qui tourne souvent au carcan ne l'emportait presque toujours sur le sentiment individuel, ils pourraient reconnaître ce qu'il y a de bon chez leurs compatriotes chrétiens.

Un autre exploit des ennemis du Liban fut de répandre l'idée, fausse aussi naturellement, que ce pays, « création artificielle de la France », était, en réalité, une « province détachée (pire, “arrachée”) de la Syrie ». Damas avait donc une sorte de droit historique à « récupérer » le Liban. Voilà qui est refaire l'histoire à la manière d'une encyclopédie soviétique ! La « logique » de la géographie est même appelée à la rescousse : « Il suffit de regarder la carte : le pays est presque complètement enclavé dans la Syrie et constitue une bonne partie de son débouché sur la mer [30]. » A ce compte, le Portugal prive l'Espagne d'un grand morceau de sa

30. Sélim Nassib, *Libération*, 1er mars 1984.

façade atlantique et le Benelux obstrue la fenêtre allemande sur la mer du Nord... En regardant avec attention la mappemonde, à la lumière d'un bon livre d'histoire, on s'aperçoit que, si la Syrie a été privée en 1939 d'une partie de sa façade maritime, ce n'est pas à cause de l'existence du Liban, entité distincte de la Syrie depuis l'Antiquité, mais en raison de la cession par la France à la Turquie du sandjak d'Alexandrette.

Cette décision de Paris, parfaitement scandaleuse du point de vue du droit international — la France n'avait pas à distraire, au profit d'une puissance tierce, une province d'un pays sur lequel lui avait été confié une tutelle au nom de la Société des Nations — et absurde à l'égard du passé — Antioche et le fleuve Oronte appartiennent bien plus au Levant arabe qu'à l'Asie mineure turque —, fut prise uniquement pour empêcher Ankara de se rapprocher de l'Allemagne nazie. On peut admettre, dans le cas du sandjak, un irrédentisme de la Syrie. Toutefois, elle ne s'est pas risquée à réclamer son dû à la puissante Turquie : elle s'en est pris, en revanche, au faible Liban.

Au mépris, là, de l'histoire. Le lien principal et durable entre Syriens et Libanais, mais qui ne peut justifier une revendication territoriale, réside dans l'origine « syrienne » — araméenne, sémite donc, mais non arabe — des maronites, petite communauté chrétienne qui se forma, au Ve siècle, dans la région d'Apamée (Qalaat-el-Moudik, en Syrie actuelle), et qui, au cours des siècles suivants, émigra vers le Mont-Liban. L'arabisation linguistique postérieure des maronites n'est pas non plus un argument en faveur de la syrianisation du Liban. Au lieu de se voir louangés par les Arabes syriens pour avoir adopté, illustré et répandu la langue arabe, au détriment d'une partie de leur culture originelle, les descendants des Araméens se voient menacés, aujourd'hui, d'être dissous dans un vaste ensemble où ils perdraient ce qui subsiste de leur personnalité propre...

Sous de grands émirs, comme le druze Facardin II (1593-1633), ou le maronite d'origine sunnite Béchir II (1789-1840), l'entité libanaise avait, grosso modo, ses frontières internationales actuelles. Après la fin de l'Empire byzantin (1453), le sultan-calife ottoman avait, solennellement, reconnu au patriarche maronite le droit de « gouverner » ses ouailles. « A la cour ottomane, Sa Béatitude était reçue non en tant que chef spirituel d'une "nation" maronite sujette, aucun de ses prédécesseurs n'ayant jamais sollicité l'octroi d'un "firman d'investiture", mais suivant le protocole réservé aux chefs d'Etat, chacun lui reconnaissant alors le titre prestigieux de prince de l'Orient, *émir el-Chark* [31]. »

C'est seulement à la faveur de la Grande Guerre que les Ottomans réduisirent à quia le Mont-Liban par un blocus féroce, provoquant une famine qui fit 150 000 morts, en grande majorité chrétiens, soit environ un tiers de la population de cette contrée.

En retrouvant, en 1943, à l'issue du Mandat français, l'indépendance qu'elle avait perdue en 750, la Syrie reprit à son compte la vieille revendication que tous ses maîtres musulmans successifs avaient ruminée sans jamais parvenir à l'assouvir, et qui était de mettre au pas les éternels « rebelles » libanais. A force de répéter : « La Syrie et le Liban, à travers l'histoire, font un seul pays et un seul peuple, le peuple, en Syrie et au Liban, sont un [32] », le micro-impérialisme syrien a fini par passer pour la victime « dépouillée par le colonialisme ». Or tant le pacte de la Société des Nations, en 1920, que la charte du Mandat la même année, que la proclamation des puissances de la SDN, à Londres, le 24 juillet 1922, et la déclaration d'avril 1924, des Etats-Unis, sur la tutelle française au Levant, distinguent sans ambiguïté « la Syrie *et* le Liban ».

En dépit, par la suite, de la reconnaissance internationale, y compris par la Ligue arabe, de l'accession à l'indépendance, séparément, du Liban et de la Syrie, Damas s'obstina, à travers ses successives dictatures, à ne pas échanger d'ambassadeurs avec Beyrouth. Cette capitale n'en eut pas moins, jusqu'en 1976, date de l'entrée officielle des forces syriennes au Liban, une diplomatie autonome, éloignée des

31. Luc-Henri de Bar, *Les Communautés confessionnelles au Liban*, Editions Recherches sur la civilisation, 1983.
32. Hafez El-Assad, discours du 20 juillet 1976.

vaines clameurs panarabes, et des ruptures à sensation avec l'Occident, y compris avec la France durant la guerre d'Algérie. Cela n'empêche pas la presse « bien-pensante » d'Occident de justifier aujourd'hui la mainmise syrienne sur plus de la moitié du Liban, en laissant tomber que ce pays, depuis son indépendance, a toujours vécu « à l'ombre » de la Syrie.

En réalité, contrairement aux apparences, ces « bien-pensants »-là se soucient, la plupart comme colin-tampon, de favoriser l'hégémonie syrienne. Leur but, en essayant de faire avaler par l'opinion euro-américaine l'anschluss du Liban par la Syrie comme une péripétie prévisible de longue date, ne vise qu'à masquer l'essentiel : le nouveau balcon méditerranéen qu'est en train de s'offrir au Levant l'Union soviétique, face à celui qu'elle possède déjà en Libye. Juste compensation penseront ceux qu'a contrariés la mise à la porte, par Sadate, en 1972, des 15 000 conseillers militaires russes de l'armée égyptienne.

L'autre « légende syrienne », reprise à une échelle universelle jusques et y compris par des auteurs sérieux, est celle consistant à affirmer que ce sont les chrétiens qui, à la mi-1976, ont appelé l'armée syrienne au Liban. En réalité, s'il est vrai que les militaires de Damas donnèrent alors, indirectement, un sérieux coup de main aux chrétiens pour arrêter l'avance palestinienne, il ne l'est pas moins que l'armée du puissant voisin s'était auparavant infiltrée au Liban sans demander de permission à qui que ce soit.

On sait aussi, aujourd'hui, que Damas avait poussé les Palestiniens, en 1975, à accentuer leur pression sur les chrétiens, dans le secret dessein de disposer ensuite d'un prétexte « honorable » pour s'introduire ouvertement au Liban. Les chrétiens, n'ayant pas, en 1976, d'autre planche de salut, saisirent, comme l'aurait fait tout un chacun en perdition, la main faussement compatissante de Damas. Dès ce moment-là, d'ailleurs, nombre de chrétiens, Béchir Gémayel en tête, exprimèrent leur scepticisme ou leur méfiance [33] à l'endroit de la présence armée syrienne au Liban. On ne peut donc en

33. *Le Monde,* 8 juin 1976 : « L'avance des forces syriennes : des réticences se manifestent chez les chrétiens de toutes tendances. »

aucune manière accuser les Libanais chrétiens d'avoir été les fourriers de l'occupant syrien. Celui-ci est venu seul, en utilisant le vecteur palestinien.

Le président Assad l'a lui-même reconnu dans son allocution du 20 juillet 1976 : « Nous avons placé nos soldats en 1973 dans les camps palestiniens au Liban [pour les protéger]. » Dès mai 1973, le correspondant du *Monde* à Beyrouth, Edouard Saab, avait estimé à 4 000 les seuls éléments présents au Liban de l' « armée de libération de la Palestine », milice syro-palestinienne équipée et contrôlée par Damas. En octobre 1969, le débonnaire président Charles Hélou du Liban s'étant tout de même inquiété d'incursions de soldats syriens au Liban, pour « venir en aide » aux Palestiniens qui y jouissaient pourtant de toutes les libertés, la présidence libanaise reçut ce télégramme qui, à lui seul, est un condensé du style dictature arabe : « Les masses arabes de Damas la révolutionnaire considèrent comme un crime et un acte de trahison ce qui a été accompli par votre clique régnante. Il vous faudra rendre compte de votre attitude aux masses populaires. Vous avez versé le sang de nos martyrs [palestiniens]. Gloire à eux ! Ne vous opposez pas à nos héros résistants ! »...

Quant au droit, l'essentiel c'est qu'aucun document officiel émanant des présidents Frangié ou Karamé, respectivement chef de l'Etat et chef du gouvernement libanais en 1976, ne mentionne une demande d'intervention militaire à Assad. S'étant produite, elle a dû ensuite, être « légalisée » par les dirigeants libanais pris à la gorge ; le président Amine Gémayel, quand on ne l'avait pas encore réduit à se soumettre à toutes les volontés de Damas, « a mis un terme à une ambiguïté juridique en demandant officiellement, vendredi 2 septembre 1983, le retrait des troupes syriennes et des combattants palestiniens de tout son territoire » [34]. Depuis lors il n'y a aucune différence de statut, au Liban, pour les Syriens et pour les Israéliens, même si le langage courant continue à parler de la « présence » des premiers et de l' « invasion » ou de l' « occupation » des seconds, chez

34. Lucien George, *Le Monde,* 4-5 septembre 1983.

leur voisin impuissant. On ne voit pas ce que l'arabité de la Syrie peut fondamentalement changer à la situation de Damas au Liban. Si la France était occupée mi par une puissance ouest-européenne, mi par une puissance extra-européenne, faudrait-il considérer que la première est moins condamnable que la seconde ? Non. Le fait que le Liban et la Syrie appartiennent tous deux à la Ligue arabe rend encore plus grave l'occupation de l'un par l'autre.

On ne signale jamais, d'autre part, la responsabilité musulmane libanaise dans la pénétration du pays par les Syriens. Elle est pourtant inscrite noir sur blanc, pour qui veut bien se donner la peine d'y regarder, dans les comptes rendus des réunions islamiques tenues à Aramoun, au sud de Beyrouth, chez le mufti sunnite, Hassan Khaled [35].

A la réunion intermusulmane du 30 janvier 1976 participaient, outre le mufti, rien de moins que le premier ministre sunnite Rachid Karamé et l'un de ses prédécesseurs les plus influents Saëb Salam, l'imam suprême des chiites Moussa Sadr, le dirigeant druze Kamal Joumblatt, le cheikh des cheikhs druzes Mohamed Abou Chakra, le ministre syrien des affaires étrangères Abdelhalim Khaddam, le général syrien Naji Jamil et quelques autres notabilités d'à peine moindre importance. Saëb Salam reconnut sans ambages à l'adresse des envoyés de Damas : « Sans votre appui nous aurions été terrassés, vous êtes la source de notre force [36]. » Moussa Sadr renchérit : « Notre situation était mauvaise. L'intervention de la Syrie a créé [pour nous] une force de frappe. » Abdelhalim Khaddam conclut : « Sans notre intervention, les chrétiens étaient vainqueurs. »

Un semestre donc, avant l'entrée au grand jour de l'armée syrienne au Liban, « pour sauver les chrétiens », tous les responsables musulmans étaient informés de la présence déjà effective, dans leur pays, des forces de l'Etat voisin, et lui rendaient grâce.

35. Hassan Khaled, mufti de la République libanaise, *Les Musulmans au Liban et la guerre civile* (procès-verbaux des sommets d'Aramoun), Dar el-Kindy, Beyrouth, 1978 (en arabe).
36. On comparera utilement ces propos à ceux tenus en 1984 par le même Salam à propos de la « peur » des chrétiens (voir p. 18).

Le mot de la fin, en cette affaire, appartenait, dès mai 1976, à un journaliste libanais, débutant mais perspicace, rencontré à Beyrouth-Est — et que je devais retrouver plus tard en poste à Paris —, Antoine Basbous. Il me dit : « La Syrie est à la fois incendiaire et pompier. » On souffre de voir que, près d'une décennie plus tard, ni les diplomates les plus chevronnés ni les éditorialistes « à qui on ne la refait pas » n'ont encore pris en compte la duplicité élevée à Damas, par la minorité alaouite au pouvoir depuis 1970, au rang de grand art politique. Au Liban, la Syrie n'a pas d'alliés, mais seulement des pions qu'elle manie au gré de ses intérêts.

Pour la bonne bouche, voici cette anecdote qui montre les « sommets » atteints par la désinformation politico-historique dans l'affaire libanaise. A la fin d'avril 1984, je participai, avec l'orientaliste Maxime Rodinson notamment, à un débat public sur le Liban, au Centre Georges-Pompidou, à Paris. Ce fut particulièrement houleux, l'*ultima ratio* de la partie antichrétienne de l'assistance étant que « les maronites avaient été importés de Chypre au Liban par les croisés »... Aucun argument historique ne fit démordre les tenants de cette absurdité qui en rejoint une autre de même poil : « C'est pour soutenir les maronites que les croisades ont été levées »... [37] Non contents de ne pas être venus de Chypre, les maronites s'y exilèrent en partie à la fin du XIIe siècle pour échapper justement aux pressions musulmanes sur le Liban. Cette interversion des rôles, pour un épisode ancien, est à l'image de ce qui, à notre époque, s'est commis — une sorte de crime médiatique — pour quasiment toute la guerre du Liban.

37. *Panorama,* « journal des chrétiens d'aujourd'hui », n° 180, mars 1984.

III

LES NOUVEAUX AMIS DE LA FRANCE

Khomeiny est pour nous un homme vénérable.

Nabih Berri,
chef chiite libanais.

De longue date, sinon depuis Charlemagne, du moins dès la Renaissance, la France a établi, à son initiative, des liens privilégiés avec le monde musulman. Ces relations, alors scandaleuses aux yeux de l'Occident, donnaient à la dynastie française un précieux point d'appui extérieur, dont elle avait le monopole, et compensaient certaines faiblesses de la France en Europe face à ses adversaires sur ce continent.

Rares furent les périodes où, par un engouement aussi entier qu'irréfléchi, si typiquement français et si comparable à nos phénomènes de mode contemporains, la France « perdit la tête » à l'égard de l'Orient musulman. Il faut citer quand même le cas de Saladin (1138-1193), mercenaire kurde d'Irak, devenu sultan d'Egypte et de Syrie, pour lequel la Chrétienté d'Occident, France en tête, se jeta dans « une admiration débordante [1] », bien qu'il ait repris Jérusalem à l'Etat latin d'Orient et chassé les coptes de l'administration de leur propre pays.

L'élite politique française, quand elle réfléchit actuellement à autre chose qu'aux prochaines élections cantonales, a deux attitudes à l'égard de l'univers musulman : soit elle

1. Maxime Rodinson, *La Fascination de l'Islam,* Editions Maspero, 1980.

lui voue une aversion irraisonnée, et souvent inavouée, soit elle s'enflamme d'une manière tout aussi irraisonnée, mais, cette fois, toujours claironnée, pour les aspects les plus contestables des sociétés islamiques actuelles. « Une partie de la gauche a toutes les faiblesses de l'irrationalité envers le fanatisme islamique... [alors qu'] aujourd'hui, dans quelques cas, le fanatisme islamique apparaît comme l'aventure extrême de l'autoritarisme rétrograde », note, à rebrousse-poil de nombre de ses pairs, un dirigeant socialiste français [2].

Mais combien de ses collègues, socialistes ou non, se sont entichés sans réfléchir des chiites, druzes et autres alaouites, dont on verra, dans ce chapitre, quels parangons du progrès ils font !

Hors d'Europe occidentale, l'ensemble arabo-musulman constitue certes, outre l'Afrique noire, le partenaire étranger avec lequel la France est tenue, par la géopolitique et les intérêts, d'avoir les relations les plus développées. Or il n'est rien que les Arabes méprisent plus que ceux qui foulent aux pieds leurs propres croyances ou principes, surtout pour des histoires de pétrole ou d'armes. Au Proche-Orient, sans doute plus qu'ailleurs, il faut être respecté pour être adopté comme partenaire à part entière.

La France doit s'attacher à maintenir le dialogue avec les pays d'Islam en général, tout en restant ferme sur les fondements moraux, humains, culturels qui sont la dimension spécifique de sa place dans l'univers. Ou alors, elle devra se résigner à n'être plus qu'un « marchand de brosses à dents » — selon la boutade de De Gaulle à propos d'un dirigeant japonais qu'il venait de recevoir.

Vis-à-vis de l'islamisme, la France est évidemment sur le fil du rasoir : elle doit marquer son respect pour cette religion tout en condamnant les extrémistes qui s'en réclament ; elle doit cesser de faire semblant de croire que cette foi est, de nos jours, porteuse de lumière, tout en prenant en considération que l'islam n'en cristallise pas moins l'espoir d'un habitant sur cinq de la Terre.

2. Jean Poperen, secrétaire national du Parti socialiste, *Synthèse-Flash,* repris par *Les Nouvelles,* 31 mai 1984.

Quel est le « programme » du cheikh Saïd Chaabane, l'intégriste sunnite au beau turban de mousseline immaculée à qui les Palestiniens ont, avant leur départ en 1983, livré la ville de Tripoli — la deuxième cité libanaise — et des armes pour la conserver ? Le chef du Mouvement de l'unification islamique décrète sans fard qu'il faut « renoncer à la démocratie pour l'islam qui est le seul précepte parfait octroyé par le Tout-Puissant [...] La marche a maintenant commencé et l'islam finira par gagner l'Amérique et l'Europe [...] L'islam est le seul salut pour cet univers plongé dans la détresse [...] La question libanaise est futile en soi. Peut-on repérer le Liban sur la carte ? Nous voulons apporter la grâce au monde entier et qu'on n'aille pas croire que nous sommes des rêveurs utopistes [3] ».

L'analyse d'un Jean Poperen sur l' « autoritarisme rétrograde » de l'islam intégriste est loin d'être unanimement admise — surtout dans le sérail « progressiste » parisien. Gaston Defferre, alors ministre de l'intérieur de François Mitterrand, fut le seul responsable gouvernemental à oser braver les accusations de « racisme » ou d' « arabophobie » des milieux, musulmans ou non, adonnés à la désinformation en faveur de l'intégrisme ; il a mis les pieds dans le plat chaque fois qu'il l'a pu, depuis qu'en 1982 il a pris conscience que le fondamentalisme musulman n'était pas une galéjade.

En novembre 1982, à un moment où beaucoup croyaient à un apaisement durable au Liban, Gaston Defferre me dit : « Détrompez-vous, ça va péter de nouveau : les chiites iraniens travaillent les chiites libanais, les infiltrations iraniennes se multiplient au Liban et vont tout compromettre. » Si les extrémistes chiites ne furent pas les seuls responsables de la nouvelle tornade libanaise, ils y ont joué, en 1983, un rôle déterminant — et inédit dans la guerre du Liban.

Au printemps 1984, c'est encore Gaston Defferre qui indique : « A Beyrouth, les intégristes, dès qu'ils sont arrivés, ont vidé les caves des cafés, des restaurants, ont tout brûlé, ont commencé à brûler les livres, etc. Nous ne pouvons pas

3. *L'Orient-Le-Jour,* quotidien indépendant francophone, Beyrouth, 19 octobre 1983.

accepter un système d'intolérance intellectuelle, de pareils principes de vie.» Et le maire de Marseille prédisait : « Le comportement des intégristes va alimenter le racisme [4]. »

A côté de l'attitude lucide d'un Defferre — quelque 150 000 musulmans, de nationalité française ou non, vivent dans sa ville de Marseille —, il y a, dans l'Hexagone, ceux qui se réjouissent secrètement des excès de l'intégrisme au Liban et ailleurs, et de ses prémices en France, car ils comptent utiliser cet argument pour mettre globalement en accusation l'Islam de France.

Il y a aussi ceux qui se livrent avec délices à la complaisance [5], faisant adopter à la France, au Liban et dans maintes autres contrées où se donnent libre cours les fantasmagories islamistes, des attitudes en contradiction avec ses intérêts moraux et sa situation de « mère des droits de l'homme ».

Est-il conforme aux traditions françaises d'avoir, sans broncher, laissé le Soudan — pays vivant sous moratoire international et sur lequel la France, entre autres Etats occidentaux, a donc des moyens financiers de pression — appliquer tranquillement, depuis septembre 1983, la loi islamique dans ses plus atroces extrémités pénales ?

« Même quand le châtiment est contraire à la dignité humaine et disproportionné avec la faute, il nous est difficile d'intervenir, surtout dans un pays musulman, et pour des musulmans », me dit, en octobre 1983, à Paris, l'un des responsables d'une organisation humanitaire. Il ajouta : « Nous avons des assurances, en tout cas, que le droit coranique ne sera pas appliqué aux non-musulmans du Soudan. » Ce pays, à côté de 15 millions et demi de mahométans, comptait, en 1980, 3 millions et demi d'animistes et près de 2 millions de chrétiens (dont environ la moitié de catholiques).

Lors de son passage à Paris, en novembre 1983, le maréchal-président du Soudan, Jaffar Némeiry, se donna

4. *Sans Frontière,* juin 1984. Voir aussi l'entretien de Gaston Defferre, *Les Temps Modernes,* mars-avril-mai 1984.
5. Voir notre chapitre « Les Turcs de profession », *Le Radeau de Mahomet,* Lieu Commun, 1983, Flammarion, 1984.

les gants d'une leçon d'égalité, en répondant aux journalistes européens qui lui demandaient si la *charia* (législation islamique) serait appliquée aux chrétiens et animistes soudanais : « La loi est la même pour tout le monde chez nous ! »

Le dictateur du Haut-Nil ne se déjugea point. En mai 1984, deux jeunes chrétiens, John Bosh et Simon Kao, pauvres Noirs du Sud venus en vain trouver un emploi à Khartoum, furent condamnés à l'amputation, chacun, de la main droite et du pied gauche. Pour un vol de 13 livres soudanaises — moins de 100 francs, s'il vous plaît ! — commis au préjudice d'un musulman. L'affaire fit quand même assez de bruit à Khartoum, tant et si bien que la « justice » soudanaise, dans sa mansuétude, décida finalement que John et Simon ne seraient amputés « que de la main »... Ce qui fut exécuté, en public, après la grande prière musulmane du vendredi, pour respecter les bons usages, mais aussi le jour où Chester Crocker, secrétaire d'Etat américain aux affaires africaines, rendait visite à un pays dont le sien est le principal fournisseur d'armes.

La chronique soudanaise ne nous dit pas si ce haut-fonctionnaire fit part de son indignation au maréchal Némeiry. On compte, en revanche, sur un seul doigt, et pour cause, *le* pays qui a jusqu'ici publiquement protesté contre l'application à la lettre de la charia au Soudan : le Zimbabwe...

La France n'a pas été remuée par les horreurs légales de Khartoum. Serait-ce que son sang, qui ne fait qu'un tour quand on persécute un vieil académicien russe ou qu'on embastille des étudiants chiliens, se fige dès lors qu'il s'agit de mettre sur la sellette non pas une nation musulmane, encore moins l'Islam ou l'islamisme, mais des pratiques monstrueuses nées d'une interprétation anachronique des textes sacrés mohamédiens ?

L'exemple du Soudan n'est malheureusement pas unique. Ce pays n'est que le dernier en date des Etats musulmans, après le Pakistan, l'Iran, les Emirats arabes unis, la Mauritanie et quatre ou cinq autres ayant remis en honneur, si l'on peut dire, la charia. Ce qui se passe à Khartoum — quatre exécutions et trente-huit amputations d'une main ou d'un pied ou des deux à la fois en dix mois — justifie à lui seul la résistance des chrétiens libanais et explique la gorge nouée de toutes les minorités non musulmanes en Orient musulman.

Mauvaise conscience en raison de notre « colonialisme » passé dans plusieurs pays islamisés, hantise de se voir jeter les excès de la guerre d'Algérie à la figure, crainte de perdre des commandes, ou un peu des trois, le résultat a été qu'au Liban et ailleurs, la France s'est, pour le moment, inclinée devant l'extrémisme musulman. C'est ce qu'on appelle au Quai d'Orsay : « Ne pas provoquer l'Islam »...

Avant même que n'éclatent contre nous les premières bombes du *djihad,* la guerre sainte, il avait suffi de quelques algarades parties de Téhéran, Damas ou Tripoli pour que Paris ait honte de son action à Beyrouth : « Les Etats chrétiens lancent une croisade anti-islamique au Proche-Orient et en Afrique, contre le Tchad et le Liban. Musulmans de tous les pays, prenez part au djihad au Liban contre les nouveaux croisés ! », rugit le colonel Kadhafi [6]. « Le rôle de la France nous rappelle les Croisades ! », lui répond en écho Abdelhalim Khaddam, alors ministre des affaires étrangères syrien [7].

En cet automne de 1983, pendant que les druzes coupent en morceaux les chrétiens du Chouf, amis des Français, Radio-Damas hurle à longueur d'antenne que « la France porte le casque colonial au Liban » ! Les cris des chrétiens égorgés sont couverts par le bruit de slogans antifrançais lancés à dessein. En Libye, dans le même temps, les murs se couvrent d'affiches montrant un Français coiffé d'un casque colonial et brandissant une épée en forme de croix, dégoulinante de sang, islamique naturellement...

En réalité, Paris a eu si peur de faire couler une goutte de ce sang-là, lorsque ses soldats se trouvaient à Beyrouth de septembre 1982 à mars 1984, qu'il a préféré les voir tomber sous les balles ou les bombes de l'organisation secrète Djihad islamique et autres *hezbollahi* — les « partisans de Dieu » — sans laisser riposter nos batteries.

6. Agence Associated Press, 19 septembre 1983.
7. *Le Monde,* 28 septembre 1983.

Les autres Occidentaux n'ont pas fait mieux à Beyrouth. Ecoutons le témoignage d'Ibrahim Chébli. C'est un juriste maronite attelé de longue date à un travail social bénévole dans la banlieue chiite de Beyrouth. Un chrétien de gauche, si l'on veut — mais un vrai, qui vit ses convictions. Lassés des assassinats, des enlèvements, des pillages, des fouilles, le tout sous prétexte patriotique, pratiqués par des chiites armés, depuis le début de la guerre du Liban, plus de la moitié des 6 000 chrétiens de Mreijé ont peu à peu quitté ce quartier, près de l'aéroport. Ibrahim Chebli a tenu, durant huit ans, avec sa famille et quelques amis, malgré l'angoisse quotidienne. Aujourd'hui, il est en Allemagne fédérale.

Il raconte : « Le 23 septembre 1983, les derniers éléments de l'armée libanaise présents à Mreijé sont partis devant la pression chiite. Nous sommes restés car les Italiens de la Force multinationale [8] étaient à cent mètres de nos maisons. Nous nous disions qu'à portée de vue et de voix, les Occidentaux ne nous abandonneraient pas, en cas de malheur. »

« Quelques heures après le départ du dernier soldat libanais, les gens d'Amal ou d'Amal islamique — du reste, c'est la même chose, comme le Fatah [9] et Septembre noir — ont commencé à envahir nos appartements, tuant les récalcitrants, une dizaine en tout, puis brûlant tous les biens chrétiens : quatre cents maisons, trois églises, un couvent, soixante-deux petites entreprises. De chez nous, on voyait les soldats italiens dans leur fortin. Des femmes, des enfants chrétiens leur faisaient des signes désespérés. Ils n'ont même pas réagi du geste. Nos maisons ont brûlé sous leurs yeux. Alors nous sommes partis. Nous avons tout perdu, sauf la vie. Nabih Berri, le chef d'Amal, la milice chiite, à qui certains d'entre nous se sont par la suite adressés, n'a rien entrepris pour nous. Et les Italiens ont quitté Beyrouth en faisant le signe de la victoire... »

Les musulmans chiites qui, en 1984, regroupent approxi-

8. Français, Américains, Italiens et Britanniques étaient regroupés au sein d'une « force multinationale » sans commandement commun et que les Beyrouthins baptisèrent bientôt la « faiblesse multinationale ».
9. Le Fatah (la Conquête) est la principale composante de l'Organisation de libération de la Palestine.

mativement au Liban un quart de la population de nationalité libanaise, forment avec les chrétiens maronites, la plus nombreuse des communautés du Liban. Réunissant sans doute plus de 800 000 âmes, ils représentent à eux seuls environ la moitié des musulmans, répartis pour le reste en sunnites, druzes, alaouites et ismaéliens. Lors du recensement initial de 1932, les chiites n'étaient que 155 000, venant derrière les maronites (228 000) et les sunnites (178 000).

Les chiites sont appelés aussi, au Liban, « métoualis » — « ceux qui aiment Ali », gendre de Mahomet et calife de 656 à 661 — ou « jaffarites », fidèles de l'imam Jaffar El-Seddik, descendant d'Ali et mort en 765. Le terme « chiite », quant à lui, vient de l'arabe *chiya,* parti, faction. Les chiites constituent le « clan d'Ali », les « gens d'Ali », cet Ali que les musulmans sunnites appellent « calife » tandis que les musulmans chiites préfèrent lui donner de l' « imam ».

Les chiites ont, de tout temps, souhaité être gouvernés par un homme du sang de Mahomet, choisi parmi la descendance mâle de sa fille Fatima et de son gendre et cousin Ali. Les vicissitudes de l'histoire — les « perfidies » des sunnites, selon les chiites — ont fait qu'en l'an 873, leur douzième (et dernier) imam légitime depuis Ali, un certain Mohamed, a « disparu ». Il vivait dans l'empire des califes abbassides sunnites de Bagdad. On pense généralement que c'est la police califale qui fit disparaître leur possible rival. Les chiites croient dur comme fer, jusqu'à aujourd'hui, que l'imam Mohamed n'a pas été tué, mais que, menacé, il est entré, avec l'aide de Dieu, « en absence » : *ghaïba.* Cet « imam caché » doit réapparaître quand Allah aura jugé bon de ramener l'âge d'or sur terre ; il sera appelé *el mahdi,* « le bien dirigé ». En attendant, on le nomme *el montazar,* « l'attendu ».

Les chiites sont approximativement dans le monde 80 millions, toutes obédiences confondues, ce qui représente 10 % des musulmans.

Pour être aiguë, et compliquée à plaisir par d'inextricables querelles « dynastiques », la séculaire tension sunnite-chiite n'en repose pas pour autant sur de réelles différences dogmatiques : les deux grands rameaux de l'Islam reconnaissent tous deux le Coran, les cinq piliers de la « vraie religion » — profession de foi en Dieu unique, prière cinq fois par jour, jeûne du mois de Ramadan, aumône « légale » aux pauvres et, si possible, pèlerinage à La Mecque et Médine —, pratiquent la circoncision, la solidarité religieuse et familiale et, éventuellement, la polygamie, le djihad moral ou physique, etc. Le fondamentalisme affecte aussi bien le chiisme que le sunnisme, encore qu'en ce siècle, c'est entre les sunnites qu'il a repris vigueur, dans l'Egypte des années 30, sous l'impulsion de l'instituteur Hassan El-Banna (1906-1949).

A propos de l'aspect « dynastique » du différend, il est paradoxal que les familles alides régnantes à présent — les Alaouites du Maroc et les Hachémites de Jordanie, dont les arbres généalogiques remontent jusqu'à Ali et Fatima à travers quelque trente-cinq générations — ne gouvernent que des sunnites et ne soient pas considérés par les chiites comme des descendants authentiques de Mahomet.

On verra plus loin, cependant, que les différences entre sunnites et chiites sont infiniment moins grandes qu'entre ces derniers et des sectes auxquelles ils ont donné naissance, comme les druzes ou comme les alaouites de Syrie — ces derniers ne formant pas une dynastie de sang alide comme au Maroc, mais une communauté religieuse se réclamant de la pensée de l'imam Ali.

Les chiites sont très anciennement, en tant que tels, au Liban, sans que l'on ait pour autant de données historiques exactes sur la date et la raison de leur arrivée. La thèse communément admise est qu'ils descendent de tribus arabes du Yémen et d'Iraniens arabisés de Mésopotamie, gagnés au chiisme dès les débuts de l'islam et que les califes omeyyades de Damas (661-750), alors champions de l' « orthodoxie » sunnite, firent venir au Levant pour affaiblir le traditionnel foyer d'agitation chiite de Mésopotamie.

Les chiites se réfugièrent progressivement au Liban. Ils n'eurent pas à y subir de persécutions de la part des chrétiens. Il est certain, en revanche, que les maronites ont toujours poursuivi une politique jadis de défrichement, ensuite de mise en valeur, constamment de rachat à l'amiable de terres arables, qui a pu, quelquefois, rétrécir ou repousser le territoire d'autres communautés moins industrieuses. Au cours des siècles, au gré de leur démographie, les maronites progressèrent lentement dans le sens nord-sud du Mont-Liban — avec la charrue bien plus qu'avec le glaive.

Ainsi Annaya, dans la haute montagne de Byblos, et qui est devenu, à notre époque, l'un des grands lieux de pèlerinage maronite car y vécut l'ermite saint Charbel (1828-1898, canonisé à Rome en 1978), était, au début du XIXe siècle — lorsqu'y firent leur trou quelques moines maronites —, un djebel rocailleux où ne se rencontraient que quelques hameaux chiites. Aujourd'hui, les cultures monastiques, qui permettent aux religieux de vivre en autarcie, jouxtent celles des villages chiites d'Elmat, Ras-Ista, Bichtlidi, Halzoum, Hajoula, etc. Ces petits paysans musulmans, qui ont un député de leur confession au parlement national, ont aussi, parfois, un ou plusieurs fils combattant les chrétiens dans la milice chiite de Beyrouth-Ouest. Néanmoins, le temps de guerre n'a pas entraîné à Annaya d'affrontements confessionnels. Au contraire, lorsque du sang a coulé dans la région, en 1980, ce fut entre groupes chrétiens rivaux, quand Béchir Gémayel unifia par la force les milices de son camp... Mais entre chiites et maronites d'Annaya, on perçoit quand même, bien que chacun le nie, comme une obscure confrontation pour la terre, venue du fond des âges.

C'est dans les « marches » du Liban, au sud du fleuve Litani et dans la région de Baalbek, au nord du pays, puis, plus récemment, dans la banlieue sud de Beyrouth, que se fixèrent et se trouvent toujours les chiites. L'insécurité chronique, créée depuis les années 60 dans la région frontalière par les affrontements israélo-palestiniens — attaque de fedayins chassés de leur terre, représailles de Tsahal [10], revanche des premiers, contre-représailles de la seconde et ainsi de suite —, a conduit des dizaines de milliers de chiites, et aussi des chrétiens du sud, à se réfugier à Beyrouth.

10. Contraction des mots hébreux *tseva-haganah-le-Israël,* signifiant « force de défense d'Israël ».

La plus rurale (avec les maronites) et la plus féodale (avec les druzes) des communautés libanaises a été aussi la plus défavorisée dans la compétition économique (le sud est riche mais sous-exploité, « périphérique », et, surtout, depuis 1948, au cœur du maëlstrom palestino-israélien) et la moins bien nantie dans la répartition du pouvoir en 1943, encore que le président de la Chambre libanaise, obligatoirement un chiite, soit le numéro deux du régime constitutionnel libanais.

L'expansion démographique des chiites et le rôle nationaliste de nombre d'entre eux depuis 1978 auraient dû — devraient — amener des aménagements politiques et économiques en leur faveur.

Au cours d'une rencontre avec Béchir Gémayel, au début du printemps 1982, alors qu'il n'était encore que le chef des chrétiens, mais au moment où, parmi les musulmans, un frémissement en sa faveur était déjà perceptible, celui-ci avait évoqué un éventuel rapprochement politique maronito-chiite. Les deux communautés actuellement les plus nombreuses pourraient-elles, comme les maronites l'avaient réussi avec les druzes du Moyen Age au début du XIXe siècle, constituer la charpente, nécessairement double, du Liban rénové ?

Le jeune cheikh Béchir n'était pas dupe ; il se rendait bien compte que la libanité des chiites, pour réelle qu'elle soit, était entravée par l'intégrisme islamique, d'essence supranationale ; il savait bien que le progressif engagement chiite contre les Palestiniens n'avait pas eu pour seule raison l'amour de la patrie, mais aussi bien le dédain affiché des « bons musulmans » sunnites palestiniens pour ces chiites « déviants », la liquidation en Libye, en 1978, du guide spirituel bien-aimé des chiites libanais Moussa Sadr, voire des histoires de femmes chiites séduites par des don juans palestiniens...

Comme tout chrétien d'Orient, Béchir n'ignorait certainement pas, non plus, que si les chiites sont capables, individuellement, de faire preuve, à l'égard des non-musulmans, de plus d'ouverture que les sunnites, pris collectivement

— et, en Islam, la communauté l'emporte presque toujours sur l'individu —, ils peuvent être plus durs, plus dogmatiques. Si, aux yeux du sunnite, le non-musulman (chrétien ou juif, car les autres croyances ne sont pas prises en considération par la doctrine musulmane classique) n'est qu'un inférieur, il est quand même un homme, tandis que, pour le chiite, il peut être un paria.

Béchir Gémayel était conscient qu'il fallait encourager par tous les moyens le libanisme chiite, surtout à l'heure où l'ancien principal partenaire musulman des chrétiens dans la vie politique du pays (les sunnites) était diminué tant par sa relative perte d'importance numérique que par sa compromission avec les Palestiniens et par l'éloignement persistant du pouvoir, en Syrie, de la communauté sunnite. Il fallait saisir l'occasion. J'eus la nette impression, à travers les propos prudents mais clairs de Béchir Gémayel, que, s'il accédait un jour au pouvoir, il choisirait un premier ministre chiite, à la place du sunnite habituel, et nommerait un ambassadeur chiite à Paris — poste fréquemment attribué à un chrétien.

Plus tard, après l'assassinat de Béchir Gémayel au lendemain de son élection à la présidence, plusieurs anciens proches politiques du défunt, comme le père abbé maronite Boulos Naaman, me confirmèrent qu'il aurait sans aucun doute « promotionné » les chiites.

Naturellement, le nouveau chef de l'Etat, son frère aîné Amine Gémayel, hanté par l'ombre omniprésente de son frère, n'a cessé, consciemment ou inconsciemment, pour se démarquer de Béchir, de faire le contraire de ce que tout un chacun pense que le président assassiné aurait fait. L'explosion chiite de début 1984, qui a failli coûter son pouvoir à Amine Gémayel, s'explique, en partie au moins, par le délaissement des chiites sous le nouveau chef de l'Etat.

Si le président Amine Gémayel n'a pas assez agi en faveur des chiites, la France, elle, a forcé la dose. Passe encore que le président Mitterrand, d'habitude si posé, ait montré tant d'empressement à recevoir, en mars 1984, à l'Elysée, toutes affaires cessantes, le chef de l'organisation politico-militaire chiite Amal, Nabih Berri. Tout nouveau, tout beau. Mais, sur un point au moins, le chef de l'Etat a été déçu : l' « avocat francophone » qu'on lui avait vanté ne s'exprime qu'en un français cahotant... La question que l'on peut se poser est pourquoi l'Elysée a ensuite éludé la demande d'audience de Fady Frem, successeur de Béchir Gémayel à la tête des Forces libanaises, seul rempart des chrétiens.

Il faut aussi se demander pourquoi le Parti socialiste français, en février 1984, lâcha, dans la jungle de Beyrouth-Ouest, ce fade professeur agrégé de droit public, dont il a fait son secrétaire national aux relations internationales, Jacques Huntzinger.

A ceux qui lui demandaient pourquoi il n'allait pas s'entretenir avec les dirigeants chrétiens à Beyrouth-Est, il répondit : « Pour le moment, au Liban, il est intéressant de parler avec ceux qui font l'histoire de ce pays. » ! Qui plus est, le responsable socialiste avait tenu ces propos encadré — on n'ose dire « protégé » — par des miliciens islamiques...

Il y eut des Français qui eurent honte. Dans le « réduit chrétien », mué en dépotoir de l'Histoire par un apparatchik parisien, un jeune contremaître maronite alla, pour sa part, cette nuit-là, au Nahr-el-Kelb, le « fleuve du chien », gorge déserte où tous les maîtres passagers du Liban, des pharaons aux Français de 1920 en passant par la IIIe Légion gauloise de Caracalla et les mamelouks, ont gravé leur nom dans le roc. Notre Libanais avait emporté un aérosol de peinture blanche. La vue brouillée par des larmes de rage, il traça en zigzag, à côté des antiques inscriptions : « Non pour la France ». En français.

Avant de se jeter à la tête des chiites, Paris aurait pu, comme on dit, « se renseigner ». Mais non, les Français ont un chiite « rentré » depuis que l'ayatollah Khomeiny, de retour en Iran, après son agréable exil français, s'est retourné contre eux. Dès lors, ils cherchent un « bon chiite », par besoin d'une revanche psychopolitique. Ils croient le tenir, au Liban, avec Nabih Berri.

Mais ont-ils jamais lu ce que « leur » chiite providentiel déclare benoîtement à propos de ses liens avec Khomeiny qu'il qualifie d' « homme vénérable » avant de préciser :

« C'est un peu le même rapport qu'entre un pays catholique et le pape [11] ! »

L'avocat beyrouthin dans lequel Paris a placé tant d'espoirs, même s'il est au fond de lui-même un moderniste, est porté par un courant populaire intégriste qu'il n'a en rien tenté, au contraire, de détourner dans une direction plus raisonnable. « Notre idéologie, c'est l'islam ! », décrète-t-il [12] sans nuance, alors que tous ses admirateurs occidentaux continuent à le présenter comme un laïc, un modéré, voire un progressiste. A la conférence interlibanaise de Lausanne, en mars 1984, il n'a rien eu de plus pressé que de se faire photographier agenouillé pour la prière dans sa chambre d'hôtel... Et chacun de s'extasier ! Il n'y a, bien sûr, rien de déshonorant à ce que Nabih Berri pratique sa religion. Mais s'il y avait en lui plus de modernité que de démagogie, il aurait pris soin de ne pas se comporter comme un vieux-turban dès ses premiers pas hors du Liban.

Bref, les chiites sont en vogue. Ils devraient, d'ailleurs, faire attention, si tant est qu'ils soient nombreux à se soucier de cette tocade parisienne, car, comme le constatait le journaliste Jean Daniel : « Les étrangers ont appris à se méfier de l'enthousiasme des Français : ils le paient trop cher par la suite [13] »... Pour sa part, *Libération* plie l'histoire aux exigences du jour, allant jusqu'à écrire : « Dans la nuit des temps (autour du VIIe siècle), le Liban était un pays entièrement chiite [14] » ! Tant qu'à faire, pourquoi ne pas avoir chronologiquement placé Mahomet avant Jésus ! En proie à cette chiitophilie débridée, on en arrive à trouver que « la communauté chiite libanaise [est] la seule à prendre soin de toute la maison et pas seulement de la pièce qu'elle occupe [15] », négligeant que c'est en réalité, les maronites qui sont la seule ethnie libanaise répandue sur tout le territoire national et que, sans leur ténacité, il n'y aurait jamais

11. *Le Monde,* 16 février 1984.
12. *La Revue du Liban et de l'Orient arabe,* Beyrouth, 21 janvier 1984.
13. *Le Nouvel Observateur,* 27 avril 1984.
14. Sélim Nassib, *Libération,* 18 novembre 1983.
15. Sélim Nassib, *Libération,* 1er mars 1984.

eu de Liban, et, en tout cas, il n'y en aurait plus depuis 1976.

La chiitomanie aura aussi procuré à certains de bonnes pintes de rire, quand, par exemple, elle fait éclore cette énormité : « Le mot français schisme viendrait, paraît-il, du mot chiisme [16] » !

On sent actuellement chez les chiites, il faut le dire, une vitalité, un enthousiasme, une disponibilité qui contrastent avec l'archaïsme social druze, l'engourdissement politique sunnite et la rétention démographique chrétienne. Les vertus chiites auraient pu faire merveille au profit du Liban si un Béchir Gémayel avait été là pour les canaliser, si le démon fondamentaliste n'était pas venu d'Iran, si Nabih Berri avait deux sous de courage politique...

En attendant que la providence vienne arracher les chiites libanais à l'intégrisme, ils s'y enfoncent chaque jour un peu plus. Dans des écoles de la banlieue sud de Beyrouth, au printemps 1984, des maîtres barbus et des maîtresses en fichu proposaient à l'admiration de leurs élèves de douze ans la réponse de Khomeiny aux adolescents iraniens enrôlés sur le front du golfe Persique, et qui avaient sollicité du « guide de la révolution » la permission d'aller passer le Naurouz, le nouvel an persan, dans leurs familles : « Vous le célébrerez avec du feu et du sang. En islam, la joie la plus pure est de tuer et de se faire tuer pour Dieu [17] » !

Dans le bon cœur et les mauvais calculs de la France socialiste, les chiites ont un prédécesseur et un rival, quoique un peu en perte de cote depuis 1983, pour cause d'excès de frasques : les druzes. Ceux-ci, généralement présentés en France comme « une nation guerrière et mystique », sont, depuis le milieu du XIXe siècle, les ennemis de tout ce qui est français, francophile ou francophone au Levant. Contre nous, ils firent hier le jeu de la Turquie ottomane ou de l'Angleterre, plus tard et jusqu'à aujourd'hui, celui de

16. Encore Sélim Nassib, *Libération,* 18 novembre 1983. Chiites vient de l'arabe *chia,* parti, faction. Schisme dérive du grec *skhisma,* séparation.
17. Cette phrase a notamment été reproduite dans *Jeune Afrique,* 21 mars 1984.

l'Union soviétique et de la Syrie. « Au siècle dernier les Anglais étaient avec nous, aujourd'hui ce sont les Russes », rappelle sans complexe le jeune chef druze Walid Joumblatt [18]. Mais une certaine « gauche » française a pour les druzes les yeux de Gérard de Nerval, décrivant romantiquement, dans son *Voyage en Orient,* les modestes et fiers villageois, avec leurs moustaches gauloises et leur fanion à main blanche sur fond rouge.

Après avoir été longtemps l'un des deux arcs soutenant le Liban, l'autre étant constitué par les maronites, les druzes n'ont pu admettre que leurs partenaires chrétiens remettent en question — dans les années 1840-1860 — le système agraire féodal de la Montagne libanaise. Comme les Français, sous Napoléon III, sont venus empêcher que se poursuive le massacre des chrétiens et les ont aidés à mettre en train leur projet de modernisation de la société libanaise, les druzes ont, dès lors, confondu dans une même rancune les maronites et les Français qui les avaient effectivement privés, par leur action commune, d'une bonne part de leurs privilèges ruraux. Sous les grands mots d' « unité arabe », de « justes revendications populaires », ou d' « aide inconditionnelle à la résistance palestinienne », adroitement jetés en pâture par leurs tribuns à l'opinion internationale, les druzes, depuis 1975, au Liban, règlent aux chrétiens des comptes qui, après tout, ne sont vieux que d'une centaine d'années. En Orient, ce n'est même pas hier, c'est le matin de la journée en cours. « L'alliance mouvementée de la plus grande famille féodale du Mont-Liban, celle des Joumblatt, avec les mouvements armés palestiniens et la Syrie en vue de réduire les prétendus privilèges maronites dans la gestion (actuelle) du Liban, apparaît comme la réponse tardive à la politique d'alliance de l'émir Béchir II Chéhab au XIXe siècle avec les armées égyptiennes d'Ibrahim-Pacha en vue de réduire les privilèges de la féodalité druze [19]. »

La « conjuration » franco-égypto-maronite contre les seigneuries druzes, au XIXe siècle, n'a pas été si radicale que le

18. *El-Nahar,* Beyrouth, 6 août 1984.
19. Georges Corm, *Esprit,* janvier 1984.

prétendent ses victimes et leurs descendants, puisque la baronnie des Joumblatt, dans le djebel Chouf, s'y est maintenue jusqu'à nos jours, à travers une rigide hiérarchie sociale n'impliquant plus, il est vrai, que des druzes. L'adaptation fut difficile. Imagine-t-on, dans notre Moyen Age, un duc ou un comte à qui la majorité des vilains — les fellahs maronites dans le contexte libanais — auraient fait défection !

Les Joumblatt ont le cuir solide. Ils ont tenu bon. Ils sont au Chouf, dans la position de suzerains, depuis plusieurs siècles. « Nos ancêtres [des Kurdes sunnites], quittant le nord de la Syrie, sont d'abord venus s'installer à Mazraat-el-Chouf. C'était peu après que l'un de nos ancêtres, l'émir Jamboulad [eut été] défait par une armée turque de 300 000 hommes. [...] Par la suite, un de nos “grands-pères”, Rabah Jamboulad, épousa [au Chouf] une fille riche, unique enfant de la famille Kadi, qui dominait un peu toute la contrée, socialement et religieusement : c'étaient des druzes », a raconté Kamal Joumblatt [20].

Par une rarissime entorse à la religion druze, qui n'admet plus, depuis ses débuts, de néophytes — c'est ce que l'historien libanais sunnite Adel Ismaïl appelle l' « absolu rideau de fer [21] » druze —, les Jamboulad sunnites devinrent les Joumblatt druzes, toujours régnants dans leur palais montagnard de Moukhtara, édifié il y a deux cent cinquante ans.

Malgré ce « pedigree » peu engageant pour un « homme de gauche », les Joumblatt ont réussi à capter la sympathie de l'intelligentsia occidentale. A Kamal, assassiné par ordre de quelque service syrien en 1977, sur la route de Moukhtara, a succédé son fils Walid qui, avec ses yeux hallucinés, fait peur depuis lors à tous les petits enfants du monde, à l'heure du journal télévisé. Walid Joumblatt n'a pas remplacé son père que comme chef des druzes, il lui a également succédé à la tête du « Parti socialiste progressiste », formation théoriquement panlibanaise, en fait quasi entièrement druze.

20. Kamal Joumblatt, *op. cit.*, p. 42.
21. Adel Ismaïl, *Histoire du Liban au XVIIe siècle à nos jours*, t. I (1590-1633), Librairie orientale et américaine, 1955.

Quelques déclamations anti-américaines ou propalestiniennes, de bonnes relations avec l'Union soviétique, et le tour fut joué : un clan parfaitement réactionnaire, par le subterfuge des mots, entra à l'Internationale socialiste au côté de vrais partis socialistes du monde occidental. Walid-Bey, grand seigneur et surnommé par ses ennemis « le boucher du Chouf », s'offre même le luxe d'être l'un des vice-présidents de la respectable Internationale socialiste !

Pour moderne qu'il se présente, avec ses jeans et sa dégaine à l'occidentale, Walid Joumblatt, quand il a voulu se remarier, a agi comme le plus conservateur des bédouins. La vie privée des politiciens, surtout en Orient, est plus révélatrice de leur mentalité profonde que bien de leurs discours. Au lieu de choisir lui-même l'une de ces splendides Libanaises, élégantes et instruites, comme il s'en trouve dans toutes les communautés, Walid-Bey envoya sa mère lui chercher en Jordanie, parmi les Tcherkesses — tribu musulmane venue au XIXe siècle de la Russie tsariste — une « fille de famille » sage et soumise...

La vie sociale des « progressistes » druzes au reste est régie par un système de... castes. La communauté est divisée en une élite très restreinte d' « initiés », les *rouhani* (« spirituels ») et une masse inculte, les *jismani* (« corporels »). Les rouhanis (environ 15 % des druzes) se subdivisent eux-mêmes en *cheikh el-akl,* cheikhs de la sagesse, poignée de religieux aux barbes blanches connaissant seuls la totalité du « dépôt spirituel unitaire » ; et en simples *okal* (« sages »), plus nombreux sans être légion, à la science religieuse incomplète. Les jismanis englobent le reste des druzes, c'est-à-dire la grande majorité de l'ethnie. On les appelle crûment : les *djohal* (« ignorants »). Parmi eux, se distinguent quand même les émirs, chefs de guerre et politiciens des druzes. Tous les autres sont des djohals *stricto sensu,* piétaille au dévouement aveugle, aux ordres des dirigeants religieux ou militaires, terrorisés, s'ils se comportent mal, d'avoir à se réincarner un jour dans le corps d'un animal... ou d'un humain non druze !

Tant d'obscurantisme — que d'aucuns admettent néanmoins au nom du « respect de l'identité culturelle » — laisse pantois.

Ainsi vont les impostures. Plutôt que de s'en scandaliser, ce qui, en l'espèce, équivaudrait à pisser dans un violon, tant les positions joumblattistes restent fortes à Paris, tâchons d'en rire en lisant la littérature où Walid Joumblatt est emphatiquement décrit comme « un nationalitaire socialisant et de tradition démocratique [22] »...

S'ils ne sont ni progressistes ni socialistes, que sont alors ces druzes, amis nouveaux de la France officielle ?

D'abord, l'une des plus petites minorités du Proche-Orient : environ 400 000 individus répartis entre le Liban (160 000), la Syrie (200 000) et Israël (50 000) ; ils sont aussi l'une des plus secrètes et des plus fermées. On n'est même pas certain de disposer de la totalité de leurs textes sacrés, souvent millénaires, écrits en arabe, langue unique et originelle de la communauté. Le très « éclairé » Kamal Joumblatt lui-même ne craignit pas, à cet égard, d'avouer : « Je suis contre [la divulgation des textes religieux druzes]. Viendra le temps où un "sage" pourra et saura le faire. Ce temps n'est peut-être pas si éloigné. Les prédictions situent ce "moment" quelque part avant l'an 2000 [...] Ces textes appartiennent non seulement au patrimoine spirituel du Liban et des Arabes, mais aussi au patrimoine universel de l'homme [...] Ces textes ne s'adressent pas au "commun des mortels", mais à une certaine élite — tels les mystiques — qui voudrait connaître la vérité dernière des choses [23]. »

Le druzisme est historiquement un rameau du chiisme, mais un rameau d'une essence différente de l'arbre : comme le gui sur le chêne. En ce sens, si les druzes procèdent bien de l'islam, à travers le schisme chiite, à la limite on ne peut plus dire qu'ils soient encore musulmans. Les sunnites, et même les chiites proprement dits, les considèrent d'ailleurs comme

22. Article anonyme publié dans *Le Monde diplomatique* d'octobre 1983 et attribué au principal conseiller de Joumblatt, le journaliste franco-druze Mérouane Hamadé. Cet article fut abondamment distribué par le « parti druze » à la presse internationale.
23. Déclaration au *Jour*, Beyrouth, 31 mars 1967, reprise par Philippe Aziz, *Les Sectes secrètes de l'islam*, Robert Laffont, 1983.

« hérétiques » [24] ; ils leur refusent leurs filles, comme à de vulgaires chrétiens ou juifs. Les druzes, eux-mêmes, ne s'affirment musulmans que par opportunisme politique. Entre eux, ils s'appellent *mouahidoun,* « unitaires », et ils ont longtemps souhaité être nommés par les non-druzes *Taïmani,* par référence à la région d'Ouadi-Taïm, près du mont Hermon, dans le sud du Liban, où se recrutèrent les premiers mouahidouns du Levant.

Facardin II, émir (1593-1633) druze du Mont-Liban, alla jusqu'à se présenter comme catholique « d'ascendance franque » lors de son voyage en Italie. De nos jours, les druzes posent aux « progressistes » pour être agréés par les Occidentaux. Au XVIIe siècle, avec la complicité des maronites, dont ils étaient alors les alliés, les druzes n'hésitèrent pas à se donner comme descendants d'un croisé, le comte de Dreux — d'où le mot « druze », soutenaient-ils, alors que ce terme dérive de Darazi, nom de l'un des fondateurs oubliés de la secte... « Le prince druze du Liban était trop fin politique pour ne pas user de toutes les possibilités d'éveiller en Europe une sympathie favorable aux druzes, alors victimes des Turcs ottomans [25] ! » Aujourd'hui comme hier, crédule Occident !

S'il a prospéré au Levant, le druzisme est né en Egypte peu après l'an 1000, du cerveau génial ou dérangé, selon les avis, du sultan-calife chiite Hakem (996-1021), sixième prince de la dynastie fatimide, qui se voulait issue de l'union de Fatima, fille de Mahomet, avec son cousin le calife Ali. Le grand islamologue belge de la première moitié du XXe siècle, le Père jésuite Henri Lammens [26], estime que Hakem « se contenta de tirer les dernières conclusions [...] contenues en germe dans la Chia ». Puisque les chiites attendaient un rédempteur, il décida de l'être, et, tant qu'à faire, il serait d'incarnation divine.

24. En dépit d'une *fatoua* (avis théologique) les déclarant « musulmans », que Nasser, voulant récupérer politiquement les druzes, força les oulémas sunnites d'El-Azhar, au Caire, à émettre.
25. Luc-Henri de Bar, *op. cit.*, voir p. 58.
26. Henri Lammens, *L'Islam, croyances et institutions,* Imprimerie catholique, Beyrouth, 1943.

Il appartint cependant à un Persan, Hamzeh Ben Ali, proche de Hakem et rival d'un autre zélateur califal, Naktekine Darazi, qu'il fit assassiner, de devenir le véritable prophète du druzisme.

Il décréta que Hakem reprendrait sa forme humaine lorsqu'il jugerait bon de venir apporter à ses fidèles la maîtrise du monde. En attendant cette parousie, les druzes se replièrent sur eux-mêmes. Murés dès le XIe siècle dans leur absolue certitude d'être les seuls croyants de l'univers à vraiment admettre la théorie de l'unité divine — le *tauhid* —, ils furent bientôt en butte aux persécutions des « vrais » musulmans et commencèrent donc à se réfugier dans les replis de la Montagne libanaise, où se trouvaient déjà les maronites.

Dès le Moyen Age, ils utilisèrent ceux-ci pour amender les terres rocailleuses du Chouf, d'où les druzes chassèrent les colonies chiites, qui s'y trouvaient avant eux, vers le sud du Liban. Pour se garantir contre un retour des chiites dans la Montagne, les druzes incitèrent plus tard des paysans maronites à s'installer au sud du Chouf, le long d'une ligne Jezzine-Sidon ; promenez-vous dans cette belle région montueuse et vous verrez que, plusieurs siècles après, les paysans-soldats maronites sont toujours fidèles au poste, intercalés entre chiites et druzes.

Aujourd'hui, la menace chiite s'est faite jour derechef pour les druzes. Certes, Nabih Berri et Walid Joumblatt se sont alliés contre les chrétiens depuis 1982. Mais les chiites, nombreux à être peu pourvus de terre, surtout à cause de leur système social latifundiaire, regardent vers le Chouf, qu'ils savent confusément avoir occupé jadis, et qui est en partie vide depuis l'exode des chrétiens en 1983 ; beaucoup de druzes eux-mêmes — 20 000, dit-on — s'en sont allés récemment travailler à l'étranger, fatigués de la guérilla permanente. Walid Joumblatt a donné ordre à ses vassaux de racheter toute terre choufiote qu'un chrétien voudrait vendre et de ne laisser aucun chiite devenir propriétaire en montagne.

Quant aux rites, croyances et mœurs des druzes, ils présentent d'immenses différences, et même de nombreuses contradictions avec ceux des musulmans proprement dits. Les druzes n'ont ni mosquées, ni Sunna — faits et dits de Mahomet —, ni même le Coran, encore qu'ils en utilisent certaines formules. Ils n'admettent pas la polygamie et, s'ils ne consomment pas de porc, ils trouvent « sacrilège » le jeûne de Ramadan et croient — suprême hérésie aux yeux du musulman « orthodoxe » — à la métempsycose immédiate et successive des âmes druzes dans d'autres corps vivants druzes (ou, à la rigueur, juifs ou chrétiens, mais surtout pas musulmans...), et cela jusqu'à la fin des temps et sans la création de nouvelles âmes ; ils pratiquent la circoncision sur les garçons, mais c'est plus, apparemment, par hygiène que comme un rite sacré.

Avec ses mots de passe et ses signes de reconnaissance, sa loyauté et son soutien obligatoires entre « unitaires » et sa dispense de franchise à l'égard des non-druzes, ses degrés d'initiation (mais pour les seuls natifs druzes), ses réunions secrètes dans de simples maisons baptisées *khaloua* (« retraite »), le druzisme, ou du moins ce qu'on en sait, fait finalement plus penser à une sorte de maçonnerie ou de charbonnerie qu'à une secte musulmane.

Le seul druze qui ait jamais, à notre époque, exposé, dans un livre pour le public arabophone, les fondements du druzisme, le diplomate libanais Abdallah Najjar, a été assassiné dès le début de la guerre, au Liban, de la main d'un de ses parents, délégué, assure-t-on, par les dignitaires religieux de la communauté, les cheikhs *akl* — les « sages ».

L'opacité qui entoure le culte druze ne fait que se renforcer lorsqu'on se lance dans la lecture de leurs textes saints disponibles, essentiellement les *Epîtres* [27] de Hamzeh Ben Ali Ahmed, Ismaïl Ben Mohamed El-Tamimi et Ali Ben Ahmed El-Samouki, dit Bahaeddine El-Moktana, sorte de « trinité scripturaire » censée avoir distillé, au lendemain de l'an 1000, le suc de l' « unitarisme ».

Mahomet y est traité de « forcené et dément », voire de « veau » tout au long de diatribes sans fin visant, autant que l'on puisse comprendre, à démolir, mais à coups de mots

27. *Epîtres de la Sagesse* (111 lettres, 843 pages), sans nom d'éditeur, Paris, 1984 (en arabe).

creux, la Révélation coranique. « Par Dieu ! Il a été ordonné [à Mahomet] de diffuser la Vérité et il l'a voilée, transgressant par là l'engagement qu'il avait pris [de veiller à] l'Unicité et il l'a même reniée. » Or le Prophète s'est justement fait le champion du Dieu un...

La perpétuelle épée de Damoclès de l'Islam sunnite majoritaire, sans parler de l'animosité chiite, ont conduit les druzes à développer jusqu'à la perfection la *taqiya,* l' « impératif de dissimulation » (la restriction mentale, en termes galants), dont leur nom est devenu, au Proche-Orient, le symbole ; l'aura sulfureuse qui s'est formée autour de cette attitude est, depuis des siècles, la source d'une série de dictons arabes du type : « Ne marche jamais devant un druze ! », « Soupe chez un druze et dors chez un chrétien ! »

« A l'époque des Croisades, nous dit Luc-Henri de Bar [28], [...] les druzes se portèrent le plus souvent aux côtés des Francs, sans négliger pour autant le cas échéant de marquer leur bonne volonté aux forces de l'Islam sunnite. » Plus tard, lors de la grande confrontation qui eut lieu en Orient, en 1516, entre Ottomans et mamelouks, des druzes combattaient dans les deux camps, et, lorsqu'il fut évident que les troupes turques allaient l'emporter, l'émir Fakhreddine Ier, chef du contingent druze promamelouk, passa, en pleine bataille, avec ses hommes, du côté du sultan Sélim Ier [29].

Durant la guerre de 1914-1918, les Ottomans n'eurent qu'à se féliciter, au Levant, des services de Nassib et Abdelghaffar El-Atrache, mais c'est encore un fils de cette influente famille druze du Hauran (Syrie), Soltan, qui fut le premier druze à entrer à Damas, le 2 octobre 1918, avec les troupes alliées, victorieuses des armées turques... [30]

Il serait trop facile de fournir à l'infini, au lecteur, des exemples de taqiya, jusqu'à tout près de nous, où les druzes ont combattu du côté israélien dans les guerres contre les

28. *Op. cit.,* voir p. 58 et 84.
29. *Encyclopédie islamique,* article Durüz (druzes), par Tayyib Gökbilgin.
30. On ignore souvent que le célèbre chanteur et acteur égyptien Farid El-Atrache était en réalité membre de cette grande famille druze de Syrie.

Arabes, de 1948 à 1982, tout en étant les alliés « inconditionnels » des Syriens et, au Liban, les plus vibrants défenseurs des Palestiniens...

En Palestine-Israël, au long des années 40, après s'être volontairement enrôlés dans les groupes terroristes juifs anti-arabes Irgoun et Haganah, les druzes insistèrent pour que la conscription israélienne, qui ne s'adresse en principe qu'aux juifs, leur fût appliquée, comme un moyen de prouver leur « loyauté » à Israël. Cette « faveur » militaire fut accordée aux druzes en 1955, en même temps que la pleine citoyenneté israélienne qu'attendent encore, trente ans après, la plupart des autres Arabes dits israéliens. L'Etat hébreu n'a pas eu à regretter sa « confiance ». Le général Mordechaï Gur, alors chef d'état-major de l'armée juive, a pu féliciter ainsi les soldats druzes-israéliens : « Votre nom sème l'effroi parmi les terroristes [palestiniens]. Quoique peu aient réussi à vous échapper, ces survivants témoignent de votre bravoure et de votre excellence [31]. » Qui dit mieux ?

Quand l'armée israélienne a envahi le Chouf, en juin 1982, d'aucuns crurent prédire, en Occident, une « résistance acharnée des patriotes druzes ». Eh bien ! pas un pétard ne fut tiré contre Tsahal, qui eut droit, au contraire, à une agréable promenade militaire dans cette Provence escarpée qu'est le Chouf. Les druzes n'ont d'ailleurs pas dû se poser de cas de conscience, puisque Hakem, leur sage par excellence, leur a légué, il y a mille ans, ce conseil : « Suivez toute nation plus forte que la vôtre, mais gardez-moi dans votre cœur. » (Verset 114 du « catéchisme » druze.)

Tout cela ne peut en faire des amis sûrs. Et c'est eux que la France a préférés aux chrétiens libanais ! Ces derniers lui ont pourtant donné, depuis la nuit des temps, maint et maint exemple d'une fidélité qui, des Croisades à l'actuelle guerre du Liban, leur a souvent plus coûté que bénéficié. En vain.

Les Français, lassés de ces encombrants chrétiens du Liban, dont ils ne comprennent plus la résistance car ils ont oublié leur propre histoire, se cherchent encore de nouveaux

31. *Spectacle du monde-Réalités,* mai 1978.

« amis » au Levant, parmi les musulmans ou assimilés. Apparemment, ne lui suffisent ni les chiites ni les druzes.

Les derniers en date de ces « musulmans » sur lesquels la diplomatie française a jeté son dévolu sont les alaouites de Syrie. Au moins, peut-on dire, cette minorité-là est-elle au pouvoir, si incertain soit-il. L'ennui, c'est que, plus encore que les druzes, si tant est que ce soit possible, elle n'est pas considérée vraiment comme mahométane par l'islam sunnite, ou même par l'islam chiite, dont, pourtant, comme les druzes, elle procède. Alaouites et druzes sont un peu, par rapport à l'islamisme, ce que les mormons ou les témoins de Jehovah représentent par rapport au christianisme.

Qualifiés de chiites *gholât* — « exaltés », « outranciers » — par les hérésiologues islamiques, les alaouites ne portent ce nom, à leur demande expresse, que depuis le Mandat français sur la Syrie, dans l'entre-deux guerres. Ce terme les rattache naturellement au fameux et éphémère Ali, cousin et gendre de Mahomet, quatrième calife (656-661) pour les sunnites et premier imam pour les chiites. Encore qu'ils se dénomment entre eux *el mouminoun* — les « croyants » — , le nom de longue date appliqué en Orient aux alaouites est *noçaïri* (parfois *ansarié*) à cause, semble-t-il, d'un certain Mohamed Ben Noçaïr Namiri [32], personnage secondaire de l'histoire islamique qui, en Mésopotamie, fut le *ouakil* (délégué) de Hassan El-Askari, onzième imam des chiites, mort en 873.

Si les druzes, n'en pouvant plus d'attendre l' « imam caché » de la doctrine chiite, ont déifié de son vivant le calife Hakem, les alaouites en ont fait de même pour le calife Ali, mais plusieurs siècles après sa mort.

Les alaouites sont antérieurs aux druzes et leur présence en Syrie est signalée dès 1012 par l'Irakien Aboubaker El-Bakilani, « théologien dogmatique [33] » du sunnisme. Le théoricien principal du druzisme, Hamzeh, peu après la même époque, s'en prend si violemment aux alaouites que, dans sa quinzième missive des *Epîtres de la Sagesse,* il les accuse de pratiquer « l'inceste ». Les chiites proprement

32. *Encyclopédie islamique,* article Nusaïri, par Louis Massignon.
33. Henri Laoust, *Les Schismes dans l'islam,* Payot, 1977.

dits n'ont également aucune considération pour ce modeste rameau de leur foi (environ un million de personnes presque toutes en Syrie) que sont les alaouites.

En effet, « le système religieux des noçaïris forme un extravagant syncrétisme d'éléments chrétiens, païens et musulmans. Ils croient en une « triade divine [34] » : Ali, Mahomet et Salmane El-Farisi, obscur compagnon des deux précédents. Ali « le Très-Haut » est *primus inter pares*. Les alaouites se proclament néanmoins « unitaires ». La poésie noçaïrie, fraîche et répétitive, revient sans jamais se lasser sur le trio Lune-Ciel-Soleil, censé représenter sans doute la triade sacrée.

Les alaouites initiés se réunissent de temps en temps, la nuit si le secret est nécessaire, dans une maison particulière, autour d'un *cheikh el-dine* (cheikh de la religion), ministre du culte. Ils disposent des cierges, de l'encens et du... vin. Le texte des oraisons, le baiser de paix, et jusqu'à la célébration de Noël et d'autres fêtes chrétiennes comme l'Epiphanie ou la Sainte-Barbe achèvent de créer l'illusion. Un texte alaouite précise même : « Le plus grand mystère de Dieu est celui de la chair et du sang dont Jésus a dit : "Ceci est ma chair et mon sang ; mangez et buvez de cela, car c'est la Vie éternelle". »

Ces similitudes avec le christianisme, qui furent mises en exergue par les alaouites sous le Mandat français sont aujourd'hui, en Syrie, passées de préférence sous silence. Le président Assad est allé prier dans une mosquée sunnite et, à la suite d'émeutes de citadins musulmans « orthodoxes » en 1973, il a rétabli l'obligation, pour le chef d'Etat syrien, d'être mahométan, bien que, *stricto sensu,* il ne le soit pas lui-même. Ses pairs islamiques l'admettent malgré tout sans difficulté dans leurs sommets, quitte à faire des gorges chaudes en privé sur les rites et mœurs de « ces bizarres alaouites ». J'ai entendu des bourgeois sunnites damascènes dire, comme avec des pincettes : « Si un alaouite veut devenir musulman, il doit d'abord se faire chrétien, pour se laver au passage de l'hérésie. »

34. Henri Lammens, *op. cit.*, voir p. 84.

En effet, à l'instar des druzes, qui ont peut-être emprunté des éléments de leur foi aux alaouites, ceux-ci croient en la métempsycose et en la transformation en étoile des fidèles mâles « parfaits », après leur mort. Leur enfer est le passage de l'âme dans un corps d'animal. Leur principal livre saint connu est le *Madjmouh* (Recueil), très vaguement inspiré du Coran et écrit en arabe, qui est de toujours leur langue. Un certain Soliman d'Adana, alaouite devenu chrétien, eut l'imprudence de publier à Beyrouth, en 1863, quelques textes relatifs aux rites de sa communauté native. Malheur à lui ! Il fut assassiné... Le culte du secret n'est pas l'apanage du druzisme.

Les alaouites pratiquent la circoncision. La polygamie ne leur est pas interdite, mais ils n'en usent que très rarement. Les femmes alaouites sont pourtant sans doute celles des sociétés islamiques — ou plutôt paraislamiques — qui ont le statut le moins enviable ; le dogme noçaïri ne leur reconnaissant même pas la possession d'une âme, elles n'ont donc pas droit à l'initiation religieuse. Les airs de bête traquée des paysannes alaouites — elles ne sont pas voilées — que l'on croise dans le djebel Ansarieh, au-dessus de Lattaquié, en dit long sur le servage millénaire de ces femmes. Une fois au pouvoir, leurs hommes ne s'en proclament pas moins « progressistes ». Voilà qui la France courtise !

Au temps des Français, les alaouites, respirant pour la première fois depuis des siècles dans leur djebel où les sunnites venaient, jadis, les massacrer ou les razzier, obtinrent de Paris que leur région (6 500 m^2) fût érigée en « Etat indépendant du Djebel-Alaouite », et cela bien que le recensement français de 1925, pour toute la Syrie, n'y ait dénombré que 227 000 noçaïris sur une population totale de 1 300 000 habitants. Le père de l'actuel président Hafez El-Assad, Soliman, petit notable villageois ayant porté le nom de El-Ouahche (en arabe : le fauve, terme habilement transformé plus tard en El-Assad : le lion...), fit partie du groupe de six chefs alaouites qui écrivirent le 15 juin 1936 au président du Conseil Léon Blum pour que leur « Etat » soit conservé : « Un avenir noir attend [...] les minorités dans le cas de la suppression du Mandat et de l'unification de la Syrie [...], objectif suprême de tout Arabe musulman »[35].

Versatile, la France mandataire passa finalement outre au désir d'indépendance des alaouites, mais elle les favorisa, notamment en les faisant entrer en force dans l'armée syrienne. J'ai ouï, à Damas, de distingués intellectuels sunnites s'écrier, dans notre langue : « C'est à cause de vous, satanés Français, que nous sommes gouvernés aujourd'hui par les fils de nos bonniches ! » (sic) Et dans les mêmes bouches, cette réflexion, comme pour se consoler, en attendant la revanche : « Bah ! après tout les alaouites sont des moutons que l'on engraisse en prévision de la fête... »

Le moins qu'on puisse dire, c'est que les alaouites, s'il est vrai que nous avons facilité naguère leur promotion politique, ne nous en ont pas su gré. On en veut souvent à ceux à qui l'on doit beaucoup... Le jour où l'on fera sans passion notre bilan colonial, on reconnaîtra, dans le cas alaouite, que nous avons au moins arraché à une insécurité multiséculaire une minorité coupable de ses seules croyances.

Lorsqu'en 1970 le régime baassite — du parti *Baas* (Renaissance), qui se veut laïcisant et panarabe — fut renversé par Hafez El-Assad, on fut soulagé dans toute la Syrie. Le nouveau maître proclama aussi un gouvernement d'idéologie baassiste, mais dans un climat d'emblée plus libéral. D'une dictature inquisitoriale, renfrognée, cafarde, on passait à une simple autocratie, apparemment ni mesquine ni fanatique. Il faut avoir connu les divers despotismes arabes, nassériens ou baassistes, d'Alger à Bagdad en passant par Le Caire, pour apprécier la différence et comprendre les espoirs.

Mais les Syriens ne perdaient rien pour attendre. Leur réveil fut atroce. En feuilletant les divers rapports d'organisations humanitaires sur la Syrie d'après 1975, les spécialistes des droits de l'Homme les plus blasés voient leurs cheveux se hérisser. Ouvrons, au hasard, l'un de ces

35. Abou Moussa El-Hariri, *Les Alaouites noçaïris,* sans nom d'éditeur, Beyrouth, 1980 (en arabe).

documents [36] portant notamment sur les traitements réservés aux détenus politiques par les services secrets de Damas :

1. Le détenu est complètement déshabillé.
2. On épile tout son corps.
3. On éteint les mégots sur son corps aux endroits sensibles.
4. On brûle son cuir chevelu.
5. On arrache ses ongles.
6. On lie l'organe génital du détenu avec un fil en nylon qu'on attache à un clou au mur, après avoir rivé le détenu à un anneau fixé au mur opposé. L'un des bourreaux tape avec un bâton sur le fil de nylon tendu à maintes reprises.
7. Frapper la plante des pieds avec un fouet en lanières, un bâton ou des tuyaux en plastique, chaque fois deux cents coups au moins.
8. Etendre ensuite le détenu dans un bassin d'eau froide (tout spécialement en hiver).
9. Introduire le détenu dans le cercle d'un pneu de voiture puis le rouer de coups partout et à l'avenant (le procédé : on introduit la jambe au milieu du pneu, suivie de la tête et des bras de façon que le détenu soit recroquevillé et immobilisé en forme de U à l'intérieur du cercle du pneu).
10. Pendre le détenu par les pieds, la tête en bas.
11. Obliger le détenu à rester debout plusieurs jours sans lui permettre de s'asseoir ou de dormir, en lui ordonnant de lever les bras bien tendus et très droits.
12. Demeurer longtemps debout sur un seul pied et recourir aux coups chaque fois que le détenu baisse le pied levé.
13. Obliger les détenus ä courir en portant des poids sous les coups jusqu'à l'épuisement ou l'évanouissement.
14. Verser subitement de l'eau bouillante sur les détenus.
15. Obliger le détenu à s'asseoir sur un pal.
16. Obliger le détenu à s'asseoir sur le goulot d'une bouteille.
17. Se servir d'un courant électrique alternatif en reliant les fils aux points sensibles du corps et spécialement aux organes génitaux.
18. Gonfler le détenu d'eau ou d'air.
19. Pratiquer l'acte honteux avec le détenu.
20. Arracher la chair du détenu des diverses parties de son corps avec une tenaille.

36. *Les Droits de l'homme en Syrie,* Association suisse pour la défense des libertés et des prisonniers politiques en Syrie, Genève, mai 1984.

21. Attacher le détenu par des cordes à une voiture et faire démarrer celle-ci à toute vitesse jusqu'à ce que mort s'ensuive, ou jusqu'à déchiqueter le corps des victimes avant de les liquider en leur crevant éventuellement un œil, par exemple, ou en leur coupant une oreille, la langue, les doigts et dans certains cas les organes génitaux, et en les fourrant dans la bouche du supplicié.
22. Obliger le détenu à courir à l'intérieur d'une grande salle où sont répartis des bourreaux qui le frappent avec des instruments divers de torture.
23. Obliger le détenu à boire sa propre urine.
24. Précipiter le détenu dans un bassin d'eau électrifié.
25. Lier les organes génitaux du prisonnier afin de l'empêcher d'uriner après l'avoir obligé à boire des liquides diurétiques, etc.

Dans son rapport 1983 sur l'année précédente, l'organisation humanitaire Amnesty International écrivait : « L'emprisonnement de plus de 200 prisonniers pour délit d'opinion, l'étendue des pouvoirs d'arrestation et de détention qui ont permis d'incarcérer des centaines de prisonniers politiques, la détention prolongée sans jugement, dans certains cas depuis plus de douze ans, [...] l'usage courant de la torture, [...] les « disparitions », les exécutions extrajudiciaires, y compris les massacres de plusieurs milliers de personnes [...], telle est la liste de nos principaux sujets de préoccupation [concernant la Syrie]. »

Le massacre auquel il est fait allusion est celui de la ville de Hama où, du 2 février au 5 mars 1982, selon les estimations les plus modérées, quelque 10 000 personnes (sur 300 000 habitants) ont été massacrées sans distinction d'âge, de sexe, d'opinion ou de confession, en guise de réaction contre la tentative de soulèvement des Frères musulmans qui avait coûté la vie à environ 300 militants du parti Baas au pouvoir. Si les intégristes avaient choisi leurs cibles, les militaires syriens ne firent pas de distinction, tirant dans le tas, en l'absence de tout regard étranger. L'opposition syrienne a établi la liste nominale de quatre-vingt-huit mosquées et édifices islamiques détruits ou endommagés lors de la répression à Hama.

Bien que les chrétiens de Hama n'aient, on s'en doute,

nullement été impliqués dans les attentats et intrigues des Frères musulmans contre le régime et ses agents, ils n'en furent pas moins victimes des bombardements et des fusillades aveugles contre l'ensemble des habitants. Cinq églises, dont le vieux sanctuaire grec-orthodoxe du quartier d'El-Médina et un autre, du même rite, en construction, s'effondrèrent sous les obus, tuant les fidèles des environs. Des icônes anciennes et d'autres pièces précieuses du mobilier sacré, retirées des décombres par les « forces de l'ordre » furent envoyées par camions militaires à Beyrouth, et de là expédiées vers l'Europe occidentale, où elles ont été vendues pour le compte des chefs de la répression.

C'est dans ce pays, sous ce gouvernement inhumain, que François Mitterrand, sans doute l'un des chefs d'Etat au monde les plus attentifs au respect des droits de l'homme, a souhaité se rendre. « Bien entendu, j'irai en Syrie si j'y suis invité [37] », avait-il lâché d'un air gourmand, en voyage officiel chez le voisin jordanien de la Syrie. Depuis quand les présidents français quémandent-ils les invitations d'un régime tortionnaire, qui plus est à la tête d'un modeste Etat de huit millions d'habitants, sans richesses naturelles rares, sans position stratégique particulièrement privilégiée, compromis jusqu'au cou avec les Soviétiques ? Où est la raison d'Etat, où sont les intérêts vitaux de la France dans tout cela ? Et où est la dignité de notre pays ?

Le gouvernement d'Hafez El-Assad a certainement quelques circonstances atténuantes dans la répression féroce qu'il a entreprise contre ses opposants : outre le dur passé déjà évoqué, les Frères musulmans sunnites, pour de mauvaises raisons religieuses, ont soudain, après le répit de la guerre contre Israël en 1973, cruellement mordu au mollet le régime baassiste. On peut admettre la légitimité de la réaction de défense d'une minorité obsédée par sa survie — obsession habilement masquée par un arabisme forcené —, mais cela ne devrait pas empêcher de condamner les moyens atroces qu'elle emploie pour la répression.

On ne peut, en revanche, trouver la moindre justification

37. *Le Monde*, 12 juillet 1984.

à la hargne dont Damas a poursuivi la France au Liban depuis 1977, y faisant tuer ses diplomates, et jusqu'à son ambassadeur, Louis Delamare, en 1981, et ses soldats. On peut ergoter sur la provenance des exécutants — militants chiites libanais ou iraniens, voire hommes de main palestiniens ; on peut invoquer les intrigues moscovites. On aura raison. On ne pourra nier la part majeure prise par la Syrie dans les déboires d'une France qui ne demandait pourtant pas mieux — sans doute d'ailleurs avait-elle tort — que de laisser Damas développer son influence au Liban. Si François Mitterrand a voulu aller visiter les despotes damascènes, c'est Valéry Giscard d'Estaing, alors à l'Elysée, qui se plut à recevoir, en 1976, en grande pompe, à Paris, le général Assad, tout auréolé encore de sa récente invasion du Liban...

Si la France se fatigue un jour des chiites, des druzes et des alaouites, elle n'aura que l'embarras du choix parmi la bonne cinquantaine d'autres confessions ésotériques surgies des schismes islamiques. Par exemple, les ismaéliens, ces « ancêtres » du fameux terroriste international « Carlos » ; jadis jusqu'à Richard Cœur-de-Lion et saint Louis redoutèrent ces kamikazes du Moyen Age qui firent à notre langue l'étrange cadeau du mot « assassin [38] » — de *hachachin,* les « drogués d'herbe ». Mais, aujourd'hui, disséminée du Pakistan à la Syrie, de l'Afrique orientale à l'Inde, la diaspora ismaélienne fait plutôt dans le négoce paisible ou la petite agriculture. Pour qu'ils aiguisent l'intérêt des politiciens français, peut-être faudrait-il d'abord que les ismaéliens fassent parler la poudre ou l'invective contre nous ou ceux qui défendent les mêmes valeurs que nous, au Liban ou ailleurs. Il faudrait que leur tranquille guide, Karim Aga Khan, se hissât au rang d'un manipulateur de la terreur, aux côtés d'un Hafez El-Assad, d'un Walid Joumblatt ou d'un ayatollah Khomeiny...

38. Bernard Lewis, *Les Assassins. Terrorisme et politique dans l'Islam médiéval,* Berger-Levrault, 1982.

IV

L'ENTAILLE PALESTINIENNE

Si j'avais été libanais, j'aurais été phalangiste.

Cheikh Jaber El-Ali,
vice-président
du gouvernement koweitien,
à Abou Ayad,
chef des services spéciaux
palestiniens

« C'était durant l'été 1974. La paix régnait encore pour neuf mois au Liban. J'avais décidé, pour mes vacances, de visiter ce pays », m'a raconté Nicolas Saudray [1]. « A Sidon [2], à 50 km de Beyrouth, j'allai me promener sur le port pour voir le château de la Mer, une ancienne forteresse franque. J'étais là, face à la Méditerranée, lorsque deux jeunes gens en treillis panthère m'appuyèrent sur la poitrine le canon de leur pistolet-mitrailleur et s'enquirent rudement des raisons de ma présence à Sidon. »

« Déjà mon passeport était détaillé d'un air soupçonneux, et bientôt il passait de main en main car, très vite, la foule s'était agglutinée autour de nous. Pour pouvoir m'interroger plus tranquillement, mes limiers d'occasion m'entraînèrent vers la boutique proche d'un barbier, qu'ils firent se vider sur un seul claquement de doigts. Poussé dans un fauteuil à la place encore chaude d'un client, je ne pus que répéter inlassablement la vérité toute bête : j'étais un simple touriste parfaitement en règle à l'égard des autorités libanaises.

1. Auteur, notamment, de deux remarquables romans ayant l'Orient islamo-chrétien contemporain pour toile de fond : *Le Maître des fontaines,* Denoël, 1978, et *La Maison des prophètes,* Seuil, 1984, *op. cit.*, voir p. 55.
2. Saïda, en arabe.

» Hélas ! les représentants de celles-ci ne hantaient apparemment guère les parages, même sous la forme d'un simple agent de la circulation, et les Libanais présents restaient muets, comme s'ils craignaient de prendre parti, face aux deux jeunes gens dont on aura compris qu'il s'agissait de militants de quelque organisation palestinienne. Que je sois apparemment en règle avec l'administration libanaise ne paraissait guère les émouvoir. N'étais-je pas plutôt un agent sioniste venu espionner les Palestiniens qui formaient alors un tiers de la population de Sidon ? Plaidait absolument contre moi le fait que je ne portais pas d'appareil-photo. En avais-je un quand même à l'hôtel ? Non plus. Mon cas s'aggravait. Un vrai touriste ne pouvait pas ne pas prendre de photos...

» Devenus entre-temps une vingtaine, mes sbires décidèrent finalement de me reconduire à ma chambre d'hôtel. Mes affaires y furent retournées de fond en comble et je dus répondre encore dix fois aux mêmes questions sur l'objet "réel" de mon voyage au Liban. Finalement, les deux Palestiniens me laissèrent. Je tirai de cet intermède l'impression désagréable que les Libanais n'étaient plus maîtres chez eux. »

Une telle mésaventure arriva aussi, sous une forme ou sous une autre, à des dizaines de visiteurs étrangers du Liban, avant 1975. Moi-même, en mai 1972, circulant également au sud du pays, sur la route de Marjayoun, je fus « arrêté » par des Palestiniens armés de pied en cap et faisant visiblement la loi alentour. La possession d'un appareil-photo fut, dans mon cas, contrairement à celui de Nicolas Saudray, jugé pendable... Il fallut laisser là ma voiture de location et suivre mes interlocuteurs dans leur propre véhicule jusqu'à un garage inachevé servant de dortoir à quelques miliciens, où on procéda à mon « interrogatoire » et à mon relevé d'identité, sans oublier ma religion. La pellicule vierge avec laquelle j'avais l'intention de photographier le château croisé de Beaufort, dans la région, me fut confisquée. J'aurais pu expliquer à mes « hôtes » que les Israéliens possédaient sans nul doute de Beaufort et du reste de la province méridionale du Liban des clichés d'une précision sans pareille. Mais à quoi bon ? On sentait que tout ce « cinéma » était destiné à signifier que le sud du Liban était bien désormais sous contrôle palestinien.

Les Libanais, de leur côté, avaient commencé à l'apprendre à leurs dépens, les miliciens des diverses petites armées palestiniennes n'usant toutefois pas avec eux des mêmes relatifs ménagements qu'à l'égard des étrangers. Au sud, mais aussi à Beyrouth, ce n'étaient, au début des années 70, que contrôles intempestifs d'identité, véhicules « réquisitionnés », citoyens libanais rudoyés ou insultés, surtout s'ils étaient chrétiens.

« Je me souviens, c'était en 1948-1950. J'étais à l'école au Liban », relatera un jour Lyna Elias, Libanaise d'origine syrienne, qui fondera en 1984, à Paris, le premier centre d'études sur la Chrétienté orientale [3]. « A l'appel de nos maîtres, nous consacrions tous nos loisirs à ramasser de l'argent et des vêtements pour les réfugiés palestiniens qui, à Beyrouth, au début, furent surtout accueillis dans les quartiers chrétiens. Toute ma jeunesse a été marquée par ces actions en faveur des Palestiniens que les Israéliens venaient de chasser de leur foyer. »

Quant au journaliste Antoine Sfeir, aujourd'hui réfugié en France, il nous confiera : « Quand j'étais étudiant à Beyrouth, entre 1965 et 1970, je consacrais mon temps libre à l'alphabétisation des enfants palestiniens des camps de Sabra et Chatila ; je participais avec enthousiasme à une exposition-vente au profit du mouvement de Yasser Arafat, j'organisais à mon université une conférence d'Abou Ayad, chef des services secrets d'Arafat. Bref, comme tant d'autres Libanais de ma génération, je ne savais plus que faire pour que progresse la cause palestinienne. Ensuite, j'entrai au quotidien francophone de Beyrouth, *L'Orient-Le Jour*. Si les paroles s'envolent, les articles que j'écrivis alors en faveur des Palestiniens demeureront pour témoigner de mon engagement. Malgré cela, un jour de juin 1976, je fus littéralement enlevé, en pleine nuit, à l'hôtel *Marly*, à Beyrouth-Ouest, où je logeais provisoirement, près de mon journal, ne

3. Centre d'études et de recherches sur l'Orient chrétien (CEROC).

pouvant rentrer chez moi à cause des combats. Les yeux bandés, je fus conduit dans un immeuble de Sabra où je me trouvai face à un groupe de membres du FPLP [4], dont certains étaient des anciens condisciples de fac. A ma grande stupéfaction, ils m'accusèrent d'être un agent d'Israël au Liban et me dirent qu'ils allaient me le faire avouer. Je fus donc brutalisé, frappé à coup de crosse au visage jusqu'à me casser plusieurs dents. Mais ce n'était pas tout : mes questionneurs voulurent ensuite me forcer à renier ma foi chrétienne... Au bout de cinq à six heures d'interrogatoire, le FPLP me libéra.

» Tout s'écroulait autour de moi, mon pays et mes convictions. Quelque temps après, je partis pour la France afin de me changer les idées. Pour mon malheur, je me mis à lire les journaux parisiens par le détail, ce qui acheva de me perturber. Les Libanais, notamment chrétiens, y étaient systématiquement mis en accusation pour leur "égoïsme", leur "conservatisme" voire leur "férocité" et même leur "fascisme", alors que les Palestiniens — appelés encore "Palestino-progressistes", ce qui sous-entendait, je suppose, qu'ils étaient soutenus par les Libanais amis du progrès — étaient présentés comme nos victimes... »

Même les horreurs de la guerre n'éteignirent pas complètement la sollicitude libanaise à l'endroit des Palestiniens. Que dira le patriarche maronite Khoreiche, lors d'une visite en la cathédrale Saint-Patrick de New-York, en 1981 ? « Même si les Palestiniens continuent à nous crucifier, que nous soyons chrétiens ou musulmans, nous défendons toujours leur cause, partant de notre foi commune en Dieu et en la justice humaine. Il faut absolument assurer aux Palestiniens une patrie dans leur pays, où ils seraient libres de décider de leur sort. »

Et qui, au lendemain de la déroute arabe de juin 1967, avait été l'un des premiers, sinon le premier intellectuel, à oser dénoncer devant l'opinion occidentale certains travers d'Israël ? Encore l'un de ces maudits chrétiens du Liban, un

4. Le Front populaire de libération de la Palestine, dirigé par un médecin palestinien chrétien (de rite grec-orthodoxe), Georges Habache, est une milice marxiste prosoviétique.

prêtre maronite même, Michel Hayek [5]. Dans *Le Monde,* il s'en prit à l' « exclusivisme » d'Israël — qui ne soutient pas l'État hébreu à 100 % est contre lui — et eut l'audace de révéler que, à l'ombre de la sacro-sainte démocratie israélienne si admirée en Occident, « la présence [d'Arabes chrétiens et musulmans] en Israël était plus celle d'un otage que d'un hôte [6] ».

Le président du Pen-Club du Liban, Camille Aboussouan, homme pondéré s'il en est, n'hésita pas, en février 1969, après que Tsahal eut chargé et blessé à Gaza (territoire palestinien occupé) des écolières arabes manifestant les mains nues contre l'occupation israélienne, à publier dans *L'Orient-Le Jour* [7] un éditorial intitulé « Anne Frank... Anne Frank... » Cela fit scandale que l'on jetât à la face d'Israël le symbole de la malheureuse petite juive hollandaise. Cela fait scandale chaque fois que l'on critique les excès israéliens ou palestiniens. Sans doute est-ce l'une des raisons pour lesquelles chacun se rattrape sur le Liban, comme pour l'âne dans la fable de La Fontaine :

> « *Ce pelé, ce galeux, d'où venait tout leur mal*
> *Sa peccadille fut jugée un cas pendable.* »

Simples réfugiés en 1950, les Palestiniens, moins de vingt ans plus tard, se comportaient au Liban comme des supercitoyens, échappant à la loi commune, imposant leurs quatre volontés aux Libanais de toutes confessions et travaillant à y élargir la fissure originelle du seul Etat institutionnellement islamo-chrétien du monde [8], comme un parasite s'attaque à la partie faible de l'organisme vivant sur lequel il veut se fixer. Pour leur malheur, en tout cas pour le malheur du Liban, une bonne partie des musulmans, notamment parmi les sunnites, soutinrent, au moins au début, l'entreprise de démolition de la vulnérable nation libanaise engagée par leurs coreligionnaires palestiniens.

5. Voir p. 13.
6. *Le Monde,* 11-12 juin 1967 ; de très nombreux lecteurs protestèrent contre l'article du Père Hayek.
7. *L'Orient-Le Jour,* Beyrouth, 10 février 1969.
8. Du moins, depuis que Chypre gréco-turc a éclaté en 1974.

Du rôle néfaste des Palestiniens pour l'unité libanaise, nous ne citerons qu'un exemple, car tous, et ils sont légion, se ressemblent. Mais le cas du petit village islamo-chrétien de Kab-Elias, près de Zahlé, dans la plaine de la Békaa, est particulièrement éclairant, car ses habitants s'y répartissaient à peu près également entre les deux communautés et, ce que ne firent pas ailleurs leurs compatriotes, ils s'entendirent dès le début des « événements » de 1975 pour « continuer à vivre ensemble en paix ». En dépit de cet accord, des émissaires palestiniens armés vinrent, le 15 janvier 1976, exciter les mahométans de Kab-Elias contre les « mécréants » avec lesquels ils coexistaient depuis plusieurs générations. Une dizaine de jours après, Kab-Elias venait s'ajouter à la liste des villages martyrs : 16 chrétiens ayant été tués et 23 autres blessés, et des miliciens palestiniens continuant de venir se joindre aux musulmans de la localité, commença l'exode des chrétiens sans défense vers Zahlé, Beyrouth-Est ou Jounieh, avec son habituel cortège d'enlèvements, de rançonnements et de vols.

A la mi-1976, la fissure libanaise était devenue entaille béante. A Beyrouth-Ouest, chez le député maronite Raymond Eddé, dont la presse française a fait depuis lors le « chef de file des chrétiens modérés », le journaliste libanais grec-orthodoxe Ghassan Tuéni, plus tard ambassadeur du Liban aux Nations unies, devait me dire, avec l'approbation du parlementaire : « Le drame libanais a commencé lorsque les mahométans de ce pays, après la guerre de Six-Jours, en 1967, se sont peu à peu laissés palestiniser, espérant tirer de cette attitude des dividendes politiques. » Il suffit de quelques mois de guerre pour que les musulmans se rendent compte que les Palestiniens se souciaient de changer les structures politiques de l'Etat libanais en leur faveur comme de leur premier keffieh, leur but étant plutôt de prendre des gages au Liban jusqu'à ce qu'on leur rende la Palestine, ou de se trouver un territoire de rechange.

Il est au moins un responsable palestinien — Chafic El-Hout, actuel directeur du bureau beyrouthin de l'Organisation de libération de la Palestine — qui a reconnu publiquement la vraie nature de la présence des siens au Liban.

C'était à Alger, à la fin de février 1983, lors d'une réunion de l'OLP. El-Hout y dit : « Lorsque nous sommes sortis de Jordanie (en 1970), nous sommes allés au Liban, non à l'incitation de ses autorités, mais parce qu'il était un jardin sans clôture. Le Liban, pendant la douzaine d'années que nous y avons passée, était le plus généreux. Beyrouth a été la capitale qui nous a le plus aimés et le plus détestés aussi. Nous qui avons gouverné le Liban et étions un Etat, nous voilà aujourd'hui sans abri et sans bureaux [9]. »

Tout le monde, ou peu s'en faut, avait trouvé cette situation d'occupation normale, y compris l'intelligentsia française. Avait-on accepté, durant la guerre d'Algérie (1954-1962), que les moudjahidins algériens cantonnés en Tunisie de l'Ouest, s'y comportent en terrain conquis ? Autorités locales et chefs algériens avaient sévi pour l'empêcher, avec l'approbation internationale. Aurait-on trouvé naturel, à l'époque de la guerre d'Espagne, que les 600 000 réfugiés républicains massés dans le sud-ouest de la France prétendent peu à peu s'y substituer, au besoin par la violence, aux autorités françaises, s'arrogeant la libre disposition d'une partie du territoire français pour l'utiliser comme base anti-franquiste, au risque d'entraîner de la part de Madrid des réactions dommageables pour la France ? Les Palestiniens se sont comportés ainsi au Liban.

Un expert militaire européen, longtemps en poste à Beyrouth, a calculé que les milices palestiniennes n'avaient pas dû utiliser contre Israël plus de 10 % de leur puissance de feu, le reste l'ayant été contre les Libanais qui refusaient leur hégémonie. « La résistance palestinienne avait plus d'armes que l'armée libanaise elle-même », a révélé, le 20 juillet 1976, le président Assad. Pas étonnant, dans ces conditions, que Yasser Arafat ait pu se vanter « d'avoir vaincu l'armée libanaise en 1969, et arraché l'accord du Caire [10] ». Double aveu en une seule phrase : le caractère libano-palestinien déterminant du conflit, du moins en ses débuts, et l'existence au Liban, avant même l'arrivée dans ce pays, en 1970,

9. *El-Nahar,* Beyrouth, 21 février 1983.
10. Procès-verbaux des sommets musulmans d'Aramoun, *op. cit.*, voir p. 61.

des fedayins rescapés de Jordanie, de forces palestiniennes importantes.

Quant à l'accord du Caire, conclu en novembre 1969 sous l'égide de Nasser, et qui autorise (il n'a pas été abrogé) une présence armée palestinienne autonome au Liban, il fut moins la cause des malheurs futurs du Liban que la conséquence du travail de sape de la souveraineté libanaise menée, dès avant 1969, par les Palestiniens. Le président Hélou, avant de donner son assentiment (où était alors la « toute-puissance » maronite ?) à l'accord du Caire, dut soutenir durant neuf mois un véritable siège politique de la part des notables mahométans, en tête desquels Rachid Karamé, qu'Amine Gémayel a choisi en 1984 pour premier ministre du « Liban nouveau »...

C'est avant tout pour ne plus voir bafouée la souveraineté nationale qu'une partie des Libanais — des chrétiens essentiellement — prirent les armes en 1975. Ce qui mit le feu aux poudres le dimanche 13 avril de cette année-là, à Beyrouth, ce ne fut pas le mitraillage meurtrier d'un « car civil palestinien » par des kataëbs, comme l'a depuis lors faussement répandu à travers le monde entier la propagande palestinienne, mais les attentats qui coûtèrent la vie, le même jour, à quatre chrétiens près de la nouvelle église du quartier populaire chrétien d'Aïn-Remmaneh, que s'apprêtait à inaugurer le cheikh Pierre Gémayel (1905-1984), chef suprême des Phalanges. Cet attentat fut suivi de sanglantes représailles antipalestiniennes. Une telle réaction ne se serait peut-être pas produite, en tout cas pas avec la même violence, si les attentats d'Aïn-Remmaneh n'avaient été le couronnement, si l'on peut dire, d'une série d'incidents incessants, parfois mortels, provoqués par des fedayins.

Pour savoir ce qui s'est réellement passé, le dimanche 13 avril 1975, reportons-nous aux journaux des jours suivants, qui donnent les faits bruts sans pouvoir encore déterminer quel sera leur poids politique futur, et avant que ne vienne tout brouiller le rouleau compresseur de la désinformation.

Ce dimanche de printemps, dans le quartier palestinien de Sabra, la plus extrémiste des milices, le Front populaire de libération de la Palestine-commandement général, dirigé par Ahmed Gibril, dissident du FPLP de Georges Habache, organisa en toute liberté un défilé militaire pour « célébrer l'anniversaire de Kiryat-Chmoneh, opération palestinienne meurtrière [le 11 avril 1974] dans un village israélien. Visiblement le commandement général voulait affirmer sa force [...] ; plusieurs centaines d'hommes en armes étaient rassemblés. A l'avant du cortège, une poignée de fedayins attiraient une foule nombreuse : leurs visages étaient recouverts d'une cagoule préservant leur anonymat », a raconté un témoin. [11]

A peu près au même moment, selon *El-Nahar* du 14 avril 1975, une Volkswagen à l'immatriculation cachée passait devant la nouvelle église d'Aïn-Remmaneh vers laquelle se dirigeaient de nombreux habitants du quartier. Un gendarme interpella la mystérieuse voiture, dont l'un des occupants, pour toute justification à l'absence de numéro, répondit « Je suis un *fedaï !* » et redémarra.

Passa ensuite une Fiat, également à l'immatriculation cachée, d'où les passagers tirèrent soudain sur les chrétiens groupés devant l'église ou déambulant alentour. Bilan : quatre morts, dont deux kataëbs assurant la protection de Pierre Gémayel. Il était environ 11 h 30. On devine l'affolement, la fureur, les gens courant en tous sens, cherchant secours ou armes. Des kataëbs tirèrent, sans l'atteindre, sur une voiture palestinienne.

Lorsque vers 13 heures, un autre véhicule palestinien, un car ramenant à Tell-Zaatar des participants à la parade de Sabra, traversa le quartier en pleine effervescence, des chrétiens, kataëbs ou non, prirent l'autobus sous un feu nourri, tuant ses 27 occupants. Le soir, la ville était en guerre et une dizaine de morts venaient allonger la liste du matin. Depuis lors, le Liban n'a connu que des répits.

Le premier soin des organisations palestiniennes fut d'occulter les tirs initiaux contre les chrétiens et de mettre uniquement en lumière ceux contre le car, prétendant qu'il transportait « des hommes sans armes, des femmes et des

11. Dominique Baudis, *La Passion des chrétiens du Liban*, France-Empire, 1979.

enfants ». Or tous les témoignages — y compris ceux de certains organes palestiniens — indiquent que le car était seulement occupé par des fedayins armés, probablement membres d'une petite milice financée par l'Irak, le Front de libération arabe. *Beyrouth,* revue proche du Front populaire de libération de la Palestine, publia d'ailleurs, le 21 avril 1975, les noms et les photos des Palestiniens tués à Aïn-Remmaneh. « On est obligé de constater qu'il n'y a parmi les défunts ni femmes, ni vieillards, ni enfants [12]. »

La part de mystère qui demeure sur la matinée du funeste dimanche concerne l'origine et la motivation exactes du mitraillage des chrétiens devant l'église. Violence ordinaire un peu accentuée ou volonté délibérée de créer un conflit armé entre kataëbs et fedayins ? L'enquête est ouverte pour les détectives de l'Histoire. En attendant, il s'est naturellement trouvé des voix pour insinuer que l'attentat antichrétien d'Aïn-Remmaneh avait été monté par les chrétiens eux-mêmes afin d'avoir un prétexte pour se jeter à la gorge des Palestiniens... Comme si ceux-ci ne leur avaient pas déjà fourni cent motifs de les attaquer !

Il est possible que les kataëbs ou d'autres nationalistes aient eu le projet de mettre un terme par la force aux empiètements palestiniens. Il paraît insensé qu'ils aient pu se lancer dans une telle entreprise dès avril 1975, alors qu'ils étaient encore dans un état d'impréparation militaire notoire. J'en veux notamment pour preuve qu'ils ne possédaient pas d'armes lourdes — contrairement aux fedayins, qui ne s'étaient pas privés, par exemple, au début de 1975, de les utiliser à Tyr et à Sidon, contre une armée libanaise faisant le gros dos.

Le 23 mai 1975, cinq semaines après le début des hostilités à grande échelle, les premiers tirs à l'arme lourde (des mortiers de 120 mm) vinrent de la position palestinienne de Tell-Zaatar contre les faubourgs chrétiens de Dékouané et de Sin-el-Fil. Le même jour, Aïn-Remmaneh fut atteint par des fusées et des mortiers. Il faudra attendre le 28 octobre 1975

12. *La Crise libanaise : 1975-1976,* mémoire rédigé par le chercheur égypto-libanais Gabriel Ghanoum à l'université de Paris-V, sous la direction de Dominique Chevallier.

pour que les premiers tirs de mortiers soient effectués par les combattants chrétiens, contre Sabra.

Lors des premières batailles de 1975, les kataëbs n'avaient à leur disposition qu'un seul canon. Le jésuite libanais Sélim Abou, doyen de la faculté des lettres de l'université Saint-Joseph de Beyrouth, a témoigné sur ce point : « En 1974, Béchir s'était mis en tête d'acheter un canon. Son obstination avait passé, auprès des membres du parti (kataëb), pour une sorte d'entêtement juvénile. Béchir procéda à une collecte auprès de ses amis [...] et il acheta, à Baalbek, un mortier "seconde main" de fabrication soviétique. L'objet fut placé à la maison centrale des kataëbs. C'est le seul canon dont disposeront les combattants durant les trois premiers mois de la guerre, en 1975, mais son usage sera très réduit, du fait que, avec le canon, Béchir n'avait pu acheter qu'un petit nombre d'obus [13]. »

Pas plus que la route de Jérusalem ne passe par l'Iran — on a pu pourtant le croire, à entendre, en 1980, le président Saddam Hussein d'Irak —, celle de la Palestine ne traverse le « Liban chrétien » même si, en 1976, Abou Ayad, bras droit de Yasser Arafat, crut pouvoir affirmer le contraire. Le général-président de Syrie dit d'ailleurs un jour au patron de l'Organisation de libération de la Palestine : « Je ne comprends pas qu'il faille, pour libérer votre terre, se battre d'abord dans le nord du Liban. Pour aller en Palestine est-il nécessaire d'occuper Jounieh ? Beyrouth n'est pas, que je sache, la capitale de la Palestine ! » (Discours du 20 juillet 1976, à Damas).

Les Palestiniens ont fait aux Libanais ce que les Israéliens avaient fait aux Palestiniens : ils les ont transformés en réfugiés sur leur propre sol natal. Quiconque réprouve l'attitude israélienne à l'endroit des Palestiniens ne peut, s'il est logique et de bonne foi, approuver celle des Palestiniens à l'égard des Libanais.

La maison de votre voisin est détruite. Vous accueillez

13. Sélim Abou, *Béchir Gémayel ou l'esprit d'un peuple,* Anthropos, 1984.

celui-ci chez vous. Quelque temps après, il prétend tout y régenter. Finalement, vous vous rebiffez. Votre invité le prend mal. Vous vous tombez dessus, et bientôt vous vous retrouvez tous les deux au milieu d'une demeure en ruine. C'est exactement ce qui s'est passé entre Libanais et Palestiniens.

La haine de tant de Libanais à l'égard des Palestiniens n'est pas innée, viscérale, comme on l'a tant dit ; elle est acquise. Rien ne justifie le traitement que les Palestiniens ont réservé au Liban, même si son économie avait un temps profité largement de la main-d'œuvre palestinienne. Les Arméniens réfugiés au Liban connurent aussi des jours difficiles, sans pour autant prendre les armes contre leurs hôtes. Sans violence, ils obtinrent bientôt une place au sein de la société et du gouvernement libanais. Non, le système libanais ne méritait pas, malgré ses injustices et ses insuffisances, d'être détruit, car il avait fait de ce minuscule pays la seule contrée ouverte aux proscrits de toutes provenances, le seul espace où chacun pouvait s'exprimer et travailler, qu'il fût Kurde d'Irak, grec-orthodoxe de Syrie ou Egyptien antinassérien ou nassérien. Entre 1945 et 1975, près d'un million de personnes y étaient venues, définitivement ou provisoirement, des Etats environnants, fuyant l'intolérance religieuse et politique ou le chômage.

Les inconditionnels des Palestiniens ont cherché à absoudre l'attitude de ces derniers au Liban en arguant que le gouvernement de Beyrouth n'avait su qu'exploiter le nouveau peuple errant au lieu de l'aider. Cet argument n'a que peu de valeur dès lors que l'on connaît les efforts aussi discrets qu'inlassables de la diplomatie libanaise — un secteur naguère à dominante chrétienne — en faveur de la cause palestinienne. Ecoutons Joseph Harfouche, ancien ambassadeur du Liban à Paris : « A la fin de la Seconde Guerre mondiale, alors que le Liban venait à peine de recouvrer son indépendance, en 1943, et qu'Israël n'avait pas encore proclamé la sienne en Palestine (en 1948), je fus l'un des diplomates libanais chargé de préparer pour l'Arabie séoudite, qui n'avait pas encore de ministère des affaires étrangères digne de ce nom, une note prospective sur la question palestinienne. Elle fut utilisée par le roi Ibn-Séoud au cours d'une rencontre qu'il eut avec Roosevelt, en février 1945, en mer Rouge. Ce document mettait en garde les Etats-Unis contre le danger qu'il y aurait à créer, en Palestine, une entité juive au détriment des populations arabes. Comme d'instinct, la diplomatie libanaise naissante avait senti qui souffrirait le plus, outre les Palestiniens, de la création du seul Etat juif en Palestine... »

A la suite de l'instauration de celui-ci, on pourrait remplir des volumes avec les démarches répétées, suppliantes, de Beyrouth aux Nations unies, à Paris, à Washington, au Saint-Siège en faveur du droit des Palestiniens à un territoire et à l'indépendance. Ce soin contraste avec l'hypocrisie de la plupart des autres gouvernements membres de la Ligue arabe que, dans sa candeur, dévoila un jour l'ancien président Jimmy Carter en remarquant qu'il entendait tout le temps dire qu'il fallait créer un Etat palestinien sauf lorsqu'il s'entretenait avec des dirigeants arabes...

Les historiens découvriront un jour que ce pauvre Sadate (et son courageux ministre copte Boutros Boutros-Ghali), qualifié mille fois de « traître » par ses pairs arabes, a été sans doute le seul chef d'Etat arabo-musulman de son époque à souhaiter réellement l'instauration d'un Etat palestinien (en Cisjordanie et à Gaza). Même la proposition du raïs de fournir de l'eau du Nil à Israël, qui suscita des convulsions dans les salons de « gauche » du Caire, n'avait pas d'autre but que la création de cet Etat. « J'ai été le plus loin possible avec le premier ministre israélien [Bégin] pour le convaincre [...] de respecter les droits des Arabes musulmans sur Jérusalem, d'arrêter les implantations en Cisjordanie et à Gaza et de démanteler les colonies existantes. A titre d'encouragement [...], je lui ai proposé de fournir à Israël une partie de l'eau du Nil afin de l'utiliser au relogement des colons dans la région du Néguev, après leur évacuation des colonies de Cisjordanie et de Gaza », devait révéler Sadate, en août 1980, au roi Hassan II du Maroc [14].

14. « Israël et les eaux du Nil », par le journaliste égyptien Kamal Zouheiri, *Revue d'étvdes palestiniennes,* été 1984.

Les Libanais chrétiens ont, eux aussi, été accusés par la propagande palestinienne ou pro-palestinienne de « trahison », de « collaboration ». Ils se sont, en tout cas, toujours battus seuls. Extrêmement rares ont été les Egyptiens chrétiens, d'ailleurs publiquement dénoncés par Sadate et les Français, aussitôt catalogués d' « extrême droite », qui vinrent prêter main-forte à leurs coreligionnaires libanais, depuis 1975.

En revanche, les Palestiniens, non contents d'avoir débauché des centaines de jeunes Libanais, en général musulmans, mais aussi chrétiens parfois, pour lutter à leurs côtés contre la « droite maronite », firent venir d'une vingtaine de pays [15], *via* Milan, Athènes, ou Istamboul, pour brouiller les pistes, des combattants, militants ou mercenaires, dans la plupart des cas pauvres hères recrutés, croyaient-ils, pour « aller défendre l'Islam », moyennant la promesse d'une solde régulière que l'OLP ne payait pas toujours. Ces jeunes gens égarés, déçus, redoutant souvent de rentrer chez eux par peur des représailles, j'en ai rencontré plusieurs au Liban, entre 1976 et 1981, venant du Maghreb, d'Afrique noire ou du Pakistan. Les chrétiens, puis surtout les Israéliens après leur invasion de 1982, en capturèrent plusieurs centaines.

Le fait qu'un certain nombre de Libanais des deux confessions se soient engagés aux côtés des Palestiniens, même si pas mal d'entre eux devaient le regretter lorsqu'ils constatèrent que cela mettait en péril l'existence de leur propre pays, est la preuve ultime et peut-être fatale du dévouement libanais à la cause palestinienne. Fatale, car même après le départ des miliciens palestiniens de Beyrouth en 1982 et de Tripoli en 1983, restent la querelle interlibanaise réveillée par leur présence, et les occupants syriens et israéliens amenés par leurs inconséquences. Les ingérences armées des Palestiniens prosyriens demeurés au Liban depuis 1983 — ne s'en sont allés que les partisans de Yasser Arafat, hostiles à

15. *La Guerre libano-palestinienne,* Centre libanais d'information, Beyrouth, 1978, et *OLP, maintenant on sait !,* Centre d'information et de documentation Israël-Proche-Orient de Paris, 1983.

la férule de Damas — n'ont, en outre, jamais cessé, contribuant à la démolition des vestiges de l'Etat libanais.

Tout en revendiquant par la parole, voire par les armes, le droit de récupérer leur terre d'origine, les Palestiniens auraient pu respecter l'oasis relative de sécurité, de prospérité et de liberté qu'était le Liban. Ils préférèrent abuser de la faiblesse d'un régime bien incapable, par sa nature même, de réagir contre eux avec la rigueur dont usa à leur endroit la Jordanie bédouine du roi Hussein durant le Septembre noir de 1970, et la Syrie et les autres Etats arabes en tout temps.

Les Palestiniens auraient pu également tenter, sans pour autant renoncer à réclamer justice et réparation de la part de l'Etat hébreu, de s'intégrer provisoirement dans les deux pays de la Ligue arabe, le Liban et la Jordanie, qui les avaient le plus libéralement accueillis. Les réfugiés se trouvaient alors dans une situation à tout prendre plus enviable que celle des Arméniens rescapés de Turquie, projetés au début du siècle parmi des peuples qui leur étaient à peu près totalement étrangers, notamment par la langue. Les Palestiniens ont trouvé refuge, eux, chez des voisins de même langue, même culture, même mœurs, mêmes religions. Un peu comme si la Belgique étant annexée par la Hollande, ses habitants francophones gagnaient la France. Celle-ci ne leur serait pas une contrée hostile ou étrangère, mais elle réagirait certainement avec énergie si les nouveaux arrivants se mettaient à tout chambouler.

La tragédie des Palestiniens est néanmoins immense. Des « murs de fer » — pour reprendre l'expression d'un de leurs écrivains, Ghassan Kanafani, mystérieusement assassiné, en 1972, à Beyrouth — se sont élevés entre eux et leur patrie. Mais leur drame n'excuse pas tous les excès, du terrorisme aveugle aux prises d'otages, en passant par le saccage de l'Etat-hôte. Leur destin, contrairement à ce qu'a écrit l'un des meilleurs d'entre eux, Ibrahim Souss, représentant de l'Organisation de libération de la Palestine en France, n'est néanmoins pas « à peu près unique ». L'Histoire est prodigue à l'infini de cruautés et d'injustices : sans aller géographiquement plus loin, autour des Palestiniens, on trouve, outre les Arméniens dont la patrie est aujourd'hui partagée entre l'Union soviétique, la Turquie et l'Iran, les Assyriens de Haute-Mésopotamie, contraints nombreux de s'exiler en Amérique du Nord après plusieurs tentatives de génocide, les Tartares de Crimée, déportés loin de chez eux par Staline, les Kurdes, « Polonais de l'Orient », dont le territoire est maintenant découpé entre la Turquie, l'Iran, l'Irak, l'Union soviétique et la Syrie. Enfin, pourquoi ne pas citer les 600 000 juifs arabes [16], qui ne seraient sans doute pas allés en tel grand nombre prendre la place des Palestiniens si leurs patries d'origine — à l'exception du Maroc — ne les avaient pas systématiquement traités en espions dès lors qu'exista un mouvement sioniste en Palestine ?

A ce propos, la remarque de l'Algérien Abdelaziz Bouteflika, alors ministre des affaires étrangères du colonel Boumediène, selon laquelle l'Etat sioniste aurait dû être créé sur une parcelle de territoire enlevée à l'Allemagne, puisque c'est le pays qui avait infligé les plus grands tourments aux juifs, perd beaucoup de sa force dès lors qu'aujourd'hui plus de la moitié des Israéliens sont des séfarades originaires du monde arabe, d'où la maladresse des gouvernements, et souvent, aussi, l'animadversion des peuples, avaient tout fait pour les chasser.

Il est étonnant qu'Israël ne fasse que très rarement valoir qu'une partie de ses habitants ont abandonné sur leur sol natal arabe des biens et un espace dont ils étaient les légitimes propriétaires, comme l'étaient de leurs terres ceux des Palestiniens qui quittèrent leur pays conquis par les Israéliens. A la limite, on pourrait parler d' « échange de populations ».

Mais quel Etat arabe accepterait d'adopter des Palestiniens, à la place de ses israélites émigrés ? La méfiance générale des régimes arabes à l'égard des Palestiniens, méfiance allant de pair, sans vergogne, avec un appui verbal mélodramatique, s'est révélée crûment lorsqu'il fallut répartir les miliciens de Yasser Arafat expulsés du Liban en 1982-1983 : il n'y eut pas foule au guichet et les pays, qui, tels la Tunisie,

16. Chiffre couvrant les années 1948-1972 et concernant les deux Yémens, l'Irak, la Syrie, le Liban, l'Egypte, la Tunisie, l'Algérie, la Libye et le Maroc.

l'Algérie ou le Soudan, se dévouèrent, prirent bien soin de désarmer et d'installer sous bonne garde, et aussi loin que possible de leur capitale, les combattants vaincus. Qui pourrait jeter la pierre à ces gouvernements ? Quel chef d'Etat arabe aurait été assez fou pour courir le risque de voir son pays traité comme le Liban ? Aucun d'entre eux, cependant, ne formula jamais la moindre critique publique contre les exactions palestiniennes au Liban. Solidarité islamique oblige. Mais au moins les capitales arabes, qui, de Tripoli à Bagdad ou de Damas à Alger, ne se privèrent jamais de condamner la résistance opposée par des Libanais à ces réfugiés devenus occupants, auraient pu avoir un peu de retenue dans leur glorification des Palestiniens.

L'opinion et les gouvernements occidentaux n'avaient pas les mêmes raisons ni les mêmes critères que les Arabes ; ils n'en ont pas moins voulu voir, jusqu'ici, dans le drame multiple du Levant, que la seule infortune palestinienne. Il ne faut pas croire que les amis de Yasser Arafat leur en ont su gré. Abou Ayad, le dirigeant de l'OLP chargé des missions secrètes ou désagréables, est allé jusqu'à décréter que « l'attitude de la France (à l'égard de la cause palestinienne) est une attitude de duplicité [17] ».

On ne voit d'ailleurs vraiment pas pourquoi tant d'hommes politiques et de diplomates français — au premier rang desquels le ministre Cheysson, mais il n'était ni le seul ni le premier — se sont mis en quatre pour faire avancer les affaires des Palestiniens. Ceux-ci n'ont qu'une obsession en tête : « l'Amérique ». Si jamais il existe un jour un Etat palestinien — ce qu'il faut souhaiter, malgré tout —, gageons que, après un tour de valse avec les Soviétiques, il fera à l'Europe un enfant dans le dos avec les Etats-Unis. En tapinois naturellement, et en continuant de casser les oreilles de la terre entière en jargon révolutionnaire.

Ce qui me fait augurer cette évolution, ce n'est pas tant l'anglo-saxonisation accélérée de Beyrouth-Ouest sous l'emprise palestinienne, que de ne jamais avoir eu un entretien un peu approfondi avec un Palestinien, étudiant ou

17. *La Presse de Tunisie,* Tunis, 22 juillet 1984.

cadre politique, sans voir affleurer bientôt sa fascination pour tout ce qui est américain. Il n'est que Yasser Arafat qui ne m'ait pas donné cette impression. Mais, avec « le comédien de la Palestine » — selon le mot sans pitié d'Abdelhalim Khaddam, vice-président syrien —, on ne sait jamais...

V

LE SANG DE LA MONTAGNE

– Nous allons à Beyrouth. Mais nous faisons d'abord un crochet d'une heure sur la route d'Aïn-Zahalta.
– Elle est pleine de brigands druzes !

Pierre Benoit
(« La Châtelaine du Liban », 1924)

Les druzes du Liban ont en un seul mois — septembre 1983 — réédité à l'échelle du Chouf, massif montagneux qui surplombe Beyrouth au sud, l' « exploit » que les Turcs ottomans et les Kurdes avaient réalisé en une génération (1890-1918), pour purger l'Anatolie, terre à l'antique empreinte chrétienne, de quasiment toute présence arménienne.

Une première tentative d'élimination des chrétiens au Chouf, vite étendue à une bonne partie du Levant, avait eu lieu en 1860, avec l'appui des Ottomans.

L'ambassadeur François Charles-Roux qui remua, quatre-vingts ans plus tard, tous les documents disponibles sur cette période, en a dressé le bilan : « Au total, environ 22 000 morts [chrétiens] en moins de deux mois, dont 1 800 à Saïda (Sidon) et Jezzine, 1 200 dans la région comprise entre ces deux villes, 1 000 à Hasbaya, 800 à Rachaya, 700 à Zahlé, 2 600 à Deir-el-Kamar, 11 000 à Damas, 3 000 dans les villages environnant Beyrouth ; 75 000 fugitifs, 10 000 orphelins, 6 000 veuves, 3 000 femmes ou filles vendues dans les harems ; 360 villages détruits, 560 églises, 28 écoles, 42 couvents, 9 établissements religieux européens dévastés ; [des milliers] d'hectares sur lesquels cultures et habitations sont anéanties [1]. » On estime à 200 le nombre de druzes, pour la plupart des combattants, qui périrent en 1860. C'est ce qu'un journaliste contemporain appelle des « massacres échangés [2] »...

Si les chrétiens étaient une minorité en Turquie, ils composaient, au Chouf, en 1983 — et, pour une fois, au Liban, ce décompte confessionnel ne paraît pas être contesté — la majorité de la population : 120 000 face à 90 000 druzes [3]. Dans cette partie de la Montagne libanaise, où ils étaient installés depuis au moins le XVIe siècle, les chrétiens ne sont plus, en 1984, que deux ou trois mille, presque tous concentrés dans le bourg de Deir-el-Kamar, le « monastère de la Lune » ; quelque 1 500 autres chrétiens du Chouf ont été tués dans les conditions atroces que l'on va voir, et, pour ne pas courir le risque de subir le même sort, les 115 000 restants ont fui à Beyrouth ou au sud, ruinés et désespérés, campant chez des parents ou des amis, dans des garages, des écoles ou des couvents.

Dans l'affolement, des familles se sont scindées, et des enfants perdus, tels les cinq « Petits Poucets du Chouf », qui, après l'assassinat de leur mère par des voisins druzes s'étaient cachés puis enfuis — comme le petit Roger Godfrin d'Oradour-sur-Glane, qui s'enfonça dans les bois pour échapper aux nazis. Ils vécurent seuls pendant deux mois dans une grotte à l'écart du passage, se nourrissant d'herbes et de baies, jusqu'à ce que des druzes, pour une fois compatissants, les découvrent par hasard et les fassent passer en zone chrétienne.

Pas plus que devant le génocide des Arméniens, la « conscience universelle » ne s'est émue des massacres du Chouf, en général traités *mezza vocce* par les médias occidentaux, qui pourraient à la rigueur invoquer l'absence de leurs envoyés spéciaux dans la Montagne. Les grandes puissances,

1. François Charles-Roux, *op. cit.*, voir p. 13.
2. *Jeune Afrique,* 15 décembre 1982.
3. Il s'agit-là des populations du Chouf administratif, chef-lieu Beiteddine, mais le Chouf dont il est question dans ce livre est la région géographique, un peu plus large, qui porte ce nom.

qui, elles, savaient pourtant ce qui se passait à portée de canon ou de jumelles de leurs troupes stationnées dans le Grand-Beyrouth, se sont tues. Pour n'être pas allée au secours des chrétiens du Chouf et d'ailleurs, assassinés dans bien des cas après des supplices que n'auraient désavoués ni l'Inquisition espagnole ni la Chine mandchoue, la France invoqua minablement le mandat de la Force multinationale « limité à l'agglomération beyrouthine », comme un capitaine qui aurait refusé, pour sauver des naufragés, de détourner légèrement son navire de la route fixée par son armateur... Ainsi que le notait, amer, un jeune maronite : « Les Français ont fait 5 000 kilomètres pour venir protéger les Palestiniens à Beyrouth, mais ils n'ont pas fait 10 kilomètres pour sauver les chrétiens libanais de la mort. »

Dans un demi-siècle ou plus, si entre-temps le Liban a sombré, les petits-enfants des rescapés du Chouf, comme les Arméniens d'aujourd'hui, sèmeront peut-être désordre et violence en France pour rappeler au « pays des droits de l'homme » qu'il fut poltron au Liban dans les derniers jours d'un été oublié de la fin du XXe siècle.

Enhardis par l'appui officiel français, que Paris présente parfois *in petto* comme une habileté suprême pour obtenir « des mesures humanitaires en faveur des chrétiens », mais qui fait figure, au Liban, d'encouragement à l'élimination de ceux-ci, les druzes, après avoir nié la réalité des tueries de non-musulmans au Chouf, en 1983, ont fini, au début de 1984, par se prétendre eux-mêmes, comme le firent d'ailleurs les Turcs à propos de l'affaire arménienne, « victimes des chrétiens »...

Quand ils ont reconnu à demi-mot qu'ils avaient eu recours à la violence au Chouf, les druzes se sont retranchés derrière les « provocations » des forces chrétiennes « intruses ». *Quid* de cela ? Au début de l'été de 1982, les kataëbs profitant du recul des Syriens et des Palestiniens dans la Montagne, consécutif à l'occupation israélienne, avaient entrepris d'établir des postes armés dans quelques villages choufiotes à dominante chrétienne. L'argument des druzes fut : « Nous n'avons pas besoin des phalangistes, car nous continuerons à protéger les chrétiens du Chouf comme nous l'avons toujours fait depuis le début de la guerre en 1975. »

Jolie protection, en effet, qui valut, entre autres avanies infligées aux chrétiens, de voir quelque 150 des leurs tués le 16 mars 1977 en plein fief joumblattiste ! Ce jour-là, Kamal Joumblatt quittait chez lui en voiture avec sa garde personnelle. Certes, plusieurs de ses ancêtres, et jusqu'à son propre père, Fouad-Bey, en 1921, étaient tombés sous les coups de spadassins pour des motifs où l'honneur privé et les ambitions politiques souvent s'entremêlaient ; mais qui aurait osé s'attaquer à Kamal-Bey, en plein dans sa terre patrimoniale ?

Kamal Joumblatt avait cependant commis une faute impardonnable aux yeux de Damas : il s'en était pris publiquement au général Hafez El-Assad et à ses coreligionnaires alaouites. Cela s'ajouta, d'une part, à l'aversion personnelle, et au reste réciproque, du fruste militaire au pouvoir en Syrie pour le politicien patricien féru de spiritualité hindoue ; d'autre part, à un vieil antagonisme historico-religieux entre ces deux sectes issues de l'islam chiite que sont les alaouites et les druzes.

Il fut donc abattu, à la mi-mars 1977, sur la route conduisant à son château familial de Moukhtara, par des tueurs envoyés, croit-on à Beyrouth, par l'antenne des services de renseignement des armées syriennes dans la capitale libanaise, où elle s'était établie au début de 1976, un semestre avant que l'état-major syrien ne reconnût officiellement que ses troupes étaient présentes au Liban.

Sans se poser la moindre question et sachant parfaitement que les chrétiens du Chouf n'étaient capables ni politiquement ni militairement de commettre un tel forfait, sitôt répandue la nouvelle du mitraillage de leur chef, des druzes se jetèrent sur les premiers non-musulmans qu'ils rencontrèrent, sans distinction d'âge ou de sexe, et en trucidèrent au moins 150.

Même en dehors de ces « crimes de la douleur » — « Nos hommes étaient comme fous, il fallait qu'ils se calment les nerfs après la mort de Kamal », dira-t-on en guise d'excuse dans l'entourage du fils et successeur de l'assassiné —, les assassinats de civils chrétiens sans défense n'avaient pas été

rares dans le Chouf des Joumblatt, avant même l'élimination de Kamal-Bey.

Pour la seule année 1976, les listes nominatives des maires de village font apparaître une centaine de victimes chrétiennes, très souvent par familles entières (Asmar, Haddad, Attallah, Raad, Abou-Chakra, Harb, Abdelsater, Karam, Noujeïm, Ghantous), dans les bourgs choufiotes de Betmé, Badarane, Kfarnabrakh, Masser-el-Chouf, Masser-Beiteddine, Mazraat-el-Chouf, pour ne citer que ceux-là.

Dans cette dernière localité, plus de 50 chrétiens furent tués « pour rien » en 1976, telle cette famille qui déjeunait devant sa maison et dont les noms et prénoms résument à eux seuls ce double visage du Liban, qui faisait, et, plaise à Dieu, fera encore sa richesse et son originalité. Le père de cette famille inconnue, massacrée simplement parce qu'elle avait le tort d'être maronite en zone sous contrôle druze, s'appelait Sélim Elias Charbel. Sélim comme trois sultans ottomans, dont Sélim Ier le Cruel, qui, en 1516-1517, conquit l'Egypte et le Levant, sans toutefois oser pénétrer dans la Montagne libanaise ; Elias, c'est-à-dire Elie, comme le prophète hébreu qui fit abattre les idoles cananéennes ; Charbel comme l'ermite-paysan libanais du XIXe siècle, tant aimé des maronites et dont Paul VI a fait un saint.

La femme de ce Sélim Elias Charbel, dont le triple nom réunissait les trois religions abrahamiques, s'appelait tout prosaïquement Rosette, en naïf hommage sans doute à la France, qui, en Orient chrétien, est souvent symbolisée par des prénoms féminins rétros, type Georgette, Antoinette ou Jeannette...

Quant aux enfants de Sélim et de Rosette, deux garçons et deux filles, ils se partageaient aussi entre un Orient lustré — Nadim et Samira — et le plus banal Occident — Jean et Paula. Une mitraillade druze dans un petit jardin de Mazraat-el-Chouf effaça tout cela en quelques secondes un triste jour de 1976, comme elle faucha douze vies, le 21 août 1977 — cinq mois après l'assassinat de Kamal Joumblatt : on ne pouvait plus, cette fois, invoquer l'acte inconsidéré sous le coup du chagrin... —, dans la petite église de Brih, où tombèrent, entre les prie-Dieu renversés ou sur les marches de l'autel, Marthe, Amalia, Eugénie, Soraya, Farida, Ibrahim, Camille, Michel, Melhem... On pourrait continuer sur plusieurs pages l'horrible litanie.

En introduisant leurs miliciens dans le Chouf, après la mi-1982, les Forces libanaises chrétiennes auraient sans nul doute pu se dispenser de défilés fanfarons et de propagande bruyante, mais si elles ne l'avaient pas fait, on n'aurait plus été en Orient... Les jeunes combattants chrétiens — ou plutôt leurs chefs qui ne les réfrénèrent pas — furent plus coupables, qui tirèrent la barbe de quelques vieillards druzes, voire crachèrent au visage d'hommes de cette communauté. Il faut souvent moins que cela au Levant — un regard méprisant trop appuyé parfois — pour déclencher la tornade sanglante des virilités offensées.

Il reste que l'intention des kataëbs de protéger leurs coreligionnaires du Chouf n'était en rien injustifiée, comme on vient de le voir. Et même s'il n'y avait pas eu d'assassinats, la condition des chrétiens choufiotes, hommes libres à part entière avant le début de la guerre, en 1975, était peu à peu devenue celle des dhimmis, citoyens de second rang qui doivent positivement laisser le haut du pavé aux seuls « vrais croyants ». Que vaut, en tout état de cause, une « protection » qui cède à la première colère, justifiée ou non, du « protecteur » ?

Les massacres de chrétiens continuèrent durant tout septembre 1983, sans omettre la destruction ou le sac des symboles historiques de leur présence : simples chapelles en briques ou vieux couvents de pierre, comme Kahloumié et Saint-Maron-de-Maouch, et jusqu'aux bâtiments du patriarcat melkite [4], à Aïn-Traz, et à la délégation dans Beiteddine de l'archevêché maronite de la ville côtière de Sidon, en tout 120 édifices chrétiens. Au total, plus de 110 villages, ou quartiers chrétiens de villages du Chouf ont été vidés de leurs habitants, et quelquefois occupés par des druzes [5].

4. Les melkites ou grecs-catholiques sont les chrétiens arabophones de rite byzantin issus de l'Eglise grecque-orthodoxe d'Orient et ralliés à Rome au XVIIIe siècle.

5. Rapports ou enquêtes du Centre catholique d'information de Bey-

Dans la seule agglomération de Bhamdoun, où les Beyrouthins aisés et les émirs du pétrole allaient naguère estiver, on a recensé quelque 400 victimes. Là, comme dans les villages alentour, les balles tirées à bout portant par les miliciens druzes de Walid Joumblatt, dont certains étaient venus du Hauran syrien et même du Golan sous occupation israélienne, ont été le moyen le moins cruel de donner la mort aux chrétiens, hommes, femmes ou enfants qui s'enfuyaient à leur approche. Mais les témoignages de survivants concordent pour décrire les moyens bien plus atroces utilisés pour supplicier les « protégés » : égorgement au couteau, dépècement à la hache, brûlage à vif sur des barres de fer rougies, sciage, à vif également, des membres à la scie à bois, suspension à des crochets, etc.

Le maire de Bhamdoun, Khalil Khairallah, un chrétien grec-orthodoxe, membre fondateur du mouvement politique — le Parti socialiste progressiste — créé par Kamal Joumblatt et présidé, depuis son assassinat en 1977, par son fils Walid, écrivit à ce dernier, le 21 novembre 1983, de Paris où il s'était réfugié quelque temps : « Ces crimes sont des actions préméditées et longuement réfléchies, décidées pour effacer toute vie nationale honorable dans la Montagne libanaise, la rendre impossible et exécuter froidement par la terre brûlée ce partage et ce déchirement définitifs d'une nation. »

L'appel de Khalil Khairallah, pour constituer une commission d'enquête commune et laisser revenir dans leurs foyers ceux des cent et quelque mille réfugiés chrétiens rescapés des tueries le désirant, n'a naturellement pas été entendu par Walid Joumblatt.

Une enquête [6] exhaustive a pu quand même être menée pour le compte du Conseil des Eglises du Proche-Orient, appartenant au Conseil œcuménique des Eglises de Genève, par un avocat chrétien de Beyrouth, connu pour son inté-

routh, des Eglises du Liban, de l'hebdomadaire *France-Catholique-Ecclesia,* 10 février 1984.

6. Georges Assaf, *Rapport sur la situation dans les deux districts du Chouf et d'Aley depuis l'invasion israélienne (juin 1982),* Beyrouth, octobre 1983.

grité, Me Georges Assaf. Les principaux résultats de cette enquête ont été diffusés en France par la Fédération internationale des droits de l'homme dont un représentant, Jean-Pierre Filiu, cadre du Parti socialiste réputé pour son dévouement non partisan, s'est rendu lui-même trois fois au Chouf.

Il ressort, notamment, de ce document que si le « coup d'envoi » du Septembre noir des chrétiens revient à l'armée syrienne, au village de Bémariam (une trentaine de morts, le 1er septembre), et que si Israël a armé les kataëbs et laissé les druzes recevoir librement de l'armement soviétique — on croit rêver —, « la plupart des massacres de civils commis par les druzes l'ont été de sang-froid, plusieurs jours après l'arrêt des combats (entre miliciens des deux confessions). » C'est le cas, par exemple, à Bhamdoun (environ 400 morts), à Biré (de 65 à 150 tués selon les témoignages), à Ras-el-Meten (30 victimes), à Masser-el-Chouf, etc. Ces massacres, poursuit l'avocat beyrouthin, « visaient donc à terroriser la population chrétienne, afin de la pousser à quitter définitivement la région [...] Le refus fréquent d'enterrer les cadavres de chrétiens va dans le même sens ».

Malheureux druzes qui ne peuvent ni ne veulent cohabiter, dans leurs villages, avec les autres musulmans et qui traitent de la manière que l'on voit leurs seuls concitoyens — tous des chrétiens — ayant accepté de vivre avec eux !

Des Turcs ottomans hier, des druzes aujourd'hui se sont faits une spécialité de l'exposition des chrétiens assassinés, allant parfois, dans les périodes de crise (ou pour déclencher une crise), jusqu'à déterrer les corps d'Arméniens ou de maronites récemment inhumés. Les massacreurs connaissaient peut-être cette vieille invocation des paysans chrétiens de la Montagne libanaise, qui en dit plus long que tout sur leur qui-vive millénaire : « Mon Dieu, faites que je ne meure ni noyé, ni brûlé, ni abandonné sur le chemin, mais au milieu de deux cierges, avec une hostie toute fraîche et les sept grandes prières. »

La fureur anti-chrétienne des druzes fut telle, en septembre 1983, que de nombreux membres chrétiens du parti de Walid Joumblatt furent tués ainsi que leurs familles, alors même qu'ils arguaient de cette appartenance comme sauvegarde. De même, il ne fut fait aucune différence par les druzes entre maronites et grecs-orthodoxes, les seconds ayant pourtant traditionnellement une attitude plus soumise à l'égard des musulmans. A l'heure fatidique, il n'y eut plus que des chrétiens...

Sœur Adrienne Aoun a narré le martyre de son bourg qui n'était ni phalangiste ni entièrement maronite : « Biré, mon village, est habité par des chrétiens maronites et orthodoxes. Sur le plan politique, ses habitants sont traditionnellement et de fait adeptes du Parti progressiste de Walid Joumblatt. C'est ce qui explique qu'ils n'ont pas senti le besoin de fuir, et encore moins celui d'être protégés par une quelconque milice phalangiste ou locale. Non, à Biré, il n'y avait pas de combattants, et il n'y a pas eu de bataille. D'ailleurs, l'envoyé spécial du *Monde* a bien noté qu'il n'y avait nulle part dans mon village d'impacts d'obus, contrairement aux villages voisins.

» En réalité, les choses se sont passées comme suit : les druzes sont arrivés et ont amené les gens dans un camion jusqu'à l'église, et se sont mis tout simplement à les égorger. Sur l'autel, ils égorgèrent et brûlèrent le sacristain, un laïc. Dans la confusion générale, certains cherchèrent à fuir. L'un de mes oncles et son fils réussirent leur tentative. C'est de lui que je tiens ces détails. Douze autres membres de ma famille y laissèrent leur vie.

» Votre envoyé spécial (du *Monde*) n'a vu aucune trace de sang. Bien sûr ! Pensez-vous qu'on amène les journalistes étrangers sans avoir pris la précaution de camoufler le crime ? »

Au Liban, l'histoire, surtout quand elle est tragique, se répète. « Si les chrétiens avaient commis des fautes, ils les avaient cruellement expiées », rappelle un récit [7] laissé par un observateur français des événements de 1860 dans la Montagne libanaise. « Ils étaient battus, leurs villages détruits. Il n'y avait plus de combattants maronites ; et d'ailleurs les druzes faisaient une guerre d'extermination

7. *Souvenirs de Syrie (expédition de 1860)*, récit d'un témoin oculaire, Plon, 1903.

non seulement aux maronites [...], mais encore aux grecs-orthodoxes et aux grecs-unis [8] qui ne leur avaient pas même fourni l'ombre d'un grief ou d'une excuse. »

Des survivants chrétiens des massacres contemporains du Chouf ont témoigné [9]. Nabil Achkar (quatorze ans) de Bémariam : « Quand les gens armés sont entrés chez moi, je me suis dissimulé avec mon petit frère dans la cuisine. Ils [les druzes] tuent ma mère, mon père et mes trois frères par des coups de feu. Ils reviennent à la maison après l'avoir quittée pour vérifier s'il y a encore des gens vivants. Je me barbouille les mains et la chemise du sang de ma mère et je m'étends à côté d'elle. Mon frère fait comme moi. Les gens armés nous donnent des coups de pied, mais raides nous simulons la mort. Ils sortent en riant. A la tombée de la nuit, je me suis évadé vers la ville de Broumana [en secteur chrétien], où j'ai raconté ce qui m'est arrivé. »

Un adulte rescapé de Bémariam racontera que les jours précédant la tuerie, les miliciens druzes avaient rassuré les villageois chrétiens : « Nous vous devons assistance. Ne craignez rien ! » Au moment du drame, « mon épouse insista pour que je prenne la fuite, croyant qu'ils en voulaient aux hommes seuls. J'ai sauté par la fenêtre et je me suis caché sous un vieux pont. De là, j'entendais les cris de douleur des femmes appelant au secours de la maison sise en face de la mienne, puis il y eut des coups de feu et une explosion. Ensuite, ils se dirigèrent vers ma maison, criant : "Que faites-vous encore ici les maronites ?" Une femme répondit : "Mais qu'avons-nous fait ? Ne sommes-nous pas frères ?" Et l'homme cria : "Sur cette terre, nous ne voulons pas de chrétiens !" Je reconnus les voix : c'étaient des druzes de Bémariam et de Khraybé. Après le coucher du soleil, je partis à travers bois vers Monteverde. Je voyais brûler Bémariam. »

Dans ce village, le curé, le Père Georges El-Raï (quatre-

8. Appelés plus couramment aujourd'hui melkites ou grecs-catholiques.
9. *Rapport statistique sur les conséquences dramatiques de la guerre de la Montagne au Liban* (*31 août-6 octobre 1983*), Centre catholique d'information, Jal-el-Dib, Beyrouth.

vingt-cinq ans) et son épouse [10], le maire et la mairesse, un aveugle de quarante-deux ans, une femme de quatre-vingt-cinq ans, des enfants de dix à quinze ans furent égorgés ; la plupart des adultes actifs, se sentant menacés, avaient quitté Bémariam de longue date, y laissant les plus vieux et les plus jeunes que leur âge devait protéger des criminels... A Ras-el-Méten, le 11 septembre 1983, même un infirme, Bassam Fouad Freiha (vingt ans), et sa mère, Hélène, une veuve de cinquante-cinq ans, subirent le même sort, en même temps qu'une trentaine d'autres chrétiens, parmi lesquels une femme centenaire...

Une mère de famille de Bhamdoun, parvenue à s'enfuir à Beyrouth, rapportera le 4 octobre 1983 : « Ils [les druzes] ont égorgé mon mari sous mes yeux. Ils m'ont arraché mes enfants et les ont aussi égorgés. Ils ont incendié ma maison. Ils ont tout détruit. Où étiez-vous soldats de la Force multinationale ? » Et une autre *mater dolorosa* du même bourg : « Je prenais la fuite accompagnée de mes deux enfants. Je fais signe à une voiture de s'arrêter. Je les fais embarquer tous les deux avant moi. La voiture démarre, emportant mes enfants et me laissant seule sur la route. Mes enfants, je veux mes enfants ! Je ne les ai pas retrouvés jusqu'à présent. »

La plainte de cette mère fait écho à ce récit de 1860 : « Nous rencontrâmes à Damas, à une distribution de secours, l'une de ces fugitives qui s'étaient trouvées dans le sérail de Hasbaya [au Liban] au moment du massacre : elle avait assisté au meurtre de son mari et de son frère. Elle ne réussit à sauver que son enfant à la mamelle. Sur la route de Damas, une bande de druzes l'arrêta pour déshabiller l'enfant et s'assurer de son sexe. Comme il était mâle, il fut égorgé entre ses bras [11]. »

Un maronite de Chourit-Chouf, Maroun Bou-Issa (quarante ans), décrira ce qu'il a vu près du pont reliant Rachmaya-Amik à Kfarkatra : « On y liquidait les chrétiens au moyen d'une scie à bois incorporée sur un moteur à

10. Les prêtres des Eglises orientales, même unies à Rome (mais ni les moines ni la hiérarchie épiscopale), ont le droit de se marier avant d'être ordonnés. En français du Levant, leur épouse est appelée la « curesse ».
11. *Souvenirs de Syrie, op. cit.*, voir p. 127.

essence. Quelqu'un cria : "De grâce, achève-moi !" L'homme armé lui répondit : "Patiente un peu, ton bras d'abord, puis ta tête." A un endroit appelé Sakiat-Alabd, j'ai pu être témoin de liquidations au couteau ; ceux qui essayaient de s'enfuir étaient la cible des balles. Malgré les détonations des obus, on entendait des jeunes filles qui criaient d'une manière atroce, étant violées, avant d'être tuées [12]. »

Un habitant chrétien de Biré, qui avait honte que de telles monstruosités aient pu être commises par des compatriotes, répondit en accusant Syriens, Palestiniens et Iraniens, avant de détourner la tête et d'ajouter dans un souffle : « Il y avait aussi des Libanais... » Et après un temps : « Comment les Joumblatt ont-ils pu laisser faire ça ? »

Le rapport Assaf [13], s'il met en lumière les responsabilités druzes et syriennes dans la tragédie des chrétiens du Chouf, n'épargne pas non plus les Israéliens. Ceux-ci se sont arrangés pour ne pas se salir les mains, mais leur influence, tout en étant indirecte, a été déterminante dans ce drame. On va le toucher du doigt à travers l'affaire de Kfarnabrakh [14].

Le 8 novembre 1982, des concentrations de miliciens druzes, pourvus de lance-roquettes, étaient remarquées par les habitants de la région sur les hauteurs proches du village christiano-druze (2 000 habitants) de Kfarnabrakh, au pied des cèdres du mont Barouk. Les chrétiens de cette localité ne s'inquiétèrent pas outre mesure, en raison de la présence dans leur agglomération de soldats israéliens.

Néanmoins, en fin de matinée, ceux-ci se retirèrent sans crier gare du village et des routes y conduisant, juste au moment où les chrétiens suivaient l'enterrement d'un des leurs, décédé de mort naturelle. A peine les derniers véhicules de Tsahal s'étaient-ils éloignés que des druzes, dont certains étaient allés à l'église quelques minutes auparavant afin de dire adieu à leur voisin défunt, prirent pour cible le

12. *Rapport statistique* cité p. 128.
13. Rapport cité p. 125.
14. Rapport de la Sécurité libanaise, *El-Nahar,* Beyrouth, 25 novembre 1982 et *The International Herald Tribune,* 1er décembre 1982.

cortège funèbre qui s'éparpilla non sans laisser sur le terrain « les quatre hommes qui portaient à bras le cercueil [15] ». Une escouade de gendarmes libanais, sans doute alertée par un villageois de Kfarnabrakh, fut arrêtée en chemin, à Masser-Beiteddine, par des militaires israéliens qui ne voulurent rien entendre pour les laisser passer.

Pendant ce temps, les druzes bombardaient des maisons chrétiennes, tuant dix personnes et en blessant une douzaine, ayant eux-mêmes trois morts et quatre blessés du fait de ripostes chrétiennes. Le soir, après un après-midi d'angoisse et de silence, du moins pour les chrétiens, des druzes, identifiés comme appartenant au parti de Joumblatt, firent jonction avec des coreligionnaires locaux. En chœur, ils boutèrent le feu aux habitations des fuyards, dont celles de l'évêque melkite Ignace Raad, du curé et des religieuses, brûlèrent quinze véhicules appartenant à des non-musulmans et, pour finir, emmenèrent neuf habitants chretiens qu'ils égorgèrent et défigurèrent avant de précipiter leurs corps dans un puits du village d'Aïn-Zahalta — un lieu déjà chargé de drame dans *La Châtelaine du Liban,* de Pierre Benoît...

L'enquête libanaise et les témoignages de rescapés chrétiens permirent de préciser que Tsahal — à travers un officier druze-israélien — avait constamment paru être l'ordonnateur invisible de cette journée tragique. On découvrit même que des militaires israéliens avaient empêché la Défense civile libanaise, le 24 novembre 1982, de retirer des corps du puits d'Aïn-Zahalta, prétextant qu'elle ne possédait pas d' « autorisation spéciale » pour le faire.

Kfarnabrakh n'aurait pu être qu'une « bavure », un « incident » grave, mais isolé. Les grands massacres de septembre 1983, au Chouf, devaient en faire le signe avant-coureur d'un malheur à vaste échelle.

Le lecteur ne s'étonnera pas que les maronites, s'ils ne déclenchèrent pas eux-mêmes, du moins jusqu'à la guerre en cours, de tueries de musulmans, réagirent souvent — mais

15. Lettre de Sœur Cécile Khoury, de Mtolleh-Chouf, à l'Œuvre d'Orient.

pas toujours — très vigoureusement, au nom de la légitime défense, lorsqu'on les agressa. En chemin, j'ai rencontré plusieurs fois, chez mes interlocuteurs libanais de diverses confessions, cette réflexion, presque un adage : « Le maronite n'attaque pas, mais, s'il est attaqué, alors malheur à celui qui se trouve sur son chemin ! » Toutefois, existe aussi ce proverbe arabe : « *El nasâra khisara* », qui peut se traduire par : « Etre chrétien, c'est être perdant. »

Les rares échos sur la liquidation des chrétiens choufiotes ayant quand même fâché Walid Joumblatt, il fit répandre le bruit de « massacres de civils druzes » par les kataëbs dans l'agglomération de Kfarmatta, allant jusqu'à faire filmer, par une télévision américaine, plusieurs semaines après leur mort, les corps en décomposition d'une centaine de druzes morts au cours des combats ou sous les bombardements. Les combattants chrétiens se défendirent quand même un peu ! Mais il n'y a pas eu, à Kfarmatta ni ailleurs au Chouf, de tueries voulues de civils druzes. La preuve en est que les 200 femmes et enfants de cette confession, tombés à Kfarmatta aux mains des forces chrétiennes, furent emmenés sains et saufs à Ghosta, l'une de leurs bases arrière. Bien traités, ils furent libérés quelques jours après [16].

Tout le monde s'était démené pour les « 200 réfugiés druzes de Ghosta », du président Amine Gémayel au chef de la communauté druze israélienne, le cheikh Amine Tarif, qui avait ameuté Moshe Arens, ministre israélien de la défense, en passant par Radio-Israël et par l'association humanitaire libanaise chrétienne Help Lebanon. On n'ose imaginer le raffût mondial qui se serait déclenché si, à l'automne 1983, les chrétiens avaient infligé aux druzes le quart de ce que ceux-ci leur ont fait au Chouf ! On sera peut-être quand même contraint de parler, enfin en long et en large, de l'affaire du Chouf lorsqu'elle viendra devant le Tribunal permanent des peuples [17].

16. *L'Orient-Le Jour*, Beyrouth, 3 octobre 1983.
17. L'ancien tribunal international Russell, créé en 1966 par le philosophe anglais Bertrand Russell (1872-1970), a pris ce nom en 1979.

En attendant, au Chouf, comme en Grèce jadis, après le passage des Ottomans,

> « *Tout est ruine et deuil*
> *Tout est désert*[18]. »

S'agissant des massacres de la guerre en cours, ce qui a naturellement été laissé dans l'ombre, c'est que les premières tueries de civils frappèrent des chrétiens et furent le fait, sinon toujours de Palestiniens, du moins de Libanais armés par eux, ou des deux ensemble. Pour ne citer que quelques exemples : dans sa seule édition du 1er juillet 1975, le quotidien arabophone indépendant paraissant à Beyrouth-Ouest (secteur musulman), *El-Nahar,* énumérait quatre attaques sanglantes en règle contre des chrétiens : El-Kaa, bourg chrétien isolé de 7 000 âmes dans le Hermel, au nord du Liban, fut l'objet de la première attaque confessionnelle surprise du conflit, au cours de laquelle des chiites du secteur, venus avec des Palestiniens, tuèrent sept habitants, en blessèrent cinq, pillèrent une cinquantaine de maisons et coupèrent l'eau et l'électricité à toute l'agglomération qui vécut dès lors comme assiégée ; à Bazbina, dans le Akkar, autre région septentrionale, des sunnites arrivés tout à coup, tuent cinq de leurs compatriotes chrétiens, en blessent cinq autres, plastiquent quelques demeures et s'en vont ; des druzes blessent deux chrétiens qui passaient paisiblement dans le Haut-Méten, au-dessus de Beyrouth ; la ville chrétienne de Zahlé, dans la plaine de la Békaa, est bombardée tandis que deux de ses habitants sont abattus aux environs et un troisième blessé. Ce type d'exaction, ou en tout cas l'anxiété, furent désormais et sont jusqu'à présent le lot quotidien de la Chrétienté libanaise.

Début septembre 1975, des hommes appartenant aux groupes armés des chefs palestiniens marxistes, Georges Habache et Nayef Hawatmeh, exécutèrent tous les villageois chrétiens qui leur tombèrent sous la main à Beit-Mellat, dans le nord du Liban. Et comment ne pas mentionner qu'à Damour et à Jiyeh, deux petites citées chrétiennes au sud de

18. Victor Hugo, *Les Orientales,* 1829.

la capitale, au début de janvier 1976, les Palestiniens et consorts (dont des Syriens envoyés par Damas), invoquant les expulsions et les exécutions de certains de leurs pareils qui terrorisaient Beyrouth-Est, allèrent jusqu'à couper les doigts d'enfants chrétiens afin qu'ils ne puissent jamais appuyer sur la détente d'un fusil !

Nous ne nous étendrons pas sur l'anéantissement de Damour et d'au moins 300 de ses habitants ; la fuite des survivants par mer et par terre, la profanation de ses églises et la destruction de ses vergers ont été — une fois n'est pas coutume — quelque peu répercutés dans la presse internationale, mais toujours en les justifiant au nom des mesures prises par d'autres chrétiens, au nord de la capitale, pour assurer leur sécurité. Une sécurité que les chrétiens avaient patiemment supporté, durant sept ans, de voir remise en cause depuis le jour J de 1969 où, à Beyrouth, les premières « patrouilles » de fédayins appréhendèrent ouvertement d'inoffensifs passants.

Mais qui a jamais parlé des drames survenus dans les villages chrétiens isolés de Chébanieh, Hoche-Barada, Kaddam, Talabaya, Dibyeh, Naameh, etc. ?

Même Chébanieh ne fut pas épargné ! Dans la petite vallée de montagne où jadis Lamartine s'arrêta, ce bourg était surtout connu, avant la guerre du Liban, comme lieu de naissance d'Elias Sarkis, grand commis des finances nationales, brave homme pas politicard pour deux sous, bientôt chef de l'Etat (1976-1982) admis par à peu près toutes les factions présentes dans le pays. Un jour, pourtant, des druzes fondirent sur la localité, égorgeant le philosophe Kamal Hage, traducteur de Bergson en arabe. Une autre fois, ils tuèrent à coups de hache quatre jeunes frères de la famille Sarkis ; les parents de ces nouveaux saints innocents devinrent fous. Il ne reste à Chébanieh qu'une quinzaine de chrétiens (sur 3 000), presque tous des vieillards, tandis que les anciens villageois ont émigré à l'étranger ou attendent à Beyrouth-Est, avec les réfugiés de quelque 150 autres agglomérations chrétiennes, de pouvoir revenir chez eux. De temps en temps, sur un papier froissé ou dans une enveloppe défraîchie, passés de main en main, ils reçoivent des nouvelles de Chébanieh, mandées par le seul homme valide resté là-haut. Il rapporte qu'il sonne la cloche de l'église vide, qu'il y passe seul avec une chandelle la nuit du Vendredi saint, qu'il visite les vieux ayant refusé de partir, leur apportant des légumes cultivés dans son jardin. Les druzes sont là, tout proches, en armes, observant en silence la fragile flamme chrétienne brillant encore à Chébanieh. Jusqu'à quand ?

Hoche-Barada, dans la Békaa, était en 1975 un village sans histoire de 700 habitants chrétiens, au sud de Baalbek. Un an plus tard, réfugiés au Kesrouan, ses habitants racontaient : « Le 19 janvier 1976, vers 13 h 30, notre village fut l'objet d'une vive attaque de musulmans de la région environnante, soutenus par des éléments palestiniens. Ils exigèrent la livraison des armes. Comme il n'y en avait point, ils assiégèrent les maisons, massacrant hommes, femmes et enfants aux cris de "el-djihad, el-djihad !" — la guerre sainte. Nous fuîmes alors nos maisons, y laissant tout ce que nous possédions. Certains étaient en pyjamas, d'autres en sous-vêtements, d'autres enfin nu-pieds. Nous nous dispersâmes à travers la plaine gelée. »

En septembre 1983, dans la même Békaa, plusieurs centaines d'intégristes chiites iraniens grossis de chiites locaux, ont instauré, avec le plein accord de la Syrie, une sorte de « république islamique » autonome, à Baalbek, d'où ils font régner la terreur alentour. Ainsi, pour ne pas être en reste des druzes, raconte un témoin syrien chrétien : « Un commando de khomeinistes sorti de son repaire de Baalbek, arriva à Rayak, dans la Békaa, et, après la prière à la mosquée, fit sauter pour le plaisir un immeuble habité par des chrétiens, en tuant et en blessant plusieurs ». Du pur sadisme sur des villageois sans défense, et non sans que l'armée syrienne occupant l'agglomération n'empêche la Défense civile libanaise de déblayer les décombres sous lesquels hurlaient deux survivants.

Le 13 avril 1975, les chrétiens du faubourg beyrouthin d'Aïn-Remmaneh, soudain mitraillés, réagirent en tirant sur un car de fedayins palestiniens passant dans le quartier [19].

19. Voir p. 106-108.

Ce fut le début de la guerre. Les quatre premiers morts d'un conflit, qui en a peut-être fait depuis lors quelque 75 000 autres, furent chrétiens : Antoine Husseïni, Selmane Abou Khater, Joseph Abou Assi et Georges Nader — les deux derniers, comme kataëbs, figurant en tête du martyrologe de la Résistance libanaise.

Un conflit qui n'a pas éclaté pour rien à Aïn-Remmaneh. Si l'on regarde la carte des implantations palestiniennes de Beyrouth en 1975, on constate qu'elles coupent quasiment la capitale en deux, à travers un arc de cercle allant de Sabra-Chatila à La Quarantaine en passant par Jisr-el-Pacha et Tell-Zaatar. Cet arc comportait, en son centre, un manque, à hauteur précisément d'Aïn-Remmaneh. Si les Palestiniens avaient pu s'y implanter, ils auraient alors pratiquement contrôlé toutes les communications entre le centre de la capitale et le reste du pays, tout en séparant le quartier chrétien d'Achrafieh de la Montagne chrétienne. Et le tour aurait été joué !

L'année d'après, les chrétiens décidèrent d'en finir avec les « camps » (le mot de « camp » est consacré, mais impropre, car il s'agissait de constructions en dur allant du bidonville au fortin militaire en passant par de véritables maisons) installés dans la petite zone où sont regroupés la majorité des chrétiens — ces camps d'où partaient régulièrement des commandos contre le voisinage.

Dans le secteur d'Achrafieh, de Jounieh ou de Byblos, au centre du Mont-Liban, tout le monde est chrétien de longue date, à l'exception de quelques milliers de musulmans en majorité chiite. En 1948, lors de la débâcle palestinienne consécutive au rembarquement soudain des Britanniques et à l'instauration de l'Etat israélien, l'exode des Palestiniens conduisit le supérieur de l'Ordre des moines maronites du Liban à adresser une circulaire à ses membres, leur enjoignant d'ouvrir les portes de leurs monastères aux réfugiés (à 90 % musulmans sunnites) de Palestine. En revanche, les propriétaires musulmans sunnites de l'ouest de Beyrouth ne montrèrent guère d'empressement à consentir quelques sacrifices en faveur de leurs coreligionnaires (trente ans plus tard, des Palestiniens vivant à six par pièce près de l'aéroport international de Beyrouth-Khaldé m'indiquèrent, non sans amère ironie, de vastes terrains vagues du même secteur, appartenant, assuraient-ils, au vieux chef sunnite libanais Saëb Salam, ancien président du Conseil, terrain que Yasser Arafat avait interdit, « sous peine de mort », à ses Palestiniens, d'occuper...)

En pleine zone chrétienne, les moines de l'Ordre maronite mirent gratuitement à la disposition des réfugiés palestiniens un terrain leur appartenant à Dbayé, les Pères antonins agissant de même à Dekouané et à Tell-Zaatar, la « colline au Thym ».

Que n'allait-on pas écrire, vingt-huit ans après 1948, sur l' « ignominie » des « fascistes » de Beyrouth-Est, des « prétendus chrétiens libanais », qui « affamaient » les camps palestiniens « sans défense » : Dbayé, La Quarantiane, Jisr-el-Pacha, Dekouané, Tell-Zaatar !

C'est vrai qu'à Dbayé des chrétiens libanais firent déguerpir l'arme dans le dos d'autres chrétiens, palestiniens ceux-là, en abattant trente qui résistaient ; c'est vrai qu'à La Quarantaine, après de durs combats, des chrétiens furent photographiés en train de sabler le champagne sur les corps de Palestiniens ; c'est vrai encore qu'à Tell-Zaatar, après un siège meurtrier pour tous, des Palestiniens cherchant à fuir furent mitraillés à vue. C'est vrai et c'est horrible.

Ce que l'on omet trop souvent de signaler, ce sont les propres sources palestiniennes relativisant elles-mêmes quelque peu ce qui précède : ainsi Abou Ayad lui-même, grand manitou des opérations spéciales palestiniennes (le Mossad et la CIA sont persuadés qu'il est l'un des organisateurs de l'attentat anti-israélien des Jeux olympiques de Munich, en 1972), a indiqué que, parmi les 35 000 personnes, palestiniennes et musulmanes libanaises, retranchées dans Tell-Zaatar, il y avait eu, du fait du siège et des abus qui suivirent sa levée, « plus de 3 000 victimes » [20] (ce chiffre restant évidemment à vérifier, d'autant plus que, dans la bouche d'un habile propagandiste, le terme flou de « victimes », c'est bien connu, signifie qu'on ajoute les blessés aux morts pour

20. Abou Ayad, *Palestiniens sans patrie* (entretiens avec Eric Rouleau), Fayolle, 1978.

dramatiser encore la situation). Le bilan généralement admis plus tard a été de « plusieurs centaines de morts » [21], assaillants chrétiens compris, l'un de leurs principaux responsables militaires, William Haoui, ayant été lui-même tué durant le siège.

Cela dit, Abou Ayad a laissé échapper deux autres précisions du plus haut intérêt : d'une part, « sur le millier de fedayins [palestiniens] qui se trouvaient [à Tell-Zaatar], moins d'une dizaine seulement ont perdu la vie, les autres ayant réussi à prendre la fuite à travers les forêts et les collines environnantes » ; d'autre part, le lieutenant de Yasser Arafat révéla qu' « au cinquième jour [d'un siège de huit mois dont cinquante-deux jours de combat] le Père Youakim Moubarac [22], un ecclésiastique maronite imbu [sic] de sentiments humanitaires [...] vint me voir pour me faire une proposition afin de mettre un terme aux combats : les fedayins de Tell-Zaatar se rendraient, avec leurs armes, à des représentants de la Croix-Rouge internationale [...], la population civile serait évacuée dans les meilleures conditions. Je rejetai sur le champ l'offre, qui me parut indigne de combattants aussi intrépides que les nôtres [...]. On cherchait à me faire capituler dans la honte ». Dans la « honte » ?

En réalité, les dirigeants palestiniens qui, eux, ne sont pas « imbus » outre mesure de « sentiments humanitaires » sacrifièrent des centaines des leurs à Tell-Zaatar, non pas pour essayer de conserver une position stratégique difficilement tenable, puisque non reliée au territoire libanais sous contrôle palestinien, mais pour ameuter l'opinion publique occidentale « imbue », elle, des mêmes sentiments que l'abbé Moubarac.

Ce que l'on sait encore moins, ce que l'on cache même, mais qui est tout aussi vrai, c'est qu'à Dbayé, camp évacué de force en janvier 1976, les miliciens palestiniens avaient plusieurs fois coupé la route Achrafieh-Jounieh, cordon ombilical du secteur chrétien, et occupé un couvent et des

21. *Le Monde,* 24 septembre 1982.
22. Voir p. 51.

maisons de Libanais ; qu'à La Quarantaine, les francs-tireurs palestiniens, kurdes ou chiites libanais, avaient abattu plusieurs dizaines d'automobilistes libanais passant sur le pont voisin ; qu'à Tell-Zaatar, depuis 1973, soit deux ans avant le déclenchement des hostilités, des Palestiniens, épaulés par certains musulmans, enlevaient et rançonnaient des passants chrétiens, qu'ils rendirent ensuite impraticable par insécurité la zone industrielle voisine de Mékallès, qu'ils fortifièrent leur « camp » avec blockhaus et souterrains jusqu'à en faire un formidable Fort-Chabrol ; qu'enfin ils formèrent, on l'a vu, le projet de couper Achrafieh de Jounieh, séparant en deux tronçons le minuscule « réduit » chrétien, en reliant entre elles les zones palestiniennes ou propalestiniennes de la capitale.

Fin juin 1976, la question se posait : fallait-il profiter du répit accordé par la pression de l'armée syrienne sur les bases palestiniennes de Beyrouth-Ouest pour s'emparer des places fortes-palestiniennes de Beyrouth-Est, comme le préconisait Camille Chamoun, ancien président de la République ?

Pour se donner du cœur à l'ouvrage et aussi narguer un peu les kataëbs, à la fois ses alliés et ses rivaux, Chamoun, appuyé par deux ou trois petites formations politico-militaires comme les Gardiens du Cèdre, qu'inspira le poète nationaliste Saïd Akl, et le Tanzim (l'Organisation) alors sous les ordres du Dr Fouad Chemali, lança donc ses *noumour* — les « tigres » — à l'assaut de Tell-Zaatar. Ils n'en seraient sans doute jamais venus à bout si les kataëbs, et également les Syriens, voire quelques Israéliens, dit-on [23], ne leur avaient finalement prêté main-forte. Ce fut alors un déchaînement sans pareil de l'opinion publique occidentale, attisée par une presse ne voulant connaître que les malheurs de la « cause palestinienne » et ignorant totalement les droits et les raisons des Libanais chrétiens agressés chez eux.

Est-ce la faute de ceux-ci si les miliciens palestiniens, comme en 1984 les militants chiites de la banlieue sud de

23. Le 22 septembre 1982, le général Ariel Sharon, ministre israélien de la défense, a publiquement accusé son prédécesseur en 1976, Shimon Pérès, d'avoir envoyé des officiers de Tsahal à Tell-Zaatar.

Beyrouth, ont constamment choisi à dessein — apitoyer l'opinion mondiale — d'installer leurs canons au beau milieu de quartiers habités par une population civile voire près d'hôpitaux ?

Ils existent peut-être, mais je n'ai pas trouvé de témoignages déterminants sur des massacres délibérés de civils [24] à l'issue du siège de Tell-Zaatar, en août 1976. Quelques miliciens qui s'enfuyaient furent, on l'a dit, abattus. Ce que l'on a passé sous silence, c'est que plusieurs dizaines d'hommes capturés à Tell-Zaatar ou dans les parages par des combattants chrétiens, furent remis sains et saufs, en présence de représentants de la Croix-Rouge et de la presse réunis dans une école du quartier beyrouthin de Jdaidé, en août 1976, à l'envoyé égyptien de la Ligue arabe, Hassan Sabri El-Kholi.

Tell-Zaatar avait été le prix atroce à payer pour qu'il y ait encore au Liban une parcelle de pays où des Libanais seraient maîtres chez eux. La suite devait prouver que, sans le terrible siège de l'été 1976, ce rêve modeste et nécessaire en serait resté un.

On objectera qu'il y a eu aussi, de la part des chrétiens, des actions sanglantes que rien ne peut justifier. Par exemple, le Samedi noir. Par exemple, Sabra et Chatila. Et aussi « la guerre des maronites ».

Le Samedi noir — le 6 décembre 1975 — restera sans aucun doute l'un des moments les plus cruels de la guerre du Liban qui, pourtant, n'en manque point. Alors que des assassinats « à la carte d'identité » — celle que délivre l'Etat libanais, comme d'ailleurs celle d'autres Etats orientaux, à commencer par l'Egypte, porte mention de la confession [25] — avaient déjà été le fait de tueurs musulmans abattant à bout portant, à un contrôle routier ou au coin d'une rue, un non-musulman, on vit soudain, ce funeste samedi-là, des chrétiens armés intercepter çà et là des passants, examiner leurs

24. A l'exception d'une affirmation phalangiste (*Le Monde,* 14 août 1976), selon laquelle il y aurait eu une dizaine de civils palestiniens exécutés dans la furia de la fin du siège.

25. Rendons hommage au ministre libanais de l'intérieur, Salah Salmane, un druze, qui, en février 1979, demanda à l'état-civil de ne plus mentionner la confession sur les papiers d'identité. Mais l'Etat libanais, désorganisé par la guerre, n'en délivre plus du tout...

papiers et brûler la cervelle à ceux qui avaient le malheur, ce jour-là, d'être des fidèles de Mahomet.

L'action est abominable et ne peut que répugner. Mais il faut savoir quoi — à défaut de qui — l'avait provoquée : l'assassinat, à quelques semaines de distance, dans des conditions particulièrement révoltantes — à coups de gourdin et de hache — de deux petits groupes de jeunes chrétiens qui avaient eu l'imprudence de sortir le soir ou d'aller reconnaître une route de montagne où devait passer un rallye automobile. Un employé maronite du quotidien beyrouthin *L'Orient-Le Jour* perdit ainsi successivement ses deux fils.

Cet homme avait jusque-là des sympathies à l'endroit des Palestiniens et de bons rapports avec ses compatriotes musulmans. Son chagrin, celui de sa femme et de sa fille (dont les cheveux blanchirent en quelques semaines) furent tels qu'avec des amis presque aussi bouleversés que lui et qui l'entouraient, il s'arma et descendit soudain dans la rue, entamant le sinistre Samedi noir. L'atmosphère était telle alors, dans Beyrouth, que la sanglante entreprise annexa au passage d'autres chrétiens à l'esprit retourné par la soif de vengeance. Une centaine de musulmans innocents devaient y laisser la vie.

Contrairement à une calomnie abondamment répandue, ni les phalangistes ni aucun autre mouvement chrétien participèrent en tant que tel au Samedi noir. Au contraire, le parti Kataëb, sitôt connue la nouvelle du second massacre de jeunes gens, avait fermement invité ses militants à garder leur sang-froid, même si tous ne purent y parvenir. Le parti reconnut avoir été débordé et désavoua « ces crimes perpétrés par des éléments irresponsables [26] ».

Divers témoignages, dont celui du président musulman sunnite d'Electricité du Liban, Fouad Bizri [27], montrèrent sans équivoque que des phalangistes avaient empêché des enlèvements de mahométans, facilitant notamment le départ vers les quartiers musulmans d'une cinquantaine de fonctionnaires de cette religion travaillant à l'Electricité du Liban, située en zone chrétienne.

26. *Le Monde,* 9 décembre 1975.
27. *El-Nahar,* Beyrouth, 7 décembre 1975.

Les 16 et 17 septembre 1982, les quartiers de fortune de Sabra et Chatila, situés entre le centre de Beyrouth et l'aéroport international de Khaldé, et habités par une majorité de Palestiniens furent, à leur tour, le théâtre de massacres de plusieurs centaines de civils qui allaient, à juste titre, révolter la Terre entière. Il faut remonter à la découverte de l'ampleur du génocide des juifs (4 500 000 victimes) par les nazis, à la fin de la Seconde Guerre mondiale, pour trouver une telle unanimité dans la réaction d'horreur, un écho aussi profond. Ni les tueries franco-coloniales de Madagascar ou d'Algérie, ni le massacre de My-Laï commis par les Américains au Vietnam, ni le génocide du Cambodge, ni les villages afghans dissous par les bombes soviétiques, ni bien entendu l'assassinat de centaines de villageois chrétiens au Liban depuis 1975 n'avaient suscité, à travers le monde, autant de protestations officielles, de mouvements d'opinion, d'articles de journaux.

Contrastant avec cette attitude, il y eut au Liban comme un consensus spontané islamo-chrétien pour ne pas condamner ni même évoquer l'affaire de Sabra et Chatila. Fallait-il y voir une sorte de réaction nationaliste, dépassant les clivages religieux habituels, face à la désapprobation extérieure, ou tout simplement le rassemblement silencieux de tous les ras-le-bol individuels des Libanais à l'égard des crimes et des excès palestiniens ?

Sabra et Chatila a laissé une tache sur la pureté de la cause libanaise. Encore faut-il — ce qui n'a que rarement été fait — situer ce drame dans son contexte politique et *psychologique.* L'expliquer n'est en rien le justifier. Il est nécessaire, également, de rappeler les proportions du massacre, car si, comme l'a constaté la presse internationale, le siège impitoyable de 10 000 chrétiens rassemblés de septembre à décembre 1983 dans la petite ville de Deir-el-Kamar, au Chouf, « ne fut pas le ghetto de Varsovie », la « boucherie » de Sabra et Chatila, un an plus tôt, n'avait pas été le génocide amérindien, arménien, juif ou cambodgien. Un peuple avait été victime, à travers une partie de lui-même, d'une attaque lâche et sanguinaire, et non point d'une « tentative d'ethnocide », comme d'aucuns l'ont proclamé.

Selon le rapport officiel demandé par le gouvernement israélien, sous la pression de son opinion publique, à Yitzhak Kahane, président de la Cour suprême d'Israël, « le nombre total de victimes dont les corps ont été retrouvés entre le 18 et le 30 septembre (à Sabra et Chatila) s'élève à 460. Ce chiffre comprend les morts recensés par la Croix-Rouge libanaise, la Croix-Rouge internationale, la Défense civile libanaise, le corps médical de l'armée libanaise et par les familles des victimes. Selon ce décompte, les 460 victimes comprenaient 109 Libanais et 328 Palestiniens, mais aussi des Iraniens, des Syriens et des personnes de diverses nationalités. D'après la nomenclature de la liste, la plupart des corps étaient de sexe masculin ; mais cette liste comprend aussi huit femmes et douze enfants libanais, sept femmes et huit enfants palestiniens [...] Il est presque impossible de distinguer *entre les victimes des combats et les victimes des tueries* [28] ».

La résistance des assaillis, plutôt que de véritables affrontements, fit en tout cas au moins sept morts parmi les attaquants chrétiens, dont un parent du juriste kataëb Ibrahim Najjar.

Bien que l'institution la plus fiable de celles interrogées par la commission Kahane, la Croix-Rouge, n'ait elle-même dénombré que 328 corps à Sabra et Chatila, le rapport a estimé qu'il fallait, au maximum, doubler ce chiffre pour tenir compte des éventuelles inhumations non recensées, des corps non retrouvés, des blessés morts loin du lieu des tueries, etc. Dans tous les cas, on est loin du chiffre de 3 000 morts revendiqués par certains Palestiniens ou proches des Palestiniens, et même des 1 500 victimes citées par le président Mitterrand à la télévision, le 12 février 1984.

Le 14 septembre 1982, Béchir Gémayel (trente-quatre ans), « président élu » du Liban depuis trois semaines — constitutionnellement, il ne devait accéder au pouvoir, à la suite du président Elias Sarkis, qu'une semaine plus tard — était tué, en compagnie de vingt-trois de ses compatriotes, à

28. *Rapport Kahane*, Le Sycomore, 1983.

la permanence du parti Kataëb, à Achrafieh (Beyrouth-Est), par l'explosion d'une énorme bombe télécommandée.

Le responsable immédiat de cet assassinat collectif, qui fut bientôt arrêté, était un jeune Libanais maronite — comme Béchir Gémayel ! — nommé Habib Chartouni, membre du Parti populaire syrien [29], mouvement laïco-fascisant et « pansyrien », fondé au Liban par un chrétien grec-orthodoxe, Antoine Saadé, avant la Seconde Guerre mondiale. Ce groupuscule, qui connut naguère un certain succès parmi une petite fraction de Libanais des deux confessions, qui crut y déceler la voie d'une modernité orientale, égalitaire et libératrice, se rangea sans nuances aux côtés des Palestiniens dans le conflit libano-palestinien déclenché en 1975.

Il ne fait de doute pour personne qu'Habib Chartouni, illuminé sur les bords, n'a été que l'instrument d'un dessein politique, étranger aux intérêts du Liban. « Béchir » — en arabe : « l'annonciateur » — fut assassiné au moment où un mouvement de fond, perceptible dans tout le Liban dès le printemps de 1982, avant donc l'invasion israélienne, concrétisait autour de lui l'union de la majorité des Libanais de toutes origines — sauf les syrophiles, les intégristes et les communistes — et permettait de croire à portée de main la reconstitution du pays et la paix.

Une telle issue ne pouvait convenir à ceux des Syriens qui ne veulent plus entendre parler d'un Liban indépendant et à ceux des Palestiniens qui n'avaient pas pardonné à « Béchir » — comme l'appelaient déjà familièrement nombre de Libanais — le combat politico-militaire que le jeune chef avait mené sans relâche contre eux depuis avril 1975. L'opinion qui prévaut, en 1984, est que la liquidation physique de Béchir Gémayel a été menée par un service secret de Damas. Au loin, Moscou veillait sans doute...

On ne peut pas, cependant, ne pas mentionner que le réseau israélien d'espionnage, si perfectionné et qui avait déjà, croit-on savoir, sauvé Béchir Gémayel d'autres attentats, était bien implanté à Achrafieh en septembre 1982.

29. Appelé encore Parti social national syrien.

Ménahem Bégin, alors chef du gouvernement d'Israël, a-t-il été au courant des préparatifs d'élimination de ce Gémayel qui lui avait jeté à la figure la volonté d'indépendance du Liban, et a-t-il laissé courir, se débarrassant à bon compte d'un interlocuteur incommode ? Aux historiens de demain de creuser ce point capital du drame libanais.

Quels qu'ils soient, les commanditaires savaient, de toute façon, ce qu'ils faisaient. En supprimant celui qui avait toutes les chances de devenir le sauveur du Liban, comme son homonyme et prédécesseur, l'émir Béchir II au XIXe siècle, les maîtres-d'œuvre du régicide, pourtant, pouvaient sans doute aussi prévoir que, dans le vide et le désarroi consécutifs à un meurtre inouï, des débordements incontrôlables pourraient se produire. Ils portent donc une part de responsabilité, même si elle n'est qu'indirecte, dans la tragédie des deux « camps » palestiniens.

A propos de l'absence de vigilance du commandant divisionnaire de brigade israélien à Beyrouth, le général Amos Yaron, le rapport Kahane notera : « Il n'a pas tenu compte du fait que l'assassinat de Béchir [30] allait attiser le désir de vengeance des phalangistes. » Béchir Gémayel aurait certainement pris des mesures contre les 400 000 ou 500 000 Palestiniens du Liban, expulsant vraisemblablement tous ceux — environ 200 000, venus surtout de Jordanie — qui étaient entrés illégalement dans le pays ou qui y avaient combattu les armes à la main les autorités libanaises légales. Nul ne pense qu'il aurait ordonné l'élimination de populations civiles, ne serait-ce que dans son propre intérêt politique, national vis-à-vis de ses compatriotes musulmans, régional par rapport à ses partenaires arabes.

Mais qu'on imagine un instant des hommes assiégés, bombardés, insultés, blessés dans leur esprit et souvent dans leur chair, depuis plusieurs années, sur leur propre sol, par des étrangers qu'ils y avaient généreusement reçus ; des hommes très ordinaires qui, du jour au lendemain, ont dû se battre sur des barricades de fortune avec, au début, leurs

30. Même un document aussi officiel, aussi sec que le rapport Kahane, adopte la mode libanaise d'appeler le président élu par son seul prénom.

seuls fusils de chasse, pour protéger une patrie bientôt réduite à moins de 10 % de sa superficie totale ; des hommes simples qui ont vu mourir leurs enfants, leurs parents, leurs amis, en tout cas leurs compagnons d'armes.

Tout cela depuis 1975, depuis sept longues années durant lesquelles ils ont vu aussi la planète presque entière les critiquer, les bafouer et, pour finir, les abandonner. Quelle formidable pression nerveuse accumulée ! Quel aliment pour nourrir une psychose obsidionale ! Brusquement, en juin 1982, l'intervention israélienne — qui, toutefois, n'a pas eu lieu pour délivrer les assiégés chrétiens — puis le départ, en septembre 1982, des miliciens palestiniens de Beyrouth-Ouest et l'élection à la tête de l'Etat, dans une sorte de complicité nationale peut-être jamais aussi large, de leur jeune chef de guerre, « Cheikh Béchir », apporte la récompense, l'apaisement, la joie sans peur, la nuit sans combat.

Cela dure moins d'un été ! Et puis, en une soirée de cauchemar shakespearien, tout s'écroule derechef : Béchir est écrasé sous un édifice piégé. C'est l'effondrement psychologique, les cœurs qui explosent dans les poitrines, la colère impuissante, la rage, la « folie de vengeance qui a saisi les phalangistes à la mort de Béchir Gémayel », comme le consignera dans l'un de ses rapports la Fédération internationale des droits de l'homme. Qu'on se rappelle les druzes tuant tous les chrétiens qui leur tombèrent sous la main après le meurtre de Kamal Joumblatt en 1977 [31] !

Alors s'ébranlèrent certains de ces hommes, probablement, pour la plupart, les moins bons, la lie de tout groupement humain, ceux sans doute qui ont pris goût à tuer dans cette guerre urbaine, impitoyable, aux corps-à-corps imposés jusque dans leurs propres rues, leurs propres maisons. Ces hommes — quelques dizaines sur des milliers de combattants ivres de revanche — persuadés que les Palestiniens ne peuvent pas être étrangers à la mort de leur « Béchir », et peut-être mus aussi par l'espoir insensé de déclencher la panique chez les civils palestiniens, les obligeant ainsi à quitter le Liban, ces miliciens déchaînés au sens littéral du terme,

31. Voir p. 122.

car privés de leur chef charismatique, se jettent sur les deux principales concentrations palestiniennes de Beyrouth.

Et c'est l'ignominie. Mais là s'intercale, à côté de la propre responsabilité des tueurs, encore une fois incontestable, la responsabilité imprécise, mais bien réelle — comme celle des « parrains » probablement syriens, de l'assassinat du président élu —, des plus hauts dirigeants civils et militaires israéliens.

Le soir même de la disparition de Béchir Gémayel, le 14 septembre 1982, Tsahal commence à occuper Beyrouth-Ouest. Le 15 septembre, Sabra et Chatila sont encerclés par les militaires israéliens. Le 16 septembre, c'est le fameux entretien téléphonique entre un général israélien et son ministre de la défense, un autre général, Ariel Sharon : « Nos amis avancent dans les camps. Nous avons coordonné leur entrée — Félicitations ! »

Saura-t-on jamais qui, de quelques sous-chefs militaires kataëbs déboussolés par l'assassinat de Béchir Gémayel ou des responsables israéliens, aura pris l'initiative du crime de Sabra et de Chatila ? Des deux côtés, il y avait, d'évidence, désir de monter un « sale coup » contre les Palestiniens. N'était-il pas tentant pour Israël d'exploiter à cette fin le désarroi chrétien ? Les Israéliens n'avaient pas décoléré de voir Béchir Gémayel leur tenir tête : lors de l'entrevue « secrète » de Nahariya, dans le nord d'Israël, le 1er septembre 1982, entre le président élu et Ménahem Bégin, alors premier ministre israélien, Béchir lui avait lancé : « Passez-moi les menottes ! Souvenez-vous que vous parlez au président du Liban et non pas à votre vassal ! » Il avait refusé de combattre, au côté d'Israël, les forces palestino-libanaises. Le jeune chef résistant disparu, qui pouvait empêcher les activistes alors au pouvoir à Jérusalem de profiter du vide politique pour compromettre les kataëbs dans la plus douteuse des entreprises ? Cela ne fut pas difficile : face à eux, il n'y avait que des épigones désorientés. Aux chrétiens, après Sabra et Chatila, on pourrait sans doute appliquer cette maxime : « Il n'y a pas de situation plus cruelle que de valoir mieux que sa conduite. »

La responsabilité israélienne dans les massacres de Sabra

et Chatila prend sa source dans les lois de la guerre qui prévoient que toute puissance occupante doit protéger les civils du pays occupé. Et Israël contrôlait parfaitement Beyrouth-Ouest. Même s'ils n'ont pas été les initiateurs des massacres des 16 et 17 septembre 1982, même s'ils n'ont fait que les tolérer, les gouvernants israéliens ont, aux côtés des Libanais tueurs de Palestiniens et des assassins de Béchir Gémayel, une part de culpabilité indéniable dans le sanglant règlement de comptes de Sabra et Chatila. Un auteur franco-israélien, il est vrai antisioniste, va jusqu'à ranger cette affaire parmi les « massacres d'Etat », type Deir-Yassine ou Kafr-Kassem, dont Israël s'est rendu coupable depuis sa création en 1948 [32].

Néanmoins, le plus douloureux, pour qui aime le Liban, restera sans doute le déchirement interchrétien qui, bien plus que tous les autres conflits conjugués au pays des cèdres depuis 1975, a mérité le nom cruel de guerre civile. En juin 1978, le bombardement par des phalangistes de la villa de Tony Frangié, à Ehden, dans le nord du Liban, provoque la mort du fils aîné de l'ancien chef de l'Etat, d'une partie de sa famille et de plusieurs de leurs partisans. Ce coup de main brutal, qui fit sans doute plus de mal à l'image des chrétiens du Liban que n'importe quel autre événement du conflit, avait officiellement été préparé pour venger l'assassinat d'un responsable et de simples militants phalangistes du Liban septentrional, tués dix jours auparavant.

En réalité, il s'agissait tout à la fois, dans l'esprit de Béchir Gémayel et de ses amis, de punir et d'intimider l'ancien président Soliman Frangié (1970-1976), passé, en quelques mois, de relations ambiguës à une alliance étroitissime avec l'occupant syrien, et de porter un coup à la dernière famille féodale chrétienne du Liban : les Frangié.

Sa passion pour un « Liban libanais » transfiguré fit mal apprécier à Béchir la capacité de résistance, qui plus est adossée à la force syrienne, du vieux Frangié, patriarche médiéval sans scrupules, qui n'avait pas hésité, jadis, à faire couler le sang à l'intérieur même d'une église pour régler une

32. Ilan Halevi, *Israël, de la terreur au massacre d'Etat*, Papyrus, 1984.

vendetta interchrétienne. La mort de Tony Frangié, de sa femme et de sa fillette ne servit en rien, tout au contraire, la cause nationale libanaise, coupant les chrétiens du nord de ceux du centre et déclenchant un cycle de vengeances, à laquelle a peut-être mis fin, mais ce n'est pas certain, la rencontre entre l'ex-président Soliman Frangié et le président en exercice Amine Gémayel, à Genève, en novembre 1983.

Un autre drame fratricide opposa, en juillet 1980, Béchir Gémayel, chef des Forces libanaises chrétiennes, à un autre clan chrétien maronite groupé aussi autour d'un ancien chef de l'Etat, Camille Chamoun (1952-1958), et de ses deux fils, non point, eux, vestiges du féodalisme, encore que entourés d'une malencontreuse aura affairiste. Aucun des Chamoun ne paya personnellement de sa vie, mais peut-être jusqu'à une centaine de leurs partisans, la mise au pas, coûteuse mais effective, des « tigres » chamounistes par les kataëbs. L'efficacité militaire des résistants chrétiens y trouva son compte, non point, encore une fois, le prestige international, déjà maigre, de la communauté chrétienne du Liban.

On ne citera que pour mémoire le demi-échec des tentatives maronites pour contraindre par l'intimidation les Arméniens [33] de Bordj-Hamoud, à Beyrouth-Est, à s'engager ouvertement dans le camp chrétien. Les néo-Libanais que sont les Arméniens sont intégrés politiquement au pays depuis les années 20, avec des ministres et des députés, et leur loyauté à l'égard de l'Etat libanais est sans faille. Mais la dimension sociologique de leur intégration reste incomplète et ne peut que le demeurer, surtout à l'heure où la revendication nationale arménienne à l'égard de la Turquie s'est considérablement ravivée. Les nationalistes arméniens ont mal perçu qu'en acceptant l'appui palestinien, ils entraient dans le jeu du terrorisme international au bénéfice d'une Union soviétique qui tient tout de même captive, elle aussi, une partie du territoire historique de l'Arménie. La majorité des Libanos-Arméniens sont bien conscients, en tout cas, que leur sort au Liban est lié à celui du reste de la

33. Orthodoxes, catholiques ou protestants, les Arméniens sont entre 150 000 et 200 000 au Liban, soit une communauté comparable en nombre à celle des druzes.

communauté chrétienne. Dès lors, leur « neutralité » de façade sonne quelque peu dérisoire. L'un des dirigeants politiques les plus brillants des kataëbs est cependant un jeune Arménien, Karim Pakradouni, qui eut sans doute le tort, en 1976, de pousser des chrétiens à jouer à fond la carte syrienne. Il est revenu, lui aussi, de cette illusion fatale [34].

Plus grave, car plus profonde, plus ancienne, peut apparaître la différence d'appréciation des rapports avec les musulmans existant entre les maronites, première communauté chrétienne du Liban par le nombre, et les grecs-orthodoxes, deuxième communauté chrétienne libanaise, mais ayant son patriarche et nombre de coreligionnaires installés en Syrie.

Comme le remarquent parfois les musulmans en Orient, et aussi les chrétiens, « les divisions des fidèles du Messie sont leur châtiment sur terre » (que sont alors les divisions interislamiques ?). Dans le « malaise » maronito-grec-orthodoxe se décèle une dimension atavique *sui generis* symbolisée par le cri du cœur du grand-duc byzantin Notaras, lors d'une messe célébrée à Constantinople en 1452, à quelques mois de la chute de la métropole de l'orthodoxie aux mains de l'Islam ottoman : « Nous préférons le turban mahométan à la tiare romaine »...

Les grecs-orthodoxes, les plus arabes ou arabisés des non-musulmans du Levant, sont les descendants des peuples sémites hellénisés et christianisés à l'époque de Byzance. De cette période hautement glorieuse pour eux, les grecs-orthodoxes ont conservé jusqu'à nos jours la nostalgie. Leur situation traditionnelle de citadins, alors que les maronites sont avant tout montagnards, les a, en outre, depuis des siècles, mis en contact permanent avec le pouvoir central et donc avec les musulmans. De ce passé byzantin et de ce côtoiement arabe est née chez eux une propension plus grande à la soumission qu'à la résistance, apanage des maronites. Ceux-ci trouvent que les grecs-orthodoxes, dont beaucoup pourtant, tel le grand juriste Ibrahim Najjar, participent à un haut niveau à la Résistance (dont 30 % des com-

34. Karim Pakradouni, *La Paix manquée (le mandat d'Elias Sarkis, 1976-1982)*, Editions Fiches du monde arabe, Beyrouth, 1983.

battants seraient grecs-orthodoxes), se résignent trop facilement à l'acceptation de la dhimmitude, que les maronites se sont toujours débrouillés pour rejeter ou secouer : « Ils purent relever la tête [...], reconstruire leurs églises, en bâtir d'autres, avoir droit à des turbans et des voiles blancs, des ceintures brodées, des arcs et des fusils incrustés », écrit l'historien musulman Adel Ismaïl en traitant de la période heureuse de la fin du XVIe siècle. Il ajoute qu'à cette époque, et sans doute ce fut le cas jusqu'au milieu du XIXe siècle, les maronites furent les seuls chrétiens d'Orient, avec ceux de l'île grecque de Patmos, « à pouvoir se servir librement des cloches de leurs églises » [35].

Les grecs-orthodoxes ont, en tout état de cause, pu constater, tant en 1860 qu'en 1983, lors de massacres au Chouf, que leur plus grande souplesse à l'égard des musulmans ne leur vaut pas de traitement privilégié au moment fatidique. Ils n'en continuent pas moins, en tout cas leur hiérarchie religieuse et politique, à pratiquer le jeu dangereux du double langage, tel Mgr Georges Khodr, archevêque du Mont-Liban, qui, de passage à Paris, en 1983, se plaignait [36] que même le régime laïcisant de Damas fît des difficultés pour autoriser ses administrés chrétiens à construire de nouvelles églises, quitte à bredouiller un démenti de ces propos quelques jours plus tard en présence de l'ambassadeur de Syrie en France, le général Youssef Chakour, lui-même chrétien et bien placé pour savoir où était la vérité, mais tenu aussi d'avaliser publiquement le contraire, par son silence, pour ne pas encourir les foudres de son gouvernement.

C'est quand on assiste à de telles scènes d'auto-humiliation qu'on oublie les excès qu'ont pu commettre les maronites pour comprendre que leur grand refus est la seule voie possible — si tant est que la notion de dignité individuelle doive avoir encore quelque valeur en Orient. Le hic est que si « la conscience chrétienne a été ébranlée par l'esprit moderne pour se laisser finalement absorber par lui [...], l'islam est resté lié à un type de moi où la totalité de

35. Adel Ismaïl, *op. cit.*, voir p. 81.
36. *Le Monde*, 21 décembre 1983.

l'homme n'est pas reconnue, où l'homme n'est homme qu'en tant que croyant »[37] — le croyant musulman ayant, cela va de soi, le pas sur les autres. « Les maronites fournissent sa charpente fondamentale à la Résistance libanaise parce qu'ils sont l'élément-clé qui donne au Liban sa spécificité par rapport à tous les autres pays du Levant, parce que, pour tous les ennemis de la liberté dans cette région, ils sont cette communauté dont les sources culturelles impliquent justement cette liberté », devait nous dire, à Beit-Méry, en avril 1982, Béchir Gémayel, six mois avant son assassinat.

Pour ce combat, le seul qui vaille d'être mené, le sang de la Montagne aura coulé en vain ?

37. *Europe et Islam,* du penseur musulman tunisien moderniste Hichem Djaït, Seuil, 1978.

VI

TOMBEAU POUR ISRAËL

Des goys tuent d'autres goys et on accuse les juifs!*

Ménahem Bégin,
Premier ministre israélien.

* Goy : terme hébreu utilisé pour désigner les non-juifs.

Lors de Pourim 1984, la fête juive des sorts et mascarades [1], le grand quotidien anglophone israélien, *The Jerusalem Post,* publia un numéro fantaisie montrant, à la une, une étrange carte du Levant. A la place du Liban, se creuse dans la côte un vaste golfe maritime appartenant à la Syrie. Le Liban n'existe plus, n'a jamais existé, et, *ipso facto,* les infiltrations palestiniennes, les raids sisyphiens de Tsahal, les clameurs internationales, l'armée israélienne prise aux rets de la résistance populaire chiite (près d'un tiers des 600 soldats israéliens tués au Liban entre juin 1982 et octobre 1984 l'ont été, non pas au combat, mais dans des attentats).

Au-delà de l'intention humoristique — un humour bien noir si l'on songe qu'il se fait aux dépens d'un pays en perdition —, on peut sans doute déceler là le désir profond d'Israël d'être à jamais débarrassé du problème libanais.

Quoi qu'ait laissé entendre, à travers le monde, une insistante propagande palestinienne ou palestinophile, il n'y a pas, au Proche-Orient, de conjuration organisée, ni même de solidarité spontanée entre les minorités israélite et chré-

1. A Pourim, l'israélite commémore joyeusement la pendaison d'Aman, ministre du roi Xerxès Ier de Perse (l'Assuérus de la Bible), qui voulait exterminer les juifs de ce pays.

tienne (15 millions de personnes en tout), entre « l'entité impérialo-sioniste » et les Libanais chrétiens « isolationnistes », face à « l'héroïque nation arabe ». L'exception de la « coopération » libano-israélienne constatée depuis la fin de la décennie 70 dans la région du Liban limitrophe d'Israël n'en est pas une car, d'une part, des musulmans chiites y sont tout autant impliqués que des chrétiens ; d'autre part, cette collaboration était souvent, pour les populations libanaises concernées, la condition *sine qua non* de leur maintien sur place.

Notons d'abord que les chrétiens d'Orient ont été lésés tout autant, sinon plus, que les musulmans par la rejudaïsation de la Palestine au XXe siècle. Parmi les Palestiniens, il y avait, il y a encore, sinon au Proche-Orient même, du moins globalement en incluant la diaspora mondiale, environ 10 % de chrétiens [2], surtout de rites byzantin et latin ; plus encore que les mahométans, ils ont préféré l'exil, et l'administration israélienne n'a rien fait, bien au contraire, pour les retenir. C'est presque un miracle que des cités comme Nazareth ou Bethléem, où il est sentimentalement capital, pour la Chrétienté, que demeurent des autochtones chrétiens, en comportent encore quelques milliers. « Nazareth, qui est une ville de 60 000 habitants, avait en 1948 [an I de l'indépendance israélienne] environ 80 % de chrétiens ; aujourd'hui, ceux-ci ne sont plus que 39 %, désormais minoritaires [par rapport aux musulmans], ce qui devient inquiétant [3]. » Ce déclin de la Chrétienté palestinienne avait fait noter au pape Paul VI (1963-1978) : « J'ai peur que la Terre sainte devienne un jour un musée d'églises. » Combien de temps encore Bethléem aura-t-elle un maire chrétien ?

Israël n'a pas fait chez lui la moindre différence entre chrétiens et musulmans. Même les maronites de Palestine, en dépit des contacts, puis du rapprochement entre maroni-

2. Dans la Palestine, en ses frontières du Mandat britannique (Israël, Jérusalem, Cisjordanie, Gaza), la *World Christian Encyclopedia* (Oxford Press, Nairobi, Oxford, New-York, 1982) dénombre environ 160 000 chrétiens en 1980.

3. Selon Faraj Nakhleh, du Centre chrétien de rencontres de Nazareth, *La Croix*, 11 janvier 1984.

tes du Liban et gouvernement israélien, n'ont jamais pu obtenir, malgré des démarches maintes fois renouvelées, qu'on leur restitue leurs villages de Kfar-Birhem et d'Ikrit. Situés non loin de la frontière israélo-libanaise, ils leur ont été confisqués depuis des lustres pour des « raisons de sécurité ». La protection et l'aide apportées par les chrétiens libanais, notamment ceux du parti Kataëb, tant aux israélites du Liban qu'à ceux du monde arabe, venus à Beyrouth principalement de Syrie et de Mésopotamie (surtout entre 1945 et 1960), pour gagner la Terre promise, n'ont pas incliné les Israéliens au geste de reconnaissance qu'aurait été la restitution de leurs villages aux inoffensifs ruraux d'Ikrit et de Kfar-Birhem.

Religieusement, les chrétiens des pays arabes ont même davantage été brimés que les musulmans par l'existence d'Israël car, du fait de l'état de guerre permanent entre l'Etat juif et les capitales arabes, ils ont dû renoncer à la plus chère de leurs coutumes dévotes : le pèlerinage à Jérusalem qui les fait *moqadés* — l'équivalent, du moins chez les coptes d'Egypte, du *hadj* des musulmans retour de La Mecque. Le préjudice n'est pas mince quand on connaît l'ardeur pieuse des chrétiens orientaux.

Certes, Jérusalem est, sous le nom d'*El-Qods,* une place sainte pour l'islamisme en raison du voyage nocturne que Mahomet est réputé y avoir accompli sur la jument ailée Bourak, et également parce que doit s'y dérouler (selon un schéma emprunté au christianisme qui l'a lui-même tiré du judaïsme) le Jugement dernier des musulmans. Mais les deux espaces sacrés islamiques primordiaux, La Mecque et Médine, en Arabie, restent libres d'accès aux musulmans certifiés, tandis que Jérusalem « interdite » est la ville sainte par excellence des chrétiens, et même la seule pour les non-catholiques qui n'ont pas la « succursale » de Rome et qui, au Proche-Orient, sont majoritaires entre les chrétiens. Même les coptes-orthodoxes d'Egypte, qui étaient jadis parmi les pèlerins chrétiens orientaux les plus assidus à gravir le Golgotha, n'ont pas profité du traité de paix égypto-israélien signé à Washington en mars 1979. Le Caire, par démagogie arabe, voulant une « paix froide » avec Israël, a fait sentir à ses ressortissants que tout voyage dans ce pays, même purement religieux, serait mal vu.

En dépit de tout cela, en dépit de la présence de chrétiens parmi les plus intransigeants (intransigeants parce que chrétiens, donc soupçonnés de tiédeur à l'égard de toute cause « arabe »), des chefs de guerre palestiniens (Georges Habache, Nayef Hawatmeh), les Palestiniens fidèles au Christ se sont trouvés confrontés au double soupçon d'Israël et d'Ismaël. « Les juifs les regardent avant tout comme des Arabes et non comme des chrétiens. Et, chez eux, qui dit "Arabe" dit automatiquement "ennemi". Les musulmans ont un comportement identique, précisant que les chrétiens ne sont pas des Arabes car "être arabe, c'est être musulman" [4] ». Cette réflexion est à rapprocher des objurgations du colonel Kadhafi de Libye, pressant les « Arabes chrétiens, s'ils sont authentiquement arabes, d'embrasser la foi musulmane », car « il est aberrant d'être arabe et chrétien en même temps [5] ».

Il reste qu'aujourd'hui les intérêts existentiels des juifs et des chrétiens en Orient sont de plus en plus convergents au fur et à mesure que l'intégrisme accroît son emprise sur les musulmans et sa pression sur les non-musulmans. Israël, en attendant une paix complète et durable avec les Arabes, qui, dans la meilleure des hypothèses, n'est pas pour demain, a donc intérêt à cultiver des sympathies partout où cela est possible dans son environnement régional.

Ainsi, en 1975, au début du conflit libano-palestinien, l'ambassade d'Israël à Chypre fit-elle discrètement proposer aux kataëbs de leur fournir des armes. En vain, car les intermédiaires exigeaient une demande « écrite » des éventuels bénéficiaires libanais, et ceux-ci évitèrent de tomber dans un piège par trop grossier [6]. Ce n'est qu'en mars 1976 qu'un responsable kataëb, dont les hommes, parce que mal armés, refusaient de se battre, prit l'initiative personnelle d'aller en

4. « La Terre sainte dure aux chrétiens », par Bernard Le Léannec, *La Croix,* numéro spécial, sur les chrétiens d'Orient, 25-26 décembre 1983.
5. *Le Monde,* 17-18 août 1980.
6. Antoine Basbous et Annie Laurent, *Une proie pour deux fauves ? Le Liban entre le lion de Syrie et le lion de Juda,* Editions Ad-Dairat, Beyrouth, 1983.

Israël demander aux autorités de ce pays de l'armement, qui lui fut promptement fourni par voie maritime. La même année, l'ancien chef de l'Etat libanais, Camille Chamoun, porta les contacts avec les Israéliens au plus haut niveau politique.

Cet appui « sioniste », quoique consistant surtout en ventes ou en dons d'armes et en entraînement de combattants — mais jamais en combattants —, n'est pas allé sans poser problème aux dirigeants chrétiens. Certes, quand on coule, on doit se raccrocher à tout ce qui flotte. Un proverbe arabe souvent cité en Orient conseille même : « Dans les dangers, raccroche-toi jusqu'aux cordes du vent ! »... Mais les chrétiens, surtout Béchir Gémayel, voyaient plus loin. Ils ne voulaient pas compromettre à jamais l'assemblage islamo-chrétien sur lequel est tant bien que mal fondé le Liban. Aussi s'arrangèrent-ils toujours, sinon pour dissimuler le concours israélien, du moins pour ne pas lui donner un caractère trop provocateur aux yeux de leurs compatriotes musulmans.

D'ailleurs, si les Arabes ont à rougir du rapprochement judéo-chrétien au Liban, ce n'est pas tant pour ce rapprochement en soi, que parce qu'il symbolise l'un de leurs plus magistraux échecs psychopolitiques : n'avoir pas su donner confiance aux chrétiens vivant parmi eux. Hafez El-Assad confia au début de la guerre du Liban à Kamal Joumblatt, l'un des adversaires les plus déterminés des chrétiens : « [Je veux] orienter les maronites vers la Syrie, gagner leur confiance, leur faire réaliser que leur protection n'est plus la France ni l'Occident. Il faut les aider à ne plus aller quémander l'aide de l'étranger [7]. » L'intention était peut-être sincère, mais les moyens employés, de la canonnade au blocus en passant par les massacres ne furent guère appropriés, c'est le moins qu'on puisse dire, pour rassurer les chrétiens, qui, en outre, lâchés par la France et les Etats-Unis, n'eurent plus d'autre ressource que de chercher leur salut du côté d'Israël.

Au printemps de 1984, à la suite d'une déclaration islami-

7. Kamal Joumblatt, *op. cit.*, voir p. 42.

que tripartite (fait rare : dignitaires chiites, sunnites et druzes s'étaient réunis à Beyrouth), décrétant sur un ton très pincé : « L'unique ennemi du Liban est l'ennemi israélien et ses collaborateurs » (entendre les chrétiens), le célèbre éditorialiste indépendant de Beyrouth-Est, Libanius répondit : « Mon frère musulman, comprenez ma franchise [...] Bombardé, massacré, ruiné, privé de son indépendance par les Palestiniens et autres ennemis d'Israël, le Libanais ne doit plus, le chrétien ne peut plus, pour les beaux yeux de ses agresseurs, tenir Israël pour son ennemi. Que ce soit compris, une fois pour toutes [8] ! »

On ne voit pas pourquoi, non plus, le faible Liban ne ferait pas la paix avec Israël alors que la puissante Egypte s'y est résignée. Il est injuste aussi de dénier aux seuls chrétiens du Liban le droit d'avoir des contacts politiques (ou des échanges économiques) avec l'Etat juif, alors que ne s'en privent guère leurs concitoyens druzes, les Jordaniens, voire les lointains Marocains. « Pourquoi veut-on refuser aux chrétiens ce qui est permis aux musulmans ? Pourquoi veut-on que nous soyons les derniers à traiter avec l'Etat hébreu ? Feu Béchir Gémayel nous a appris à nous révolter contre cette discrimination », remarquait son successeur à la tête des Forces libanaises, le jeune ingénieur Fadi Frem [9].

Lors de l'irruption des troupes israéliennes au Liban, et particulièrement au cours du siège de Beyrouth-Ouest, durant l'été de 1982, contrairement aux craintes des uns et aux espoirs des autres — espoirs de ceux qui y voyaient le seul moyen de sauver le Liban, mais aussi espoirs de ceux qui, en Orient ou en Occident, dénonçaient déjà « la compromission des phalangistes avec l'envahisseur » et voulaient à tout prix la voir se concrétiser —, Béchir Gémayel ne s'associa pas militairement aux opérations israéliennes, mécontentant quelques-uns de ses coreligionnaires, néanmoins gagnant la faveur d'un grand nombre de musulmans.

L'opinion occidentale fut, en général, plus exigeante. Les

8. *Le Réveil*, Beyrouth, 11 avril 1984. Libanius était le nom de plume du cheikh maronite Nagib Dahdah, (1915-1984), ancien secrétaire général du Palais Bustros, le Quai d'Orsay libanais.
9. *Le Réveil*, Beyrouth, 17 mai 1984.

informations recoupées des observateurs militaires occidentaux, des services secrets israéliens et des envoyés spéciaux de la presse étrangère avaient permis d'établir, avant même l'occupation israélienne du Liban-Sud, que des volontaires ou des mercenaires de plus de vingt nationalités [10] — sans préjudice des terroristes internationaux « en stage » [11] — ont appartenu aux milices palestiniennes du Liban. Bien que ces « légionnaires » fussent essentiellement utilisés contre des Libanais et non pas contre « l'occupant de la terre palestinienne », nul ne s'émut en Occident ou ailleurs.

En revanche, l'aide vitale reçue d'Israël par les chrétiens, avec pourtant, on l'a vu, le maximum de pudeur, ne manqua pas de scandaliser. Jusqu'au vieux général Pierre Rondot, orientaliste naguère libanophile et mesuré, qui ne put s'empêcher de confier à un jésuite, en novembre 1981 : « Les chrétiens du Liban ont commis une faute impardonnable en faisant appel à Israël ! Il valait mieux pour eux disparaître dans l'honneur [12] !... » Or les chrétiens n'ont pas « fait appel » aux Israéliens, qui ne sont pas venus au Liban pour les « sauver », mais pour en chasser les milices palestiniennes menaçant la Galilée israélienne, aubaine que ne pouvaient évidemment accueillir qu'avec satisfaction les chrétiens, eux-mêmes assiégés dans leur propre pays par les Palestiniens.

On discerne assez facilement que la Syrie a pour but d'annexer le Liban avec lequel elle a toujours obstinément refusé d'échanger des ambassadeurs. La Jordanie et la Palestine figurent également, pour la suite, au menu syrien : « La Palestine est la partie sud de la Syrie », affirma Hafez El-Assad à Yasser Arafat stupéfait, en juin 1976 [13]. Le

10. Abou-Dhabi, Algérie, Bengale, Ceylan, Egypte, Jordanie, Inde, Iran, Irak, Koweït, Libye, Mali, Mauritanie, Maroc, Niger, Nigeria, Pakistan, Arabie, Somalie, Soudan, Syrie, Tunisie, Turquie, Yémen. Voir p. 112.

11. Si l'on en croit l'Organisation sioniste mondiale, « au cours de la seule année 1981, plus de 2 500 terroristes étrangers sont venus au Liban pour suivre des cours de l'Organisation de libération de la Palestine », parmi lesquels un millier d'Européens et quelque 600 Africains et 600 Sud-Américains.

12. Sélim Abou, *op. cit.*, p. 109.

13. *L'Humanité,* 17 juin 1976.

Royaume hachémite est, quant à lui, « terre syrienne » [14], sans autre forme de procès. Ainsi tout est clair.

En revanche, on distingue mal les intentions israéliennes à l'endroit de son petit voisin septentrional.

L'Etat hébreu veut-il maintenir au Liban une anarchie chronique, occupant et affaiblissant les Arabes, tout en entretenant la forme de Tsahal ?

Veut-il un dépeçage de la République libanaise, avec des « compensations » sur la côte tripolitaine et dans la riche plaine de la Békaa pour les Syriens [15], voire les Palestiniens, et, dans le reste du pays, un Etat-croupion à dominante chrétienne, pratiquement sous le protectorat de Jérusalem, comme l'indique une déclaration menaçante que fit faire par son porte-parole, en février 1983, le général Ariel Sharon, ministre israélien de la défense, déclaration selon laquelle « toutes les mesures seront prises pour assurer la sécurité d'Israël sur sa frontière nord, même si cela devait signifier la division *de facto* du Liban en zones d'influence israélienne et syrienne [16] » ?

Israël veut-il carrément annexer le territoire libanais allant de sa frontière septentrionale au fleuve Litani, comme le préconisait un document du mouvement sioniste international présenté à la Conférence de la paix, à Paris, en 1919, et comme s'en affirme convaincu jusqu'à aujourd'hui, dans son exil parisien, le député maronite indépendant de Byblos, Raymond Eddé ?

Veut-il un Liban « rétréci », une « Maronie » surtout peuplée de chrétiens, réellement indépendante, mais étroitement alliée à son voisin du sud, un peu comme le préconisaient, dans les années 50, David Ben Gourion, ancien premier ministre israélien et le général Moshe Dayan ? [17]

14. *Techrine,* organe gouvernemental, Damas, 27 mai 1981.

15. En « échange », Damas abandonnerait naturellement toute revendication sur le plateau syrien du Golan qu'occupe Israël depuis 1967. Au terme de l'accord syro-israélien de 1974, l'Etat juif a toutefois rendu à la Syrie une petite portion du Golan.

16. *L'Orient-Le Jour,* Beyrouth, 8 février 1983.

17. Du moins si l'on en croit le *Journal* de Moshe Sharret, ancien chef du gouvernement israélien, publié en hébreu en 1978 aux Editions Maariv, Tel-Aviv. Voir aussi *Le Monde diplomatique,* septembre 1982 et décembre 1983.

Veut-il enfin, comme le craignent plusieurs dirigeants arabes, tel Saddam Husseïn à Bagdad, recomposer complètement la carte proche-orientale, y favorisant l'émergence d'une myriade de principicules facilement contrôlables et excitables les uns contre les autres. Le pouvoir en Jordanie passerait des mains des bédouins à celles de Palestiniens « modérés », ou bien le Royaume hachémite serait partagé entre bédouins (40 % de la population) et Palestiniens (60 %). En Syrie, on ressusciterait en quelque sorte le plan quadripartite que le Mandat français s'essaya un temps à appliquer au début des années 20 [18] en créant les Etats de Damas, d'Alep, des Alaouites et du Djebel-Druze ; projet n'ayant même pas le mérite de dégager des entités homogènes, Damas et Alep comportant des minorités chrétiennes (surtout de rite byzantin) à côté de la majorité arabe sunnite, la région alaouite incluant des communautés chrétiennes et sunnites et ainsi de suite.

En l'absence d'intentions avouées ou de documents irréfutables ou récents, on peut, quant aux actes, seulement relever l'affaire du « Druzistan », qui faillit même avoir un écho dans la presse israélienne. L'hebdomadaire israélien indépendant de gauche *Koteret Rachit* dans sa livraison du 4 mai 1983, devait publier un article — qui fut censuré — dévoilant un « plan secret » pour l'établissement éventuel au Liban d' « entités confessionnelles », notamment pour les druzes et pour les chiites.

On a vu dans le chapitre V le jeu nébuleux joué au Chouf par l'armée israélienne qui a abouti, en septembre 1983, au prix d'une gigantesque tuerie, à vider cette province de presque toute sa population chrétienne (sauf à Deir-el-Kamar). Ce que l'on sait moins, c'est qu'un peu avant ces événements, un beau matin, un émissaire de Jérusalem suggéra tout à trac au président Amine Gémayel de donner aux druzes dans le Chouf un « statut spécial », équivalent à l'autonomie au sein de la République libanaise. Le cheikh Amine,

18. *La Syrie d'aujourd'hui,* ouvrage collectif sous la direction d'André Raymond, Centre national de la recherche scientifique, Paris, 1980. Voir aussi Raymond O'Zoux, *Les Etats du Levant sous mandat français,* Librairie Larose, 1931.

la stupéfaction avalée, envoya sur les roses son interlocuteur. Du moins s'en est-il flatté.

De cette offre incongrue, que rien ne justifie, même pas le souci qu'auraient eu les Israéliens de faire plaisir à leurs 50 000 druzes, l'impression demeura au palais présidentiel de Baabda qu'Israël veut « casser » le Liban. Ayant sainement réagi lors de la présentation du projet de « canton druze », Amine Gémayel n'en fit malheureusement pas autant lors de l'affaire autrement plus grave des massacres de septembre 1983, où le rôle israélien consista, avec un cynisme et une absence de sentiments humanitaires absolus, à souffler sur la violence druze pour imposer sur le terrain, au Chouf, ce que Jérusalem n'avait pu obtenir de Baabda par la voie diplomatique.

Une autre méthode, moins cruelle, fut utilisée, au début de 1984, par les militaires israéliens pour faire déguerpir du Chouf côtier les villageois chrétiens, afin d'homogénéiser la région au profit des druzes : la fausse rumeur de tueries, le conseil d'un air entendu aux notables municipaux : « Il vaut mieux partir, c'est plus prudent ! » Et le téléphone arabe aidant, des milliers de chrétiens s'ébranlèrent, sans armes mais avec bagages, vers le sud occupé par Tsahal. Ainsi Israël réalisait son plan druze tout en posant au sauveur des chrétiens... Il n'y a pas que la Syrie qui soit à la fois « pyromane et pompier » au Liban.

La tromperie de l'occupation israélienne au Liban, qui sauve d'une main, au grand jour, et détruit de l'autre, dans l'ombre, n'a pas échappé à la population chrétienne. L'écrivain Ragi Hachkouti, maronite de Kneisseh, au Chouf, bloqué en 1983 dans Deir-el-Kamar, rapporte un exemple de cette lucidité populaire [19]. Le 14 décembre 1983, le général de brigade Meir Dagan, chef des unités israéliennes de liaison au Liban, s'en vint haranguer les 10 000 assiégés chrétiens de Deir-el-Kamar : « Vous retournerez un jour ou l'autre dans vos foyers ! » Un septuagénaire se détachant de la foule rétorqua à l'officier, sous les applaudissements : « Mon général, les Turcs ont gouverné le pays et les fils de

19. Ragi Hachkouti, *Le Blocus de Deir-el-Kamar*, Beyrouth, 1984, sans nom d'éditeur (en arabe).

cette montagne y sont restés. La France aussi et nous y sommes restés. La Syrie *idem*. Mais lorsque vous êtes venus vous-mêmes [les Israéliens], vous nous avez transformés en réfugiés. Et, malgré cela, vous prétendez être nos amis. » « Réponse ! Réponse ! », scanda l'assistance. Le général Dagan ne trouva pas d'autre parade que de mettre tout le monde dans le bain, pensant atténuer ainsi les responsabilités de son propre pays : « C'est la faute des Forces libanaises, des druzes, de la Syrie, du gouvernement libanais et d'Israël. Nous sommes tous coupables ! »

Cependant, les faits sont têtus. Les chrétiens choufiotes avaient enduré bien des épreuves dans le passé, mais, pour qu'ils soient déracinés de leur région, il aura fallu qu'elle passe sous le contrôle de leurs « amis » israéliens...

Alors que le chef de l'Etat libanais se contentait de stériles colères blanches, au fond de son palais, contre ces « foutus israéliens », le nouveau chef de la Résistance, Fady Frem, avait assez bien résumé la situation : « Les Israéliens ont laissé faire, ça c'est sûr, et ils ont probablement utilisé ce conflit [druzo-chrétien] comme une carte de pression politique sur le gouvernement libanais. » [20]

En cette mi-hiver de 1982-1983, au lendemain de la prise des quartiers ouest de la ville d'Aley par les druzes, suite au blocage par Tsahal des approvisionnements en armes des chrétiens, les dirigeants israéliens tentèrent de se justifier en faisant savoir que leur « frustration » au Liban trouvait notamment son origine dans « l'amertume à l'égard des Phalanges chrétiennes, dont ils attendent qu'elles exercent des pressions sur le président libanais [pour faire avancer les négociations sur l'accord de paix] [21] ».

Tout au long du printemps et de l'été 1983, les preuves de la duplicité israélienne s'étaient accumulées sur le bureau d'Amine Gémayel, montrant également que Tsahal avait ordre de ne pas entraver l'arrivée au Chouf, chez les druzes du Liban, d'armement soviétique venu de Damas et de volontaires surgis, comme lors des troubles de 1860, des rangs des druzes de Syrie. Tout militaire sait, au Proche-

20. *Le Quotidien de Paris,* 4 février 1983.
21. Agence télégraphique juive, bulletin parisien, 8 février 1983.

Orient, qu'il aurait suffi à l'armée juive de deux ou trois bombes bien placées, ou même d'un simple contrôle, pour mettre fin aux liaisons routières entre le Chouf et la Syrie.

En février 1983, on se demandait encore « si Israël ne pourrait pas couper la route Damas-Beyrouth d'une façon ou d'une autre. A partir des positions avancées israéliennes sur le mont Barouk (au Chouf), cela ne devrait pas être très difficile. Si tel était le cas, la position des alliés de la Syrie, à Beyrouth et en montagne, pourrait devenir précaire [22] ». On sait qu'Israël ne leva même pas le petit doigt pour qu'elle le devînt...

C'est l'argument du double jeu israélien qu'un chef d'Etat digne de ce nom — mais comme l'avait dit de Gaulle à propos du président Albert Lebrun affronté aux nazis, Amine Gémayel n'est pas un chef, et il n'y a plus d'Etat au Liban — aurait dû invoquer, en septembre 1983, au moment des massacres de chrétiens choufiotes, pour dénoncer, ou à tout le moins suspendre avec éclat, l'accord de paix libano-israélien signé entre-temps (mai 1983).

Cela aurait pu donner à réfléchir à Jérusalem qui, à l'époque, paraissait tenir à son Camp-David libanais. Cela aurait aussi évité à Amine Gémayel son Canossa du 29 février 1984, au cours duquel il dut, à Damas, piteusement sacrifier, avec l'une des dernières parcelles de la souveraineté libanaise, le mini-traité israélo-libanais.

Cette absence de réaction devant les coups de Jarnac israéliens a sans doute été la faute majeure d'Amine Gémayel. Son autre erreur, durant les mois noirs du début de 1984, fut de croire que les émirs d'Arabie, notamment à travers les vaines navettes du brave milliardaire libano-séoudien, Rafic Hariri, protégeraient le Liban de la fringale syrienne. Un peu comme les Etats-Unis, en 1979-1980, avaient compté sur les Séoudites pour faire admettre par les Etats arabes réputés pro-occidentaux la paix égypto-israélienne...

Dans les deux cas, la désillusion fut totale. Riyad n'ouvrit pas la bouche pour défendre Camp-David. Dans le cas liba-

22. Lucien George, *Le Monde,* 24 février 1984.

nais, les Séoudites allèrent même jusqu'à poignarder Amine Gémayel dans le dos en reniant *in extremis* leur propre plan de règlement de l'affaire libanaise, qui prévoyait notamment, en février 1984, « le retrait progressif des troupes israéliennes *et syriennes* dans un délai de soixante à quatre-vingt-dix jours ».

Si les mauvais calculs répétés des Etatsuniens en Méditerranée arabe peuvent, à la rigueur, s'expliquer par leur inexpérience d'une région où ils ne sont vraiment présents que depuis la Seconde Guerre mondiale, les bévues d'Amine Gémayel, homme du terroir s'il en est, sont proprement impardonnables.

Qui ne sait, qui n'a senti au Proche-Orient l'hostilité, pourrait-on dire congénitale, que les Séoudiens nourrissent à l'égard des juifs et des chrétiens, et tout particulièrement de ces chrétiens libanais qui tiennent tête aux musulmans avec un acharnement qui n'est perçu à Riyad que comme une arrogance insultante pour l'Islam. Comment Amine Gémayel a-t-il pu croire un seul instant, même s'ils le lui garantissaient « juré promis », que les Séoudiens menaceraient Hafez El-Assad de resserrer les cordons d'une bourse sans laquelle la Syrie ne pourrait même pas imaginer avoir une politique extérieure, et encore moins guerroyer hors de chez elle ! Comment n'a-t-il pas vu que la solidarité politico-religieuse de Damas et de Riyad s'étoffait jusqu'en des liens matrimoniaux : l'émir Abdallah, dauphin d'Arabie, pur sunnite orthodoxe, n'a pas hésité, afin de consacrer l'alliance syro-séoudienne, à prendre pour femme une « hérétique » chiite alaouite, en la personne d'une fille du clan Assad choisie, dit-on, par Rifaat El-Assad, frère du dictateur syrien, et créateur de sa garde prétorienne, les tristement fameuses Brigades de défense !

Le Liban en guerre — à quelque chose malheur est bon — est devenu l'une des meilleures chambres d'épreuves de la vie internationale, en quelque sorte le test de Rorschach de l'intelligence politique. Même les « gros cerveaux », que passent partout pour être, au Proche-Orient, les Israéliens, ont vu leurs points faibles apparaître sur l'écran de l'impitoyable ordinateur libanais.

On peut, en effet, se demander, à voir les méandres et les mécomptes — en attendant sans doute les décombres — de la politique israélienne au Liban, si les dirigeants juifs, au pouvoir ou dans l'opposition, ont saisi la véritable importance de l'enjeu libanais — pour l'avenir de leur pays s'entend, car, du Liban lui-même, il est vite clair, quand on est en Israël, que nul n'a de sympathie, ni même beaucoup de curiosité, pour l'infortuné voisin. L'Egypte a mille fois mieux fait recette que le Liban chez les citoyens de Tel-Aviv ou de Haïfa.

Pour remonter un peu en arrière, il était sans doute difficile, l'été 1982, de demander à Tsahal de « finir le travail » en repoussant jusqu'en Syrie, ou du moins jusque dans l'extrême nord libanais, les troupes syriennes et palestiniennes. De nouveaux combats meurtriers, sans parler des complications internationales, s'en seraient sans doute ensuivis. Tout au plus éprouve-t-on quelque mal à admettre que, dans la plaine de la Békaa, les militaires israéliens n'aient pas poussé leur avantage quelques kilomètres encore, dégageant enfin Zahlé — ville chrétienne de 150 000 habitants, encerclée et régulièrement pilonnée depuis 1975 par des forces hostiles, d'abord palestiniennes, ensuite syriennes — et lui permettant de réaliser sa jonction avec la zone chrétienne libre.

Mais le plus étonnant, c'est que, dans Beyrouth et dans la petite moitié méridionale du Liban, délivrées du joug palestinien, Israël n'ait, au fond, jamais réellement cherché à favoriser la consolidation du pouvoir islamo-chrétien, modéré et pro-occidental, incarné par Amine Gémayel, si falot soit-il, et ses ministres musulmans. Tout au contraire, comme à plaisir, les libérateurs israéliens, se muant peu à peu, eux aussi, en occupants, ont entravé, humilié, foulé aux pieds même (on l'a vu au Chouf) la fragile autorité renaissante du gouvernement légal. Là, c'était des gendarmes retenus, ailleurs, des fonctionnaires expulsés ou bafoués, ou encore des militaires empêchés de s'approvisionner en armes. Au niveau diplomatique, on ne leva le menton ni n'éleva la voix, à Jérusalem, quand il s'agit d'empêcher Amine Gémayel, en février-mars 1984, de brûler sur l'autel alaouite l'accord de paix libano-israélien du 17 mai 1983. Comme si ce document qu'Israël avait donné l'impression, depuis des décennies, d'attendre comme le Messie, ne valait pas l'effort d'être défendu...

On a du mal à croire, ainsi que de nombreux Libanais, que les dirigeants israéliens, profondément irrités par l'incorruptibilité de Béchir Gémayel, puis par les palinodies de son frère Amine, se soient « vengés » en semant les embûches devant le Liban. Quelle que soit l'explication d'une politique qui n'a eu pour résultat, ne pouvait avoir pour résultat que l'affaiblissement d'un partenaire déjà presque exsangue, l'attitude israélienne au Liban, depuis fin 1982, va constamment aussi à l'encontre des intérêts vitaux à long terme d'Israël dans la région.

Faut-il avancer que, pas plus qu'elle n'avait perçu la détermination de Sadate, en 1972-1973, de remporter une victoire sur Tsahal, la classe politique en Israël n'a pas encore pris pleine mesure de la menace mortelle que fait peser sur l'avenir de son Etat le phénomène islamiste ? On peut le penser lorsqu'on sait que, à certains moments de la guerre irano-irakienne, Jérusalem n'a pas reculé devant l'envoi de pièces d'armement, par des moyens détournés, au chef de file mondial de la subversion islamiste : l'Iran des ayatollahs.

Ce qui subsiste du pouvoir islamo-chrétien au Liban et l'Etat d'Israël sont, tout autant l'un que l'autre, menacés par l'intégrisme, qu'il soit sunnite ou chiite. En portant des coups à Amine Gémayel, les Israéliens n'ont fait que renforcer les risques d'installation au Liban d'un régime islamiste de type iranien ou libyen. Implanté sur tout ou partie du territoire libanais, avec des pétrodollars khadafiens ou persans, des mollahs enflammés, de jeunes kamikazes chiites et, naturellement, des canons soviétiques, ce pouvoir, par définition agressif et fermé à tout arrangement, rendrait tôt ou tard à Israël la vie impossible, au sens littéral du terme.

Tranquillisé sur son flanc sud, où l'Egypte en a pour cent ans avant de se lasser d'une paix dont elle goûte chaque instant avec une volupté qui fait plaisir à voir, Israël aurait dû, peut encore, dans son intérêt le plus égoïste, se donner pour unique mission au Liban, maintenant que les forces palestiniennes autonomes en sont parties, d'y faciliter le relèvement d'un Etat bicommunautaire moderniste, assez fort pour tenir en respect les deux ailes, chiite et sunnite, de l'intégrisme local.

L'intelligentsia libanaise voit deux explications, pouvant d'ailleurs se compléter l'une l'autre, à la voie dangereuse qu'Israël a au contraire suivie jusqu'ici au Liban : d'une part, l'existence au Liban d'un Etat stable non dictatorial, qui serait le seul de ce type au Proche-Orient (avec Israël), risquerait de constituer pour l'Etat hébreu un sérieux rival en Occident, Américains et Européens étant tentés d'en faire l'autre point d'appui permanent de leur présence au Levant, brisant ainsi le monopole de « seul allié sûr du monde libre » que revendique Israël en Méditerranée orientale. La jalousie, cela existe aussi entre nations, même si ce sentiment est considéré comme inavouable sur le théâtre politique universel...

D'autre part, un régime libanais bipartite fonctionnant normalement — un peu comme le Liban de 1926 à 1975, malgré le gros « pépin » (2 000 morts...) des affrontements confessionnels suscités par la poussée nassérienne en 1958 — viendrait infirmer la théorie bien ancrée en Israël, selon laquelle seul un pouvoir monocolore (donc juif, et non pas judéo-arabe) est à même de garantir la pérennité nationale.

Ces principes, ces spéculations, ces idées reçues ont fait écran au seul réel danger — l'intégrisme islamique — planant à court terme au Proche-Orient et sur les juifs et sur les chrétiens, et cela va sans dire sur les musulmans modérés. Mais si l'Islam s'en sortira toujours, grâce à son large impact numérique et géographique, la Chrétienté du Liban et Israël n'ont pas du tout la même assurance. Le fondamentalisme islamique veut leur peau, ou, en tout cas, leur abaissement dans la dhimmitude. Il ne transigera jamais là-dessus. « L'homme et la femme non musulmans sont impurs ! », a proclamé sous forme de dogme l'ayatollah Khomeiny [23], auquel certains préceptes du Coran ou de la Sunna fournissent hélas ! référence.

23. *Principes politiques, philosophiques, sociaux et religieux,* Editions libres Hallier, 1979.

La vague islamiste peut mourir de ses excès, ou retomber d'elle-même — car il ne faut sans doute plus compter, comme on le pouvait encore récemment, sur les musulmans modernistes pour s'organiser et faire obstacle à leur coreligionnaires déviants. L'absence d'encouragement, quand ce n'est pas le veto (par veulerie) des gouvernements arabes, la peur du poignard ou de la balle de l'assassin fanatisé, le terrorisme intellectuel d'une certaine intelligentsia arabe, très soutenue en Occident, et qui crie « Tu es de droite ! » à tout musulman critiquant un travers de sa communauté (de même qu'on accuse de « racisme » tout Européen décrivant le danger intégriste), tous ces éléments ont eu raison des quelques projets de résistance intellectuelle notés chez des penseurs, comme Mohamed Khalafallah (Egypte) ou Ali Mérad (Algérie) — ce dernier vivant en France.

Israël et Chrétienté du Liban ne peuvent donc compter que sur eux-mêmes, face à l'intégrisme. La menace n'est pas hypothétique. Un empire chiite peut dominer demain le Proche-Orient : l'Iran et la Syrie sont déjà en selle, la poussée chiite au Liban risque à tout moment d'investir la totalité du pays, le pouvoir sunnite minoritaire de Bagdad vit dans la hantise d'un débordement de la masse chiite, les minorités chiites empêchent de dormir plus d'un émir sunnite pétrolier du golfe Persique. Le scénario pourrait se compliquer encore si les deux Islams, sunnite et chiite, se retrouvaient, sans parler de l'énorme inconnue égyptienne où les Frères musulmans et assimilés continuent en catimini leur travail de sape de la société dans le dos d'un Hosni Moubarak, qui semble avoir peur d'un courant d'air. Faut-il rappeler, enfin, que les musulmans vivant sous le régime israélien (600 000 dans les frontières de 1948 et 1 500 000 autres dans celles de 1967, sans compter les 500 000 musulmans du Liban-Sud occupé) sont déjà sollicités, eux aussi, par l'appel intégriste ?

Se peut-il qu'Israël, dans sa « sûreté de lui-même », comme disait de Gaulle, se croit capable de contenir seul et une fois pour toutes le raz-de-marée islamiste ?

Plus sagement, la reconstitution d'un Liban pro-occidental aurait dû être le seul souci d'Israël depuis qu'il a envahi, et puisqu'il a envahi, en 1982, son voisin. En jouant avec le feu, Israël risque d'avoir un jour à ses portes un régime frénétique qui, instrument de l'Iran, de la Syrie et d'un éventuel gouvernement chiite en Irak, ne laissera pas en paix un instant les 3 500 000 « juifs » d'Israël.

Guerre à outrance, expéditions punitives, destruction de villes, occupation de territoires ne serviraient à rien, car l'Etat israélien, le cas échéant, ne sera jamais en mesure, sauf à imaginer — *horresco referens* — une apocalypse atomique, d'aller tarir les immenses ressources humaines (40 millions d'habitants) et financières de l'Iran. L'encre de l'acte de naissance d'une « République islamique libanaise », née en partie des erreurs israéliennes au Liban, pourrait bien aussi servir ensuite à coucher le permis d'inhumer l'Etat juif. Ce ne serait qu'une question de temps. Le Liban aurait alors été le tombeau d'Israël.

VII

À JEAN-PAUL II DE JOUER!

Est-ce que les musulmans savent que nous nous battons aussi pour eux?

Un jeune chrétien
à Beyrouth-Est, en 1982

Il existe à Paris, depuis 1969, une Conférence mondiale permanente des chrétiens pour la Palestine et se manifestent en Occident maints comités pour « délivrer » (entendre couper en deux de nouveau) Jérusalem. Malgré des recherches à la loupe, je n'ai encore trouvé aucun mouvement de même nature, militant pour le maintien d'une présence chrétienne au Liban ou dénonçant les actions antichrétiennes des intégristes et autres « partisans d'Allah » à Beyrouth-Ouest, à Tripoli du Liban ou à Baalbek.

Le pape Jean-Paul II s'est entretenu en 1982, au Vatican, avec le Palestinien Abderrahmane El-Koudoua, plus connu sous le nom de... Yasser Arafat, et encore tout chaud de son combat contre les chrétiens du Liban sur leur propre sol. Arafat, l'allié de ces Frères musulmans [1] qui veulent réduire les chrétiens libanais en dhimmitude, la citoyenneté au rabais des non-musulmans en terre d'Islam. En revanche, le

1. « Retranché dans la ville de Tripoli, le leader de l'Organisation de libération de la Palestine retrouve à ses côtés, comme au début de sa carrière, les Frères musulmans », reconnaît, le 14 novembre 1983, *Témoignage chrétien*, hebdomadaire dont un slogan publicitaire est : « Le seul journal français qui, depuis 1948, défend les Palestiniens. » *Témoignage chrétien* est le siège, à Paris, de la Conférence mondiale des chrétiens pour la Palestine.

souverain pontife ne reçut jamais Béchir Gémayel, héros de la Résistance libanaise et héraut de la Chrétienté orientale.

Nombre de Libanais musulmans ou chrétiens, enfin réconciliés sous l'égide du cheikh Béchir, ne purent s'empêcher de regretter que l'audience pontificale du chef palestinien se déroulât au moment où l'on inhumait à Bikfaya, dans la Montagne libanaise, leur jeune président, assassiné avant même d'avoir entamé son mandat. Résonnait encore à leurs oreilles la récente menace, à peine voilée, de l'organisateur des « opérations spéciales » palestiniennes, Salah Khalaf, plus connu sous son nom de guerre d'Abou Ayad : « Sois sûr [Béchir] que nous te poursuivrons toi et tes adjoints, tant que vous serez en vie [2] ! »

Durant l'été 1975, le premier du conflit libano-palestinien, le chorévêque maronite Elias Hayek [3], de passage à Clermont-Ferrand et qui énumérait à un prélat de cette ville les premières exactions dont les chrétiens étaient alors les victimes, en tant que tels, au Liban, se vit raidement conseiller par son collègue de « prier ou faire prier plutôt pour les musulmans du Liban, agressés par les chrétiens qui n'ont pas compris leur rôle de chrétiens »... Combien de fois, et jusqu'à tout récemment, de simples curés maronites venus à Rome pour y chercher compassion et repos, après le sac de leurs églises ou le massacre de leurs paroissiens, se sont vus narquoisement interpeller par de fringants monsignoris : « Alors les maronites, quand est-ce que vous allez cesser de mettre le Liban à feu et à sang pour sauver vos privilèges ? »

Dans ce désintérêt, dans ce camouflage de la situation derrière un encens idéologique où Jésus finit par apparaître comme « le premier réfugié palestinien », voire comme « un Arabe persécuté par le colonialisme », et où la tragédie de la Chrétienté libanaise est éclipsée, l'Eglise tout court, et l'Eglise de France tout particulièrement, portent une lourde responsabilité. Compte tenu des liens particuliers existant entre le Liban et la France, de la triple communauté historique, linguistique et religieuse réunissant les deux nations, on

2. *El-Nahar*, Beyrouth, 31 août 1982.
3. Aujourd'hui vicaire général du diocèse maronite du Canada.

était en droit d'attendre du clergé français qu'il fût à tout le moins le porte-voix extérieur des Libanais chrétiens. Bernique !

Jean-Marie Lustiger, cardinal-archevêque de Paris depuis 1981, est, de par sa double origine juive et polonaise, particulièrement bien placé pour comprendre le combat des chrétiens d'Orient. Il a pourtant fallu attendre février 1984 pour que l'archevêque de Paris appelle les grandes puissances « à ne pas abandonner le Liban à une épouvantable solitude ». Un emplâtre sur une jambe de bois ! A l'époque, tout un chacun savait que le retrait des forces armées occidentales du Liban était irrévocablement décidé... Quant au projet de « voyage de solidarité » que devait entreprendre au Liban, « au nom de l'Eglise de France », en mai 1983, le sportif cardinal-archevêque de Marseille, Roger Etchagaraÿ — on allait voir ce qu'on allait voir, et si les chrétiens étaient vraiment malmenés là-bas, ça se saurait ! —, il s'était perdu dans un bredouillis de bonnes paroles et de moins bonnes raisons.

Les réponses courtes et sèches que Jean-Marie Lustiger livre généralement par l'intermédiaire de son secrétaire aux Libanais qui s'adressent à lui pour qu'il entreprenne une action au moins informative au sujet des attentats contre religieux et institutions catholiques au Liban, montrent que le prélat n'a guère la fibre orientale [4]. Un jeune Libano-Arménien écrivait, en février 1984, à l'archevêque de Paris pour lui citer une série de profanations et de crimes antichrétiens dans son pays et concluait sa lettre par une suggestion originale : « Lorsqu'on est capable de faire défiler 150 000 personnes [à l'époque, n'avait pas encore eu lieu le grand rassemblement parisien de 1 500 000 catholiques] pour la liberté de l'enseignement, on devrait être capable

4. Alors que ne manquent pas en France les églises et les chapelles sous-utilisées, voire fermées, sans parler de celles qui ont été transformées en mosquées, la communauté copte-orthodoxe de Paris, aussi fervente que démunie, se presse pour assister à la messe dans un sous-sol humide de Saint-Sulpice, à Paris, mis « généreusement » à la disposition de ces chrétiens d'Egypte une matinée par semaine.

d'en faire défiler 300 000 pour crier qu'au Liban on assassine un pays, on extermine les chrétiens. »

Toute la réponse du secrétaire du cardinal occupe deux lignes d'un bristol : « Vous savez combien le Liban tient au cœur de l'archevêque de Paris. » Pas au point, tout de même, d'alerter les catholiques français, sinon de les rassembler, sur le grand danger que courent leurs frères du Levant depuis 1975.

A l'automne 1983, après que plus d'un millier de chrétiens eurent été martyrisés au Chouf par les druzes et alors que quelque 10 000 survivants étaient assiégés dans la petite cité de Deir-el-Kamar, on avait quand même relevé le geste d'Henri Teissier, évêque coadjuteur d'Alger, vice-président de Caritas Internationalis, geste d'autant plus méritoire que ce prélat français a la nationalité de l'Algérie (pays méfiant s'il en est à l'endroit des chrétiens orientaux), de se rendre au Liban et d'y conduire un convoi de vivres vers la localité chrétienne investie. Les voitures furent finalement empêchées par les druzes d'atteindre leur destination. Au lieu d'appeler un chat un chat et de désigner les auteurs de cette mauvaise action, Henri Teissier, interrogé par une radio, incrimina, avec cette langue de bois ecclésiale qui vaut bien celle de l' « Eglise » marxiste, « les circonstances » avant d'accuser, en privé, de vagues « éléments armés ». « Mgr Teissier et ses semblables n'ont jamais eu un mot en public pour le calvaire des chrétiens du Liban », notait avec amertume un prêtre libanais de Paris.

Ah ! ces chrétiens dits « progressistes » qui sont toujours prêts à tendre la joue gauche... de leur prochain. Ils feignent d'ailleurs d'oublier que la parabole du Sermon sur la Montagne s'applique aux relations entre individus. Le transposer sur le plan collectif équivaudrait, surtout en cas de guerre, à un véritable suicide. Les communautés chrétiennes ont donc pour devoir — un devoir parfaitement chrétien que l'on sache — de se défendre, quand elles en ont la possibilité. Jésus lui-même, le doux, le désarmé, y a pensé, au moment de la trahison de Judas et avant de se retirer avec ses disciples au mont des Oliviers :

« Et que celui qui n'a point d'épée vende son vêtement et achète une épée. »

(Evangile selon saint Luc, XXII, 37.)

Pour ces chartreux de Sélignac, près de Lyon, ou pour ces dominicains de Toulouse, qui n'ont pas honte de prier pour le Liban et le reste de la Chrétienté d'Orient, combien de prêtres et de pasteurs sans cesse attelés à minimiser les violences islamistes d'aujourd'hui et à les justifier par celles des chrétiens du Moyen Age, voire par les horreurs du nazisme ou du stalinisme ! Au Caire, dans les églises latines, des dames de l'ambassade de France, aux pires moments des bombardements palestiniens ou syriens sur les régions chrétiennes du Liban voisin, et alors que Le Caire et Alexandrie se remplissaient de réfugiés libanais, exhortaient les fidèles à prier pour... la Pologne ou l'Ouganda. Chez les catholiques québécois, que leur situation minoritaire de francophones sur l'océan anglophone de l'Amérique du Nord place dans une situation comparable à celle des chrétiens d'Orient en mer musulmane, les mouvements de solidarité vont, comme naturellement, vers les Palestiniens, et tout l'intérêt est pour l'Islam, tandis que les Libanais chrétiens sont décrits comme des « fascistes » par les journalistes montréalais.

Tout cela n'empêche pas d'entendre constamment dans des bouches catholiques occidentales le lamento paradoxal contre « les chrétiens d'Europe et des Etats-Unis [qui] ont eu trop tendance [ces dernières années] à limiter leur compassion et leur soutien aux "chrétiens du Liban" [...] en oubliant que certaines milices qui se disent "chrétiennes" ont fait régner la violence, la répression, la terreur [5] »... Quant aux Palestiniens qui ont mis en coupe sanglante leur terre d'accueil, il est toujours question de leurs malheurs (en Palestine-Israël), mais jamais, au grand jamais, de leur comportement d'occupants au Liban à partir des années 60, puis de leur mise à sac de ce pays depuis 1975, faits qui suffisent à expliquer, et à justifier, les réactions chrétiennes d'autodé-

5. Michel Lelong, Père blanc, « consulteur » du Saint-Siège, *France-Pays Arabes,* avril 1984.

fense. Ceci est dissimulé à une opinion catholique française, sans cesse sommée, en revanche, de ne pas succomber au « chauvinisme confessionnel », nom nouveau de la solidarité.

Les chrétiens tiers-mondistes, qui ont parfaitement raison de se pencher sur les plaies du sud de la planète, ne verraient pas leur mission diminuée, tout au contraire, s'ils décrivaient le statut fragile ou injuste du chritianisme dans nombre d'Etats afro-asiatiques ; mais ils éprouvent à le faire une honte irrépressible. Personne, parmi eux, n'a jamais rappelé cette évidence que le Liban est le seul pays du Proche-Orient et l'un des deux ou trois de l'immense Asie continentale (avec l'Inde et la Corée du Sud) où les Eglises ne soient pas à la discrétion de l'Etat, où les chrétiens « peuvent faire sonner les cloches de leurs églises quand ils le veulent », selon cette image simple et frappante de Béchir Gémayel, qui résume la situation de la Chrétienté orientale mieux que des tonnes de témoignages et de rapports.

C'est toute l'allocution improvisée le 14 septembre 1982, quelques heures avant son assassinat, par le cheikh-président, à Beyrouth-Est, au couvent de la Croix de Jal-el-Dib, où est religieuse sa sœur Arzé (Cèdre), qu'il faudrait citer, car il constitue une sorte de « charte spontanée » de l'Orient chrétien : « Le Liban est une patrie pour tous les chrétiens, pour d'autres que nous s'ils le veulent [...] Nous devons la protéger. Nous voulons être toujours présents dans cet Orient [...] Nous voulons pratiquer nos traditions et nos rites, notre foi et nos convictions à notre convenance [...] En tant que partie chrétienne dans cet Orient, nous avons un pays où nous pouvons vivre le front haut, sans que quelqu'un vienne nous ordonner : "Va à gauche !", comme au temps des Turcs, lorsqu'on nous disait : "Prenez la file de gauche !", parce que nous étions chrétiens. Désormais, nous refusons de vivre dans la dhimmitude [...] Nous voulons vivre ici la tête haute. »

Il faut voir le film de ce discours. La caméra, lors des temps forts, passe sur le visage grognon du nonce apostolique, Carlo Furno, bien ennuyé d'avoir à ouïr cette philippique que l'assistance applaudit à tout rompre, les dernières n'étant pas ces intrépides religieuses libanaises qui, les mains dans le sang et la fange, sont, sans le savoir, l'un des piliers de la Résistance chrétienne, sans renoncer pour autant à soigner et à enseigner les musulmans (si le catholicisme n'a qu'une seule supériorité sur toutes les autres religions au monde, ce sont ces femmes vouées au bien sans rien demander en contrepartie).

Cette proclamation par Béchir Gémayel du droit des chrétiens d'Orient à l'égalité, du droit des chrétiens du Liban à conserver à leur pays la qualité unique de « havre de sécurité et de tranquillité » pour eux-mêmes et pour tous leurs coreligionnaires de la région tant qu'y règnera, officielle ou sournoise, la dhimmitude, est désormais gravée dans la mémoire de tous les chrétiens orientaux, de la Haute-Egypte à l'Iran. Il n'y a pas eu foule, en revanche, pour la faire connaître en Occident, parmi des médias qui préférèrent donner écho aux invectives du vice-président syrien Abdelhalim Khaddam, lâchant, mi-mars 1984, à la face du vieux Pierre Gémayel, chef des kataëbs : « Vous prétendez être des citoyens de seconde zone, partout en terre d'Islam ! Vous savez mieux que quiconque les privilèges que vous vous êtes attribués au Liban, l'égalité des droits dont bénéficient vos coreligionnaires en Syrie [6] la place prépondérante que les chrétiens occupent dans le monde des affaires, à travers l'ensemble des pays islamiques du Golfe… » On croirait presque entendre l'un de ces antisémites européens qui, naguère, justifiaient le non-accès ou l'accès limité des israélites aux charges publiques par leur rôle économique démesuré eu égard à leur nombre. On confine telles catégories ethniques ou religieuses dans des domaines bien définis et, ensuite, on utilise contre elles l'argument de leur entassement dans ces mêmes secteurs…

Ils en savent quelque chose ces artisans, ces boutiquiers, ces paysans, ces professeurs chrétiens venus au Liban de l'Arménie annihilée, des inquiétants confins turco-syro-irakiens, du Kurdistan partagé, de l'incertaine Mésopotamie. Arméniens orthodoxes ou catholiques, syriaques divi-

6. Voir p. 151.

sés aussi entre Rome et l'Orient, Chaldéens et Assyriens d'Irak, grecs-orthodoxes ou melkites de Syrie ou de Jordanie, Latins de Palestine, tous ces chrétiens errants pour qui le Liban est le dernier rivage.

Cet entassement prodigieux dans le mouchoir de poche libanais de tous les dhimmis qui ne veulent plus l'être — entassement qu'un journaliste américain [7] décrit, non sans mépris, comme un « zoo ethnologique », une « sociologie tordue » — vous frappe en plein cœur, particulièrement quand, à partir de Jounieh, vous survolez l'actuel « réduit » chrétien, où un même regard peut embrasser la simple bâtisse blanche du patriarcat maronite de Bkerké venu en mille ans, par épiques étapes, de Syrie, le patriarcat catholique arménien de Bzommar planté en plein Mont-Liban depuis 1742, le patriarcat orthodoxe arménien replié à Antélias à la suite des massacres, la nonciature apostolique, les églises et les couvents, les petits villages rouges et blancs, qui sonnèrent le tocsin en 1940 quand les Allemands entrèrent à Paris, les évêchés, les hôpitaux et les écoles de dix rites différents, le Christ-Roi de Zouk-Mosbeh et la statue géante de la Vierge Marie fichée au précipice du Kesrouan alors que les Turcs régnaient encore à Beyrouth, au début de ce siècle, etc. Aucune terre au monde n'est plus chargée, imbibée, pénétrée de christianisme.

« Où irons-nous ? », me demande avec l'angoisse d'un nouveau génocide dans le regard, cette jeune Arménienne de Beyrouth-Ouest, qui passe de temps en temps à Beyrouth-Est « pour le seul plaisir de voir flotter le drapeau national libanais avec son cèdre, symbole du Liban accueillant, alors que, dans mon quartier, il y a longtemps qu'il n'y a plus que les drapeaux verts de l'Internationale islamique ». « Où irons-nous ? », me questionne aussi ce jeune combattant chaldéen des Forces libanaises. Il a perdu un bras dans une bataille de la ligne de démarcation entre les deux Beyrouths, mais il continue de se battre, « car nous avons le dos à la mer et nous ne pouvons plus reculer ». Il ajoute : « Mon grand-père s'était réfugié dans la Syrie française vers 1930,

7. Jonathan Randall, *op. cit.*, p. 52.

après les massacres de chrétiens en Irak par l'armée anglo-arabe et par les Kurdes ; mon père est venu au Liban quand il a vu les Frères musulmans recruter parmi les sunnites de Syrie. Moi, je ne peux pas aller plus loin. Je suis chrétien, mais d'Orient, je parle français et anglais, mais je n'ai nulle envie de devenir français ou américain. »

Tout l'Orient chrétien, qui ne peut évidemment l'exprimer et qui, pour sa sécurité, doit même, quelquefois, exprimer le contraire de sa vraie pensée, vit, depuis 1975, à l'écoute de la guerre libanaise, priant, avec une intensité dont on n'a pas idée en Occident, pour les paladins du Mont-Liban. Au IIe Congrès maronite mondial tenu à New-York en 1981, un copte d'Egypte, prenant son courage à deux mains, vint proclamer : « Vous, les chrétiens du Liban, vous êtes responsables du sort de 12 à 15 millions de chrétiens en Orient [8]. Si vous réussissez, nous pourrons nous y maintenir ; si vous échouez, nous disparaîtrons. » Tout était dit, comme dans cette confidence d'un dignitaire chrétien non catholique d'Iran à un voyageur ami : « Nous nous accrochons à Bkerké [9]. Si Bkerké est fort, nous le sommes. »

« Le Liban est le pays où la Chrétienté d'Orient peut exercer sa liberté de culte, et si le Liban libre tombait, il n'aurait plus de sens pour nous. [Pourtant] beaucoup de droits nous sont refusés. Nous n'avons aucune représentation réelle dans les différentes institutions publiques [...] Nous sommes 80 000 au Liban, mais seuls 50 % des membres de notre communauté détiennent un passeport libanais [...] Et, malgré la guerre, beaucoup de syriaques arrivent encore au Liban [des pays de la région] », révèle Habib Afram, le jeune président de l'Union syriaque [10].

Tous les réfugiés ne sont donc pas palestiniens au Liban. Il y a aussi les exilés chrétiens de tous les coins du Proche-Orient, dont certains — les Assyro-Chaldéens d'Irak — parlent encore le *soureth,* ultime avatar de l'araméen, la langue

8. Si on place — pourquoi pas ? — l'Eglise copte d'Ethiopie parmi les Eglises orientales, il faut doubler ce chiffre.

9. Siège, au Liban, du patriarcat catholique maronite, depuis 1823.

10. *Machreq International,* mensuel français-arabe paraissant à Londres, mai 1984.

du Christ. La différence entre ces deux catégories de réfugiés, c'est que les uns ont nui au Liban tandis que d'autres l'ont défendu, souvent sans avoir même sa nationalité.

Le discours de Béchir Gémayel au couvent de la Croix était et reste gênant, car il s'inscrit en lettres incandescentes sur une situation des Eglises d'Orient qui, depuis 1970, ne laisse pas de se détériorer : patriarches déposés en Ethiopie et en Egypte ; Chypre en partie déchristianisée par les anciens colonisateurs turcs revenus occuper 37 % de l'île au profit de 18 % de sa population : les descendants des envahisseurs ottomans [11] ; écoliers arméniens d'Iran soumis de force à un « catéchisme » revu par les ayatollahs ; poursuite de la destruction des sanctuaires de l'Arménie historique [12], et, par-dessus tout, l'offensive antichrétienne au Liban.

Mi-décembre 1983, nombreux furent les journaux occidentaux à annoncer que deux églises avaient été l'objet d'attentats à la bombe dans le secteur musulman de Beyrouth, « pour *la première fois* depuis le début de la guerre en 1975 ». Heureusement, Anaïs Pons, correspondante à Paris du quotidien beyrouthin *Le Réveil,* réagit : « Depuis 1975, plusieurs dizaines d'édifices religieux chrétiens ont été détruits par attentats ou bombardements délibérés, parfois comme à Deir-Achache, à Deir-Jénine, à Masser-el-Chouf et à Bémariam, après que tous les chrétiens ou prêtres qui se trouvaient à l'intérieur y eurent été tués. »

Le rectificatif de ma consœur ne donnait qu'une pâle idée de la réalité. Passe encore, à la rigueur, que la grande presse ne se soit guère intéressée aux attentats et profanations de lieux chrétiens au cours du conflit libanais. Mais les Eglises occidentales, mais le Conseil œcuménique de Genève, mais le Saint-Siège ? Faut-il leur faire l'injure de penser que ces vénérables institutions étaient paralysées par l'absence de déprédations d'édifices musulmans par des chrétiens ?

11. Un peu comme si quelques milliers de colons européens étant restés en Algérie, après la décolonisation, la France était allée, un beau jour, réoccuper à leur profit une partie de ce pays...
12. Témoignage de Dickran Kouymjian, professeur à l'université de Fresno (Californie) devant le Tribunal permanent des peuples, Paris, avril 1984.

Pensaient-elles entraîner d'autres excès antichrétiens en dénonçant les premiers survenus ?

En tout cas, Rome ne pourra pas dire qu'il n'a pas été informé. Dès le 18 octobre 1975, le vieil Ignace Ziadé, archevêque maronite de Beyrouth, indiquait aux journaux libanais que neuf églises de la capitale et de sa banlieue avaient été saccagées. Et si la nonciature de Beyrouth ne lit pas la presse de cette ville, des rapports réguliers ont été adressés du Liban au Vatican, par des clercs ou par des laïcs, sur les exactions et les crimes antichrétiens, de 1975 à 1984.

L'absence de réaction paraît, au contraire, avoir encouragé les attentats. Même l'admission au prestigieux statut « canonique pontifical » de la faculté de théologie de l'université Saint-Esprit, au nord de Beyrouth, en décembre 1982, n'entraîna ni immunité contre la violence ni protestation de la nonciature auprès des chefs « islamo-progressistes », ou des Syriens, lorsque les bâtiments universitaires eurent été sérieusement endommagés par une bombe, le 5 mai 1983.

Il n'y en eut pas non plus, que l'on sache, lors du saccage par des druzes, à Aïn-Traz, au Chouf, en septembre 1983, des bâtiments du patriarcat melkite (un rite rattaché à Rome depuis 1724), ni lors de l'incendie, en mai 1984, à Beyrouth-Ouest, par des « éléments intégristes » de l'archevêché de la même communauté, ni non plus lors de la profanation des hosties dans la chapelle de l'école des Filles de la Charité, rue Clemenceau, toujours à Beyrouth-Ouest, au printemps 1984 [13], ni lorsque, à la même date, les extrémistes sunnites libanais de Tripoli tentèrent d'imposer l'enseignement du Coran aux écoliers chrétiens de la ville ou menacèrent de représailles les jésuites, s'ils continuaient à y faire fonctionner leur section locale de l'université Saint-Joseph de Beyrouth. La liste des opérations et des vexations antichrétiennes serait interminable.

Au début de juin 1984, la situation des chrétiens vivant dans la partie à majorité musulmane de Beyrouth était si critique que même les deux muftis, le chiite et le sunnite habi-

13. Note du Centre catholique d'information de Jal-el-Dib, mai-juin 1984, et *La lettre du Liban,* 11 juin 1984.

tuellement aussi muets que le Saint-Siège et Cie, ont fini par diffuser des proclamations rappelant, telle celle du cheikh Hassan Khaled (sunnite) : « Nos frères chrétiens de Beyrouth-Ouest sont nos partenaires. Ils ont les mêmes droits et obligations que nous. Il est de notre devoir de les protéger. » « Protéger », le mot malheureux renvoyant, dans l'esprit des chrétiens, au statut redouté du dhimmi, qui n'est plus en charge de sa propre sécurité, était quand même prononcé. Ô Freud !

Les photos défilent, des dossiers envoyés au Vatican, dont les premières atrocités et déprédations anti-chrétiennes du début de la guerre : Talabaya, Jouar-el-Hoz, Aintoura, Abaydieh, Araya, Aïchieh, Masser-Beiteddine, etc. Qui connaît les noms de ces villages en Occident ? Des nouveau-nés chrétiens y ont été tués à coup de hache, sans parler de leurs parents, des cercueils éventrés, des églises profanées ou détruites ! A Tell-Abbas, au Liban-Nord, on voit Zoheir Mohsen, chef de la Saïka, milice palestinienne prosyrienne, posant dans l'église du village avec un prêtre à barbe blanche ; le lendemain, par surprise, les habitants chrétiens, rassurés, étaient décimés par un commando syro-palestinien.

La vision la plus frappante est peut-être celle de la cathédrale latine Saint-Louis-des-Capucins, à Beyrouth-Ouest. Le 19 février 1975, moins de deux mois avant le déclenchement des hostilités, les prêtres de la paroisse invitaient l'imam Moussa Sadr, président du Conseil supérieur chiite du Liban, à prononcer une conférence en ce sanctuaire. Le fait n'est pas commun en Orient. On cite toujours les échanges de prédicateurs entre églises coptes et mosquées sunnites en Egypte, durant la révolution antibritannique de 1919, mais c'est le seul exemple contemporain connu. Des chrétiens de tous les rites vinrent à Saint-Louis-de-Beyrouth écouter les propos de l'imam sur « les forces qui oppriment et les forces qui divisent ». L'ancien président Charles Hélou exulta : « C'est le premier événement du genre dans l'histoire du catholicisme [14] ! »

14. Document de l'Eglise catholique latine du Liban sur « le dialogue islamo-chrétien », juillet 1978.

Pourtant, l'église capucine où avait eu lieu cet événement vraiment mémorable fut, en 1976, la première des six cathédrales de divers rites chrétiens de Beyrouth à être ravagée de la belle manière [15] : tabernacle mitraillé, statues décapitées, slogans orduriers sur les murs. Le sacrilège frappa plus que bien des crimes de sang, à cause de la spectaculaire rencontre islamo-chrétienne qui s'y était déroulée. Aussi, dans son dernier discours, le 14 septembre 1982, Béchir Gémayel avait-il solennellement promis : « Les capucins retourneront où ils étaient. Nous voulons pouvoir assister de nouveau à la messe dans cette église. » Qui tiendra cette promesse ?

Cela dit, le chef de la Résistance libanaise jugeait inutile que ses compatriotes chrétiens se prêtent à des contacts œcuméniques illusoires tant que l'islam institutionnel n'aurait pas reconnu clairement l'égalité fondamentale entre croyants de diverses fois : « Au Vatican, on doit comprendre que les chrétiens du Liban ne sont pas un matériel expérimental pour le dialogue islamo-chrétien dans le monde. » [16]

Les malheurs de l'archevêque grec-orthodoxe du Mont-Liban, Georges Khodr [17], illustrent emblématiquement la vanité de discussions où c'est neuf fois sur dix l'élément chrétien qui est demandeur et est prêt aux concessions, et où les maigres résultats obtenus ne se traduisent pratiquement jamais sur le terrain. Ce religieux éclectique, ami des lettres [18] et militant inlassable du dialogue islamo-chrétien, « un des chrétiens libanais les plus respectés par les musulmans », a vu « sa résidence détruite, son diocèse mis à feu et à sang » et n'est plus lui-même qu' « un réfugié, dans un hôpital de Beyrouth [19] ».

Du Cénacle libanais, fondé il y a près d'un demi-siècle au Centre d'études pour le monde arabe moderne en passant par divers groupes paroissiaux, les expériences de rapprochement religieux ou (et) culturel n'ont pas manqué dans le

15. *La Guerre libano-palestinienne, op. cit.*, p. 112.
16. Discours de Okaïbé (Kesrouan), le 25 octobre 1980.
17. Voir p. 151.
18. Gabriel Matzneff lui a dédié son *Carnet arabe*, La Table ronde, 1971.
19. Olivier Clément, théologien orthodoxe, *Le Monde*, 14 septembre 1983.

Liban indépendant, sous le regard attentif des Eglises, notamment la catholique romaine. Mais, comme le notait un religieux français [20], à Beyrouth, en 1977-1978, à un moment d'accalmie du conflit libanais, et alors que l'on pouvait encore espérer que le vertige intégriste ne s'emparerait pas de l'Islam libanais : « Il faut regretter la très faible participation des musulmans [...] Ils ne représentent que de 20 à 30 % des participants et, une fois au moins, lors d'un cours auquel j'assistais, il n'y avait, mis à part le professeur, aucun participant musulman. » C'est un islamologue musulman, français d'origine algérienne, Mohamed Arkoun, connu pour avoir le courage d'être honnête, qui le dit : « Les musulmans contemporains sont moins aptes à entrer en dialogue que ceux du Moyen Age [21]. »

De ces contacts entre intellectuels des deux confessions, il résulte que, si les musulmans admettent volontiers le souci chrétien de garder leur identité propre, ils se raidissent dès que s'exprime la préoccupation chrétienne de « défendre », le cas échéant, cette identité. Les mahométans vivant dans un environnement majoritairement non musulman — par exemple, les quelques 3 millions de fidèles de l'islam en France [22] — ont pourtant eux-mêmes une attitude identique, le même réflexe , comme instinctif, de « défendre » leur personnalité, que montrent les chrétiens d'Orient quand, comme au Liban, ils peuvent s'exprimer sans autocensure.

Ce qui est incompréhensible aux chrétiens orientaux, c'est que le Saint-Siège et les Etats de civilisation chrétienne, qui admettent chez eux — et c'est la moindre des choses dans nos pays de liberté — la plupart des manifestations de la foi

20. Jacques Levrat : *Une expérience de dialogue : les centres d'études chrétiens en pays musulman,* faculté de théologie de Lyon, mars 1984.
21. *Les Musulmans* (ouvrage collectif), Beauchesne, 1971.
22. « Il existe [...] de 5,5 à 6 millions de musulmans, dont 2,5 à 3 millions de nationalité française, en France [venant] du monde arabe, mais aussi du monde turc, iranien, africain, indien et de tant d'autres », déclarait, toutefois, à l'*Idiot International,* de l'été 1984, Nadjmouddine Bammate, ancien délégué de l'Afghanistan aux Nations unies et expert de l'Unesco. Plus modeste, Michel Tibon-Cornillot, chercheur à l'Ecole des hautes études en sciences sociales, avait évalué à 3,5 millions le nombre total des musulmans en France, *Le Monde,* 27 août 1983.

islamique, y compris le prosélytisme [23], n'essaient pas d'obtenir sinon la réciprocité pour le christianisme en terre musulmane, du moins un traitement amélioré.

Prenons l'exemple de l'Arabie séoudite. Cette théocratie islamique passe, toutefois, pour une fidèle alliée de l'Occident. Sait-on pourtant que le demi-million de chrétiens orientaux ou occidentaux qui y travaillent (Libanais, Egyptiens, Palestiniens, Syriens, Américains, Italiens, Français, etc.), qui y font même fonctionner pratiquement toute l'économie, sans parler de l'instruction et de la santé, n'ont ni le droit d'avoir la plus petite chapelle sur cette terre sainte islamique ni même la possibilité, le cas échéant, de s'y faire inhumer... L'Arabie en est restée à l'antique décision mahométane de ne plus admettre de non-musulmans comme habitants permanents du pays qui a vu « descendre » le Coran ! Aucune voix musulmane ne s'est jamais élevée, publiquement, pour dénoncer cet anachronisme.

L'une des malchances du Liban, depuis 1975, c'est de n'avoir pas eu à la tête de l'Eglise maronite un patriarche qui soit aussi un chef. Antoine Khoreïche, comme tous les patriarches maronites, a ajouté à son prénom celui de Pierre (Boutros, en arabe), et, comme cinq autres patriarches orientaux, il porte l'antique titre patriarcal « d'Antioche et de tout l'Orient », rappelant que ce qui n'est plus aujourd'hui qu'une petite ville turque fut la véritable matrice du chritianisme dans une Asie occidentale que les premiers chrétiens pouvaient ambitionner de « tout » entière réunir sous le signe de la Croix.

Mais ces appellations glorieuses, pas plus que le chapeau de cardinal attribué en 1983 au patriarche Khoreïche par Jean-Paul II (peut-être pour faire un peu oublier l'inaction vaticane dans le drame libanais), ne peuvent cacher que celui que, faute d'autre terme, il faut bien appeler le « chef de

23. Durant l'émission télévisée islamique du dimanche matin en France, dont la création n'est que simple justice, apparaissent de temps en temps des Européens convertis à l'islam. Pourquoi pas ? Mais imaginons un instant que l'émission chrétienne qui suit montre une seule fois un musulman devenu chrétien... La façon serait reçue comme une « agression » par de nombreux musulmans, pas forcément intégristes. Il faudrait pourtant de tels « chocs » pour les habituer à la réciprocité.

l'Eglise maronite », n'est qu'un pauvre homme craintif et indécis, sorte de Louis XVI en camail. Né en 1907 au Liban-Sud, terne étudiant en théologie à Rome, pâle évêque de Sidon, il fut, au début de 1975, élu patriarche par ses pairs, après 58 tours de scrutin... Alors qu'il eût fallu aux maronites, dans les eaux tempétueuses qu'ils allaient traverser, un pontife hardi comme le pape Chenouda III d'Egypte, ils n'ont eu qu'une « souris morte de peur dans son trou au premier pétard », selon un jeune combattant chrétien, qui était pourtant prêt « à donner sa vie pour défendre Sa Béatitude ». Mais qui pourrait songer à l'attaquer ?

Toute l'histoire de la formation du Liban, faite à coups de marches forcées du patriarche maronite à travers la Montagne et à coups de chevauchée des émirs druzes, dans le but unique et commun d'échapper à la sujétion sunnite, indique sans ambiguïté que la pugnacité du chef spirituel des maronites est l'une des pierres d'angle de l'indépendance libanaise. L'Eglise maronite, contrairement aux autres fois chrétiennes présentes au Liban, et qui n'y ont qu'un pied, est installée là quasi exclusivement, jouant le rôle d'une Eglise nationale un peu comme l'Eglise copte-orthodoxe en Egypte ou l'Eglise anglicane en Angleterre.

L'autre spécificité du patriarcat maronite, grâce à l'indomptable ressort d'indépendance de ses fidèles, est que son titulaire a été, au cours de l'histoire, le seul de tous les chefs religieux chrétiens orientaux à pouvoir exercer son ministère sans aval du pouvoir politique. Pour ne donner qu'un exemple, au temps des mamelouks, le patriarche grec-orthodoxe se voyait « défendre rigoureusement d'avoir des rapports avec l'étranger » ; le « diplôme d'investiture » de ce prélat dhimmi prescrivait même : « Qu'il évite la mer et ne s'y expose pas [24] ! »... Quand on redécouvre de tels faits, qui ont façonné une psychologie communautaire, on comprend mieux l'attitude actuelle d'autres groupes chrétiens libanais, comme les grecs-orthodoxes, dont le haut clergé marche toujours sur la pointe des pieds.

24. Henri Lammens, « Relations entre la Cour romaine et les sultans mamelouks d'Egypte », *Revue de l'Orient chrétien*, tome VIII, 1903, et Pierre Dib, *L'Eglise maronite*, tome I, Letouzey et Ané, 1930.

L'Eglise maronite est le cœur initial du noyau national libanais. Elle est la minuscule particule qui a déclenché jadis la formation de la perle. « Elle a fait une nation qui a eu pour motivation une mystique et non pas une idéologie. Réduire le maronitisme à la politique, c'est le vider de sa spécificité, c'est même le vouer à disparaître. Les juifs souhaitent voir éclore un sionisme maronite, mais pas nous. Ce serait notre fin », me disait, en mai 1984, le Père Charbel Kassis, dans sa ferme-monastère de Deir-Benet, au-dessus de Byblos, où, tel Candide, il « cultive son jardin » depuis qu'il a achevé, en 1980, son mandat de supérieur de l'Ordre des moines maronites.

Si l'Eglise, au Liban, n'a plus pour le moment de patriarche militant, elle a les moines maronites. Ce sont ses soutiers, ceux qui, dans les profondeurs du pays, alimentent, depuis quinze siècles, le feu sacré. L'histoire des maronites, et donc celle du Liban, a d'ailleurs très symboliquement commencé autour de la sainteté d'un moine, Maron (mort entre 407 et 423), et du martyre de nombre de ses successeurs par les Byzantins au VIe siècle.

Le 3 septembre 1975, à Deir-Achache, au Liban-Nord, le couvent transformé en école en 1947 et où, vingt-cinq ans plus tard, étaient élèves 960 enfants dont 660 musulmans, pour la plupart admis gratuitement, fut assailli par quelques Libanais, entraînés par des Palestiniens, au cri de « Din el islam akoua ! » — « L'islam est le plus fort ! », et, en effet, comment ne l'aurait-il pas été quand des centaines d'hommes valides s'en prenaient à trois moines âgés respectivement de soixante, soixante-dix-huit et quatre-vingt-treize ans ! Ils étaient, ce jour-là, les seuls occupants de Deir-Achache. Boutros Sassine, le plus vieux, aveugle, et dont on sectionna les veines du bras, Antoine Tamini, égorgé puis décapité et brûlé, Hanna Maksoud, enfin, égorgé et abandonné dans sa chambre. Les villageois chrétiens vivant autour de l'école-monastère n'eurent que le temps de s'enfuir à travers champs ; leurs 90 maisons furent incendiées, ainsi que le bâtiment conventuel et les autobus scolaires.

Du VIe au XXe siècle, la liste des moines maronites martyrs

est longue, très longue. Elle est devenue comme une colonne où s'adosse la volonté de résister de chaque nouvelle génération libanaise. Elle est la preuve indélébile que les religieux ont toujours pris leur part, et même plus, des malheurs du peuple. Le plus beau résultat, outre la survie du Liban à travers les embûches des siècles, en est cette compréhension à demi-mot, cette familiarité de bon aloi existant entre les maronites et leur clergé. Alors qu'en Europe catholique, il y a toujours quelque chose de faux, de forcé, dans les relations entre les prêtres et la jeunesse — quand ils en entretiennent encore —, au Liban, il y a entre eux, comme naturellement, une confiance sans apprêt et sans contrainte : jeunes gens et jeunes filles avant de sortir danser, nouveaux mariés, couples avec leurs enfants, aiment à « aller voir les moines » ; pas d'accueil prêchi-prêcha chez ceux-ci, pas d'air de punaises de sacristie chez les visiteurs. La vie et la foi se rencontrent là sans embarras. C'est l'un des « miracles » du Liban chrétien.

Aussi bien les moines maronites ont-ils été, dès le début de la guerre, désignés par les Palestiniens et leurs alliés comme l'ennemi à abattre. Aux journalistes, aux diplomates occidentaux présents à Beyrouth-Ouest, « Kaslik » — siège de l'université maronite [25] — était présentée par la propagande palestinienne comme l'antre des « isolationnistes », travaillant d'arrache-pied à partager le Liban et à en chasser les Palestiniens, avec naturellement la complicité « sioniste ». Tout le monde tombait dans le panneau, sans même remarquer la contradiction existant entre les souhaits de partage du pays et de départ des Palestiniens, puisque la première opération aurait eu pour but, par définition, d'abandonner à ces derniers une partie du Liban...

Il m'a fallu lire la plupart des documents élaborés depuis 1975 sous l'égide des moines maronites [26] pour me rendre compte que Kaslik n'avait jamais milité que pour un Liban

25. Fondée en 1962, l'université Saint-Esprit a, en 1984, 2 800 étudiants, une bibliothèque de 100 000 volumes (dont 75 % en français) et recèle les groupes d'études et de recherche les plus dynamiques et les plus libres du Proche-Orient avec ceux de l'université jésuite Saint-Joseph de Beyrouth.
26. Notamment, *La Question libanaise,* (38 fascicules en arabe et en français), université Saint-Esprit, Kaslik.

islamo-chrétien où, naturellement, les chrétiens ne seraient ni soumis, si peu que ce soit, ni en position de l'être à la loi islamique. La conclusion, presque irréelle à force de sérénité, de l'un de ces documents — daté de 1976, année où les « Palestino-progressistes » se déchaînèrent avec une particulière virulence contre « les croisés de Kaslik [27] » — est qu'il faut en venir au « personnalisme [28] [...] sans étiquette religieuse ou philosophique, et réduit à l'essentiel, au respect de la personne humaine indépendamment de ses croyances, de sa position sociale, de ses capacités [...] En cette "réduction" du personnalisme réside la solution du problème moral du Liban. qui est derrière le politique, le social et l'économique ».

Quant aux noirs objectifs de « démembrement » du Liban, ils se bornaient à souhaiter que se traduisent dans les institutions politiques le fait indéniable que « le Liban est une fédération de communautés ». C'est ce qu'on a appelé plus tard, en l'approuvant ou en la rejetant, la « cantonisation » du pays, plus ou moins à l'helvétique : chacun s'organisant dans sa région, selon ses traditions et ses aspirations, l'Etat n'assumant que les compétences communes : diplomatie, monnaie, défense des frontières internationales, etc. Qui contesterait aujourd'hui que ce projet n'a pas toutes les apparences du bon sens ?

En 1984, le moine recteur du Saint-Esprit — Jean Tabet, né en 1937, expert en liturgie orientale —, après m'avoir fait visiter son université, me résumait la philosophie universitaire de l'ordre monastique maronite : « Mettre en valeur l'authenticité libanaise dont font partie le français et l'arabe », étant entendu qu' « arabité ne peut en aucune manière signifier islamité » ; « ouverture à toute pensée et à toute foi ». Le Père Tabet balayait pour finir les accusations, encore récemment venues de Beyrouth-Ouest, de « collusion » avec les Etats-Unis et avec Israël : « Nous n'avons pas envisagé de remplacer le français par l'anglais.

27. Depuis lors les druzes ont pris le relais, Walid Joumblatt se déchaînant, notamment le 2 septembre 1984, contre « les moines haineux de Kaslik » qui complotent dans leurs « souterrains »...
28. A propos du personnalisme de Mounier, voir p. 44.

Nous n'avons pas refusé — et à quel prix ! — la domination palestinienne pour nous soumettre à celle des Israéliens. Le Liban, dans toutes ses composantes, reste notre cadre. Comment pourrions-nous souhaiter un partage alors qu'il y a, depuis des centaines d'années, des villages et des couvents maronites dans tout le Liban ? »

Le moine dont l'étoile brille le plus aujourd'hui, non seulement pour les maronites, mais pour nombre de Libanais soucieux de ne pas détruire les fondements moraux et historiques de leur existence, est Boulos (Paul) Naaman. Chouflote né en 1932, ordonné prêtre en 1957, docteur en histoire de l'université grégorienne de Rome, auteur francophone [29] aussi à l'aise en arabe qu'en anglais et en italien, connaissant également syriaque, latin et hébreu. Il est devenu, en 1980, supérieur général des 350 moines de l'Ordre libanais maronite.

Du père Naaman, « homme puissant, rayonnant de chaleur et de bonté » (Jules Roy), jaillissent d'emblée cette énergie, cette lucidité, cette détermination au service du Christ en Orient qui m'avaient tant frappé aussi chez le patriarche Chénouda III d'Egypte. Dès 1969, Boulos Naaman était en rapport avec le jeune Béchir Gémayel (vingt-et-un ans), en qui il pressentit l'un des premiers un destin national. « Nous ne devons nous mettre entièrement entre les mains d'aucun de nos voisins. Nous devons absolument enrayer l'émigration et la baisse de la natalité chez les chrétiens. Ce sont les conditions principales de l'équilibre externe et interne du Liban. » Boulos Naaman est l'un des rares responsables chrétiens que j'ai rencontrés depuis dix ans au Liban, avec naturellement Béchir Gémayel, à refuser l'alliance exclusive avec telle ou telle puissance, orientale ou occidentale, et à proposer (et à appliquer quand c'est à sa portée) des solutions concrètes pour stimuler la natalité en milieu chrétien : gratuité de l'enseignement (déjà les écoles secondaires et l'université maronites coûtent deux fois moins cher que les institutions privées d'origine étrangère) et

29. Boulos Naaman, *Théodoret de Cyr et le monastère de saint Maron*, essai sur les origines des maronites, Institute of scientific studies, Sin-el-Fil, Beyrouth, 1971.

programmes de logements bon marché pour jeunes couples.

Le Père Naaman est aussi conscient de l'importance grandissante que la diaspora libanaise à travers le monde, en majorité chrétienne, devra prendre au Liban dans les années à venir. Cyril Bustros, grand argentier grec-orthodoxe des Forces libanaises, calculait que les Libanais expatriés ne contribuaient que pour... 10 % aux frais de la Résistance, le reste étant supporté (outre divers prélèvements douaniers « illégaux ») par les chrétiens restés au pays, actuellement les plus démunis, tant à cause des destructions que de la chute de l'activité économique due à l'insécurité.

Bien qu'exprimées sans tapage, les positions de Boulos Naaman, notamment quant à la nécessité de ne pas lier le Liban à un seul pays étranger (avant-hier Israël, hier les Etats-Unis, aujourd'hui la Syrie), ont contrarié le président Amine Gémayel, qui, depuis mars 1984, a quasi entièrement remis les rênes de son gouvernement entre les mains de Damas. Il a donc fait tant et si bien, avec l'accord d'un patriarche-soliveau redoutant plus que tout la moindre vaguelette, que Jean-Paul II a fini par convoquer au Vatican le Père Naaman, au printemps 1984. Le moine a pu ainsi expliquer au pape que son action au Liban était tout à fait comparable à celle de l'archevêque Carol Wojtyla, en Pologne, avant son pontificat...

L'Eglise romaine a mis dix ans à comprendre que la Chrétienté libanaise était visée dans son existence même et qu'elle était le phare et la consolation des autres Chrétientés orientales. Début 1984, encore, « la mission spéciale présidée [...] par Mgr Mario Brini, que Sa Sainteté Jean-Paul II a envoyée à Beyrouth [...], lors d'une réunion tenue à la nonciature avec les chefs des communautés chrétiennes [...], aurait curieusement exhorté les hiérarchies religieuses à "organiser des retraites et des exercices spirituels" afin d'éloigner la jeunesse des champs de bataille [...] Les jeunes aux "retraites et exercices spirituels" ? Très bien, Révérendissime et cher Mgr Brini, mais qui défendra ensuite cette région, ces Eglises et le Liban — de tous — contre le déferlement khomeiniste [30] ? »

30. Libanius, *Le Réveil,* Beyrouth, 6 avril 1984.

On croit rêver. Surtout quand ces propos viennent d'un Mario Brini qui, selon les musulmans eux-mêmes [31], n'avait pas craint, lors d'une autre mission au Liban, au début du conflit, de répliquer au mufti sunnite, Hassan Khaled, qui lui dévidait son couplet habituel sur « la sécurité garantie des chrétiens en région musulmane » : « Je voudrais bien entendre une cloche y sonner ! »... Si les chrétiens relâchaient un instant leur vigilance armée, les 1 000 km² dans lesquels ils ont sauvegardé la liberté depuis 1975 au prix de la vie de 5 000 combattants et de celle de milliers et de milliers de civils risqueraient d'être engloutis en quelques heures par les milices islamiques de tous bords, intégristes ou non, d'accord entre elles pour une fois. Comment un émissaire du Vatican pouvait-il ignorer une telle évidence ?

Comment ne voyait-il aussi que le combat armé n'avait fait que fouetter la foi des combattants ? Les « exercices spirituels », ce sont ces messes ardentes dans des églises bondées, et, au crépuscule le long des petites routes de montagne, ces enfants attentifs réunis près de l'une de ces innombrables petites grottes mariales souvent rénovées ou construites depuis 1975, et écoutant un adulte, clerc ou laïc, leur expliquer l'*Histoire sainte* ou celle de l'Orient chrétien. Sur le sentier conduisant à l'ermitage de saint Charbel, les soldats chrétiens de l'armée nationale ou de la Résistance, venus en pèlerinage, entre deux engagements, ont accroché aux arbres de petits panonceaux en arabe : « S'il n'y a pas un croyant derrière le fusil, il y a un criminel. » Mais Mgr Brini n'avait rien vu de tout cela, derrière les rideaux tirés de la nonciature ou de sa limousine.

Dès avant 1978, le Saint-Siège avait paru, lui aussi, faire une croix sur le Liban à défaut de l'y faire respecter. L'accession au trône de saint Pierre, cette année-là, d'un catholique polonais, rompu aux face-à-face musclés avec un environnement hostile et majoritaire, souleva d'immenses espérances. Elles furent d'abord déçues. « En septembre 1983, lors des massacres de chrétiens au Chouf, on croyait dur comme fer que Jean-Paul II allait arriver dans son héli-

31. Procès-verbaux des sommets (musulmans) d'Aramoun, voir p. 61.

coptère blanc, se poser parmi nous, et proclamer qu'il y resterait tant que les druzes, les Syriens, les Israéliens et les autres ne nous auraient pas laissé tranquilles », me confiait quelques mois plus tard une institutrice rescapée du Chouf. L'un de ses compagnons d'infortune ajoutait : « Le pape est allé en Pologne une fois. C'est bien. Il y est retourné une seconde fois. Hum !... c'est son pays, on peut à la rigueur le comprendre. Mais je ne comprends pas qu'il ne soit pas venu au moins une fois, ne serait-ce que quelques heures, au Liban, pour signifier à tous que la présence chrétienne ici lui importe autant qu'en Pologne, en Amérique latine ou en Suisse. »

L'écrivain Jules Roy qui, malgré son âge (il est né en 1907) et malgré les périls, est allé enquêter au Liban en 1984, a gâté la bouée qu'il a voulu, sous forme de livre crié aux défenseurs des libertés humaines à travers le monde, jeter aux chrétiens du Liban [32]. Il les a, en effet, maladroitement mis en parallèle avec les pieds-noirs d'Algérie, sa propre communauté d'origine. Je ne dénie pas aux Européens nés au Maghreb le droit qui aurait dû leur être reconnu de rester sur le sol natal, mais au Levant, toutes proportions gardées, ce sont les musulmans qui sont les derniers venus et les chrétiens les occupants les plus anciens...

En revanche, Jules Roy a eu l'heureuse idée de lancer un appel à Jean-Paul II : « Mais pourquoi notre bon pape, qui aime tant se déplacer avec sa suite, ses bagages, sa *sedia gestatoria* en verre blindé et son bataclan d'évêques et d'acolytes, ne vient-il pas lui-même visiter ses ouailles dans le malheur ? Voilà, me semble-t-il, qui pourrait faire avancer les choses ! [...] Le pape au Liban plutôt qu'en Corée [...], quel triomphe, quel mépris des conventions, quel coup d'accélération pour un cessez-le-feu ! Quel culot politique et religieux ! Un pape croisé de la paix, un pape qui ne craint pas d'être abattu. »

La venue du pape au Liban ne serait évidemment pas suffisante pour y recréer l'Eden. Elle donnerait à réfléchir, non pas aux intégristes, qui s'en trouveraient encore plus excités,

32. *Beyrouth, viva la muerte !*, Grasset, 1984.

si tant est que ce soit possible, mais aux musulmans modérés, encore majoritaires, et dont l'apathie s'est jusqu'ici confortée de l'indifférence pontificale pour le Liban chrétien. La diplomatie vaticane, qui sait être tranchée quand elle veut — par exemple, en refusant depuis 1948 de reconnaître l'Etat juif —, pourrait faire valoir aux gouvernements arabes, qui tiennent bien plus qu'on ne le pense à avoir le Saint-Siège de leur côté dans l'affaire palestino-israélienne, que s'ils ne font pas efficacement pression sur l'Islam libanais pour qu'il se montre plus clément à l'endroit de la Chrétienté libanaise, eh bien ! Rome pourrait reconsidérer sa non-reconnaissance d'Israël. Certes, les Russes sont bien des fois derrière les Arabes, mais ils se trouvent en Pologne même, où l'action pontificale a, malgré cela, obtenu des résultats inespérés en faveur des habitants de ce pays. A Jean-Paul II de jouer maintenant au Liban !

A ces personnalités politiques ou culturelles musulmanes, pour qui lui rendre visite au Vatican est un honneur recherché, et qui, paraît-il, condamnent benoîtement dans le secret de l'audience les violences commises par leurs coreligionnaires contre les chrétiens d'Orient, le pape devrait demander instamment de répéter en public ce qu'elles lui susurrent en tête-à-tête. Assez de double langage !

Le moment est venu, pour les musulmans qui ne veulent pas subir un Khomeiny infanticide ou un Nemeiry coupeur de mains, de le proclamer hautement. Qu'on en finisse avec ces lamentations de musulmans, éclairés mais timorés, dans la discrétion assurée des salons et des bureaux ! Que diraient les musulmans si les Français opposés aux traitements odieux réservés aux Arabes par certains de leurs compatriotes ne les condamnaient qu'en privé ! La France entière serait alors taxée de complicité, d'arabophobie, de racisme et autres péchés. Comment ne pas douter de la sincérité de critiques musulmanes à l'égard des excès de leurs frères en religion, tant qu'elles ne s'expriment que *mezza vocce ?* Le pape a le devoir de le signifier à ses interlocuteurs islamiques.

Son autre urgent devoir est de mettre l'Islam *urbi et orbi* au défi de prouver que la « tolérance », dont il se flatte d'avoir le monopole, est capable de s'exprimer concrètement en faveur de la Chrétienté du Liban. Qu'il y ait au moins un pays du monde arabe où les non-musulmans soient déclarés une fois pour toutes les égaux des musulmans ! Les Arabes, les musulmans possèdent, de l'Atlantique à la mer de Chine, des millions et des millions de km² où ils peuvent s'épanouir sans réelle concurrence. Qu'ils tolèrent sur un minuscule coin de leur immense empire, sur une montagne rocailleuse à peine plus étendue que la ville de Los Angeles ou qu'un département français, qu'ils y tolèrent des chrétiens à la tête haute ! Gageons alors que le Liban disparaîtra bientôt du palmarès de la terreur.

Jean-Paul II n'a pas d'expérience sur le terrain de la moderne question d'Orient. Mais ses rencontres, ses lectures lui ont peu à peu donné une sorte d'intuition psychologique des sensibilités orientales. « Le pape sent que, dans l'univers mental arabe, il y a, à la fois de la générosité et une pointe de sauvagerie ; que, dans l'univers mental juif, il y a un déchirement et une dureté. Depuis le début des temps, on ne met face à face que la sauvagerie et la dureté. Il voudrait que la générosité rencontre le déchirement [33]. » Dans la confrontation islamo-chrétienne, Jean-Paul II aura à obtenir de la générosité arabe, qui, en effet, n'est pas un vain mot, qu'elle prenne en compte la dignité chrétienne, au moins au Liban.

Trois messages apostoliques inattendus, adressés par Jean-Paul II, le 1er mai 1984, à la hiérarchie catholique du Liban, aux chrétiens de ce pays et « à tous les évêques de l'Eglise catholique », prouvent que l'évolution devant conduire le pape à abattre ses cartes en faveur du Liban, est réellement engagée. Dans la deuxième de ces missives, Jean-Paul II, revenant sur les mielleuses invites à la résignation de précédentes lettres vaticanes, reconnaît aux chrétiens libanais que « dans le Liban d'aujourd'hui [ils sont] responsables de l'espérance » et qu'ils ne doivent « jamais [être] timides quand il s'agit de défendre leurs libertés ».

« L'Eglise tout entière est à vos côtés, solidaire de vos épreuves comme de vos aspirations [...] Elle est fière aussi de

33. André Frossard, écrivain catholique français, *Le Point*, 25 octobre 1982.

tous les sacrifices des chrétiens d'Orient pour conserver intacte la foi en Jésus-Christ [...] Elle ne saurait donc se résoudre à voir affaiblie, au Liban et ailleurs, cette présence acquise au prix de tant de persévérance héroïque », poursuit le souverain pontife, reconnaissant — enfin ! — la légitimité de la Résistance libanaise.

Aux évêques de l'Eglise catholique, dont si peu depuis 1975 ont témoigné leur solidarité à l'égard de leurs coreligionnaires libanais, Jean-Paul II ne mâche pas que « le développement de la Chrétienté au Liban conditionne la présence des minorités chrétiennes au Moyen-Orient ».

Jean-Paul II rejoignait enfin, dans leur clairvoyante vision, Béchir Gémayel et Chénouda III. Il reste à mener le combat, dont l'idéale inauguration serait le souverain pontife s'adressant au Liban depuis le promontoire de Harissa où les maronites sont en train d'édifier une spectaculaire basilique — en forme de trirème phénicienne renversée, sans doute pour signifier au monde qu'ils ne quitteront pas le Liban. Dans ce défi, le pape doit leur prêter main-forte. Sinon, qui le fera ?

VIII

BEYROUTH, Ô BEYROUTH!*

Une main gantée, celle des gouvernants arabes, a silencieusement rempli de sable la bouche des poètes. Il ne restait plus que Beyrouth...

Tahar Ben Jelloun

* Le titre de ce chapitre est emprunté au film prémonitoire « Beyrouth ô Beyrouth ! » tourné sur sa ville par le jeune cinéaste Maroun Baghdadi, à la veille de la guerre du Liban.

Qui a vu Beyrouth avant 1975 et qui la voit dix ans plus tard... Dès l'aéroport international de Khaldé, un islamisme outrancier, au bel œil malgré tout, vous empoigne. Même si vous ne buvez pas d'alcool, vous constatez qu'on en refuse au restaurant aérien : « La brigade l'a interdit ! » La « brigade », c'est la compagnie chiite de l'armée dite encore nationale, à qui revient, en principe, la charge de la sécurité dans la partie ouest — à majorité musulmane — de la capitale libanaise. La façon dont la brigade s'acquitte de sa mission a fait dire à Walid Joumblatt lui-même, pourtant principal allié des chiites : « Beyrouth-Ouest est une véritable jungle [1] ! »

Plutôt que de se soucier d'empêcher les éternels « éléments incontrôlés » d'aller tuer, voler ou effrayer les familles chrétiennes jusque dans leurs chambres à coucher, les soldats chiites et nombre de leurs coreligionnaires civils se préoccupent de l' « islamisation » de l'aéroport, des plages, des spectacles, des bars et autres commerces. On ne sait toujours pas avec précision si tous les lieux de baignade beyrouthins sont vraiment réservés « par ordre de Dieu » un jour

1. *L'Orient-Le Jour,* Beyrouth, 14 mai 1984.

aux hommes, un jour aux femmes, mais cette ségrégation est réalisée *de facto* sur les plages populaires.

A Ouzaï, station balnéaire, entre l'aérodrome et la capitale, ce ne sont que buvettes « sèches », envols de tchadors et portraits de Khomeiny. Dès la sortie de l'aéroport, c'est une succession d'images géantes de l'ayatollah. En plein centre, près de la rue Hamra — la « rouge » —, une grande inscription arabe se dresse, contradictoire et menaçante : « Musulmans de Beyrouth ! Non au confessionnalisme ! Non à la laïcisation ! Oui à l'islam ! ». « N'en déduisez quand même pas que Beyrouth, c'est Téhéran », s'évertue à me convaincre une brave musulmane sunnite, qui désapprouve sans oser condamner, et qui a très peur. Comme ces Saïgonnais, accrochés à l'atmosphère un peu moins pesante chez eux que dans le reste du Vietnam, et qui vous disent : « C'est terrible, mais ce n'est quand même pas Hanoï ! »

Beyrouth-Ouest, ce n'est ni Téhéran ni Hanoï, mais ce n'est plus Beyrouth. Cette ville où « on était du tiers-monde, mais, oh ! insolence, on y était prospère et libre — libre de penser, d'écrire, de parler ; d'être révolutionnaire ou conservateur ; libre d'être juif, chrétien maronite ou orthodoxe ou grec-catholique, libre d'être druze, musulman sunnite ou chiite, libre d'être Kurde, Irakien, Iranien, Syrien, Egyptien ; libre d'être à droite ou à gauche ; libre d'être pour Camp-David [2] ou contre Camp-David ; on y était informé, on y était intelligent et tolérant malgré tout le contexte régional, c'est-à-dire les dictatures, les tribalismes, le fanatisme, malgré Bégin et Khomeiny, malgré le flot corrupteur des pétrodollars [3] ».

Il est des gens qui n'ont vraiment salué les vertus uniques en Orient de la capitale libanaise, qui n'ont vraiment aimé Beyrouth que quand ils l'ont vue se débattre dans son sang. Alors beaucoup reconnurent que Beyrouth d'avant 1975 avait été, à sa manière pagailleuse, une sorte de paradis. En tout cas, le seul lieu de l'Orient arabe où ni la pensée, ni l'action, ni la vie privée ne souffraient de contraintes éta-

2. Les premiers accords de paix égypto-israéliens, signés à Camp-David (Etats-Unis), en septembre 1978.
3. Michel Ichak, écrivain libanais, *Libération*, 20 juillet 1982.

tiques ou policières. « L'endroit où il y avait tous les avantages de l'Occident, avec tout le moelleux de l'Orient », comme le dira le plus grand écrivain libanais francophone vivant, Georges Schehadé, qui, aujourd'hui, pleure dans son exil parisien sa patrie victime des naufrageurs.

Naturellement, les idéologues ou les statisticiens vous apporteront des masses d'arguments pour démontrer que le Beyrouth d'avant-guerre était une sorte d'enfer ploutocratique et faisandé. Balancez-leur un seul pourcentage : « En 1975, les étrangers représentaient environ 45 % de la population totale de l'agglomération de Beyrouth, ce pourcentage atteignant même 57 % si on y englobait les Arméniens qui, depuis 1924, ont obtenu la citoyenneté libanaise [4]. » Ces éléments allogènes où, aux côtés des Palestiniens (16 % des habitants de l'agglomération), figuraient des Syriens (23 % des habitants), des Kurdes, des Persans, des Hellènes, sans parler de Russes blancs, de Français ou d'Italiens, avaient fait de Beyrouth la ville du monde avec le plus fort taux d'étrangers dans sa population. Quel hommage à son hospitalité et à la facilité de vivre qu'on y trouvait ! Le Liban avait alors le plus haut niveau de vie du monde arabe, pays milliardaires du pétrole exceptés. L'espérance de vie moyenne pour un Beyrouthin était de soixante-cinq ans : un chiffre de pays développé.

Après le début des hostilités, qui se déroulaient en son cœur même, autour de la place des Canons [5], longtemps la ville lutta, avec une application pathétique, pour rester elle-même, s'activant comme si de rien n'était, entre deux engagements. Au printemps 1976, alors que l'armée syrienne menaçait Beyrouth-Ouest musulmane et que Beyrouth-Est chrétienne perdait pied devant une offensive palestinienne sans précédent, je notai : « Des baigneurs sur la plage, des athlètes sur les stades, des marchands ambulants proposant des fruits frais cueillis, des enfants jouant dans la rue, des maçons bâtissant des maisons, des gens achetant des meu-

4. André Bourgey, géographe, revue *Hérodote,* 1er trimestre 1980.
5. Appelée aussi place des Martyrs, en mémoire des Libanais chrétiens ou musulmans tués par les Ottomans au moment de la Première Guerre mondiale.

bles. Ces images d'une vie normale ne sont pas rares à Beyrouth, après quatorze mois d'une guerre atroce. Il est toujours plus facile de téléphoner à l'étranger, d'acheter des journaux français de la veille, de voir un film récent dans la capitale libanaise qu'au Caire après deux ans et demi d' "ouverture" économique et de paix. »

Avant la guerre, je fis un jour un aller-retour Le Caire-Beyrouth pour pouvoir dicter au *Monde* un article sur la disgrâce par Sadate du journaliste nassérien Hassaneïn Heykal, que la censure égyptienne m'empêchait de télexer...

A Beyrouth-Est, et dans le reste de la petite zone restée libre grâce aux chrétiens, on ne risque pas d'être enlevé — ou apostrophé jusque chez soi pour « non-respect des interdits islamiques », tel cet épicier qui avait continué à vendre du jambon, ce qui lui a valu le sac nocturne de son magasin, suivi d'une correction à domicile. Mais dans ces précieux 1 000 km² où l'on respire encore l'air de la liberté, *il n'est pas une parcelle qui soit à l'abri des bombes de l'adversaire,* et tout y est gâché par cette menace permanente venue hier des Palestiniens ou des Syriens, aujourd'hui des druzes ou des chiites, demain de Dieu sait quels Iraniens, Libyens ou Frères musulmans. L'autre obsession, lorsque l'aéroport fonctionne — il est à l'autre bout du secteur musulman de la capitale —, est de franchir sans encombres la « ligne verte » (appelée ainsi parce qu'une abondante végétation a poussé en dix ans de guerre dans le no man's land) et les quartiers islamiques pour gagner Khaldé. Quand l'aéroport est fermé, comme durant une partie de 1983 et 1984, le seul lien avec l'extérieur est un petit bateau reliant Jounieh à Chypre, à la merci des obus de « l'autre côté ».

A l'Est, les poubelles sont ramassées et les trous de la chaussée comblés. A l'Ouest, en revanche, on néglige souvent le précepte islamique : « La propreté fait partie de la foi. » On voit bien les miliciens chiites ou autres battre leur lessive ou se laver en riant à coups de grands seaux d'eau, dans leurs cantonnements improvisés au milieu de la circulation ; ils font malheureusement moins attention à l'état des voies où ils patrouillent. Ce ne sont que rues défoncées, canalisations d'eau éclatées, ordures accumulées pour le plus grand délice des rats et des mouches. On ne compte plus les carcasses de voitures abandonnées quand ce ne sont pas celles de charognes — au pied même parfois des gratte-ciel encore luxueux de Raouché, l'ancien quartier des nouveaux riches musulmans et chrétiens.

Au milieu de ce capharnaüm qui serait finalement supportable s'il n'était sous-tendu par la méfiance et la violence, ce qui sauve encore l'honneur de la cité, ce sont les Libanaises. Héroïques musulmanes ou chrétiennes qui ont refusé l'ensevelissement intégriste et qui sortent d'un abri, après un engagement, dans un frimas de poudre. Pas un cil ne manque. Sur ce point, les femmes des deux côtés de la frontière qui coupe en deux Beyrouth peuvent se donner la main. Mais celles de l'Ouest ont encore plus de mérite. Pourront-elles tenir alors que les chiites les plus iranisés leur promettent pour bientôt, comme en Iran, des « escadrons de femmes pieuses voilées, cassant la gueule dans la rue aux femmes maquillées pour leur faire oublier jusqu'au nom d'Elisabeth Arden [6] » ?

En attendant, les Beyrouthines résistent, certaines risquant leur vie pour aller se faire coiffer à l'Est, maintenant que les salons de coiffure pour dames sont l'objet, à l'Ouest, des foudres verbales et matérielles des fondamentalistes. Ce n'est pas, chez ces femmes, de l'inconscience ou de la futilité, mais un sens aigü de la dignité féminine. Une robe fraîche, des mains soignées, une coiffure nette, c'est leur contribution — non négligeable — au combat pour la liberté individuelle, un soutien au moral des hommes modernistes, un moyen de dire que Beyrouth-Ouest, c'est encore un peu Beyrouth. Je n'oublierai pas le geste de Micheline Chidiac, jeune secrétaire libanaise de l'Agence France-Presse, à l'un des pires moments de la guerre : atteinte au pied par un éclat d'obus, elle se remit du rouge à lèvres et se recoiffa, avant de se faire soigner.

L'autre espace, encore ménagé dans « le rideau de ténèbres » (Camille Chamoun, mai 1984) tombé sur Beyrouth-

6. Les actions de ces mères fouettardes islamiques à Téhéran ont notamment été décrites dans le quotidien iranien en persan, *République islamique,* 26 avril 1984.

Ouest, c'est le foisonnement, unique dans un pays du monde arabe — et évidemment encore plus évident à Beyrouth-Est —, des livres et publications locaux, sans préjudice des importations (les achats d'ouvrages en France sont passés de 28 millions de francs en 1982 à 34 millions en 1983). Les librairies, les maisons d'édition plusieurs fois brûlées par les roquettes ou les attentats rouvrent à la première trêve. D'autres, même, se créent : 25 nouveaux éditeurs au moins sont venus se joindre, depuis 1975, aux 230 existant déjà, dont une quarantaine très actifs.

Outre que le Liban est l'Etat de la Ligue arabe le mieux alphabétisé, il constitue, par rapport à sa taille, le pays méditerranéen le plus diversifié en systèmes d'enseignement privé (les écoles publiques ont, en revanche, beaucoup souffert de la guerre et des « autres soucis » de l'Etat) et en universités (la nationale, la jésuite – « française » –, la maronite, l'américaine et l'arabe). La guerre et ses longues soirées à la maison, devant une télévision le plus souvent futile ou terne, a naturellement fouetté le goût déjà vif des Libanais pour la lecture et l'écriture. S'ajoute à cela que le Liban, quant à l'édition, reste, par rapport aux pays arabes, ce que fut la Hollande du XVIIe siècle pour l'Europe : un havre où viennent se faire publier — malgré les aléas du conflit — tous les esprits non « normalisés » du Proche-Orient ou simplement les auteurs soucieux d'une édition de bonne qualité.

Au cours du lustre écoulé, Beyrouth a ainsi publié, en moyenne, 2 500 titres par an, dont 300 nouveautés, soit plus que les 20 autres Etats arabes réunis ! Pour le tirage en nombre d'exemplaires, seule l'Egypte (47 millions d'habitants) a dépassé le Liban (3 millions d'habitants). Outre l'arabe, les Libanais éditent en français, arménien, anglais, syriaque, etc. Les seules revues chrétiennes sont au nombre de 77 : 58 en arabe, 12 en français, 7 en arménien [7]. L'Egypte, qui compte quatre fois plus de chrétiens que le Liban, ne possédait que deux périodiques coptes que Sadate interdit d'un signe du menton en 1981 pour faire bon poids avec sa répression anti-islamiste. Moubarak a autorisé de nouveau une

7. VIIIe Congrès mondial de l'Union catholique internationale de la presse, Dublin, octobre 1983.

presse islamisante, mais a « oublié » les deux publications chrétiennes proscrites...

Lorsque les lambeaux de la liberté de Beyrouth subsistant à Beyrouth-Ouest auront disparu — c'est inévitable si la présente évolution vers l'inquisition généralisée arrive à son terme —, les fondamentalistes tolèreront-ils que demeure Beyrouth-Est et que l'on y pense, dise, écrive, publie ce qu'ils désapprouveront au nom de leur conception totalitaire de l'islam ?

Lawrence d'Arabie, qui n'aimait pas Beyrouth — à ses yeux d'Anglais arabomane : « Une espèce de filtre levantin laissant passer les influences étrangères bon marché ou défraîchies [8] » — reconnaissait quand même, au moment de la Grande Guerre, que la ville possédait « un noyau d'hommes qui parlaient, écrivaient, pensaient comme les encyclopédistes qui ont pavé le chemin de la Révolution française ». Cet esprit libre et délié, allant de pair avec une morale indulgente pour des mœurs point trop austères, a causé de nos jours la perte de Beyrouth.

C'est à un musulman sunnite syrien, Nizar Kabbani (né en 1923), que les Arabes considèrent comme l'un de leurs deux ou trois plus grands poètes vivants, que sera revenu de prédire la « fin inexorable » de Beyrouth. Pour ne pas assister à la mort de la cité qu'il avait adoptée et qui l'avait adopté, Nizar Kabbani, dont la propre femme fut tuée dans l'explosion de l'ambassade d'Irak à Beyrouth-Ouest, en 1981, a fini par quitter cette ville pour Le Caire. Il n'a trouvé là-bas ni les possibilités d'expression ni le « moelleux » cher à Georges Schehadé, mais, au contraire, les sarcasmes de la presse cairote aux ordres qui, rancunière, n'avait pas oublié les critiques du poète contre la politique israélienne de Sadate.

Beyrouth était « la seule ville arabe où on pouvait écrire de la poésie, [car] les cieux arabes si vastes et nombreux soient-ils, ne supportent pas de servir d'écriteau. Le meurtre de Beyrouth s'explique par ceci qu'elle est une oasis qui écrit dans un désert de haine et d'ignorance », proclame sans ambages le poète syro-libanais dans son *Journal d'une ville*

8. *Les Sept Piliers de la sagesse*, 1926.

qui s'appelait Beyrouth, avant de dédier à « Beyrouth-femelle... avec mon amour », le poème de l'étreinte fatale où son amant du désert la tue, on n'ose pas dire en l'aimant, mais plutôt en la « niquant », pour reprendre ce néologisme trivial forgé en francarabe à partir de la pourtant très convenable « fornication légale », *nikâh,* et qui, en effet, exprime bien mieux l' « amour bédouin » que le verbe purement français « baiser », avec son côté troubadour.

« Nous confessons maintenant ô Beyrouth
Que nous t'aimons seulement comme des bédouins...
Et que nous te faisons l'amour comme des bédouins
Te lâchant à l'aube
[...]
J'étais à quelques mètres du crime
Epiant les assassins
Pendant qu'ils couchaient avec Beyrouth
Comme avec une fille de joie.
L'un succédait à l'autre
Selon les protocoles de la tribu
Les privilèges familiaux
Et les grades militaires [9]. »

On ne peut pas s'empêcher de penser, avec Nizar Kabbani, que les bras croisés des Arabes devant le Liban agonisant reflètent la satisfaction aussi inconsciente que profonde du machisme oriental devant le châtiment infligé à cette « femme libre » qu'était Beyrouth avant-guerre. Dans son *Journal d'une ville,* Nizar Kabbani célèbre douloureusement les noces de la sensualité et de la guerre. Déjà chez les Grecs anciens, l'érotologie était inséparable de la politique. Et en Orient quelle est la lune de miel qui ne signifie pas aussi souffrance pour la femme et anxiété pour l'homme, ces deux sensations des temps de guerre ? Anxiété de ne pas parvenir à enlever la femme ou la position ennemie.

Seule la violence, hélas ! peut briser un instant l'écran de pudeur, de pudibonderie qui s'intercale entre les Arabes et le

9. Traduction de l'arabe du journaliste libanais Jad Hatem, *L'Orient-Le Jour,* Beyrouth, 20 et 28 avril 1978.

sexe. Or « le titre de gloire de Beyrouth est précisément son manque de pruderie. Elle est ouverte à tous, femme des ports, marginale et exhibitionniste, première ville arabe à montrer son corps ! ». « Beyrouth est le rêve des Arabes et leur fille de joie [mais] l'objet d'un tel rêve est promis à la destruction. » Commentant le *Journal* de Nizar Kabbani, un quotidien beyrouthin s'interrogeait aussi « sur le nom très évocateur de tel mouvement palestinien », car « c'est le verbe arabe *fataha* qui a donné *El-Fatah* (la milice de Yasser Arafat), et ce mot qui signifie conquête, ouverture, a, par là même, une forte connotation sexuelle ». Au Liban, chaque salve est une éjaculation : aussi bien les musulmans y gaspillent-ils plus de poudre que les chrétiens car ils sont, de par leur genre de vie, plus sexuellement frustrés.

De même, le mâle oriental, dans un fantasme suprême, préfère égorger la femme émancipée qu'il a possédée, et donc se priver à jamais du plaisir de la prendre à nouveau, plutôt que de courir le risque de la voir sous un autre homme. C'est du moins ainsi que la poésie arabe explique la punition infligée à Beyrouth sous les yeux du monde islamique impassible, tandis que l'Occident se détourne, mi-dégoûté, mi-horrifié, de cet accouplement mortel, au lieu d'essayer de sauver sa fille naturelle.

Perle ou ordure, perle et ordure, capitale du Proche-Orient pour les Européens, du Proche-Occident pour les Orientaux, la métropole du Levant fascinait les mahométans du fruste Croissant fertile ou de l'hypocrite Arabie — *Arabia simulata sed non felix* —, mais, en même temps, par sa liberté de mœurs et de pensée — vue seulement comme du libertinage —, elle scandalisait leurs fibres les plus profondes. Or cette Beyrouth-là, à la fois maudite et désirée, les chrétiens en étaient les principaux artisans, s'ils n'en étaient pas les seuls bénéficiaires. C'est pour cela qu'après la cité, on essaie de supprimer les artisans afin qu'ils ne rebâtissent jamais Babylone.

> *« Salomon n'était pas incrédule,*
> *mais les démons sont incrédules.*
> *Ils enseignent aux hommes la magie,*

et ce qui, à Babel[10]*, avait été révélé*
[...]
Les hommes savent
que celui qui fait l'acquisition des vanités
n'aura aucune part dans la vie future. »

(Sourate de la Vache, II, 102 [11].)

Le Coran a toujours le dernier mot. Tout à son stupre innocent, Beyrouth l'avait oublié... Mais elle s'est battue et elle se bat encore — seule — pour qu'au moins sur une parcelle d'elle-même « Liberté » ne devienne pas un vain mot.

Beyrouth - Paris, printemps-été 1984

10. Babel est le nom sémite de Babylone.
11. Voir note 13 p. 18.

ANNEXES

RELIGIONS ET RITES AU LIBAN

Aucun pays ne compte, eu égard au chiffre de sa population (environ 3 millions de citoyens résidents), un aussi grand nombre de communautés confessionnelles ou ethniques (20) et une aussi forte proportion de réfugiés étrangers (approximativement un demi-million, en majorité palestiniens).

Seize communautés sont officiellement « reconnues » (*) par l'Etat libanais et donc présentes dans son administration. Les plus importantes (▲) sont représentées au parlement en tant que telles, un siège étant, en outre, collectivement réservé aux minorités les moins nombreuses (●)[1] ne disposant pas de députés particuliers.

A – CHRISTIANISME

1. **Uniates**

– Maronites *▲

– Melkites (appelés aussi grecs-catholiques ou grecs-unis) *▲

– Arméniens catholiques *▲

– Chaldéens *●

– Syriaques-catholiques (ou syriens-unis) *●

– Latins (auxquels sont assimilés aussi les catholiques romains résidant en Orient) *●

1. Dans le Parlement élu en 1972 et toujours en place du fait de la guerre, les « minoritaires » sont représentés par un chrétien de rite latin.

2. **Orthodoxes**

– Grecs-orthodoxes *▲

– Arméniens-grégoriens (ou Arméniens orthodoxes) *▲

– Syriaques-orthodoxes (ou jacobites ou syriens-orthodoxes) *●

– Assyriens (ou nestoriens) *●

3. **Protestants**[2] ▲

– Trois obédiences : évangéliques-nationaux*,
épiscopaliens (ou anglicans) *,
synodaux syro-libanais

B – ISLAMISME

– Chiites (appelés aussi metoualis ou jaffarites) *▲

– Sunnites (ou musulmans-orthodoxes) *▲

– Druzes (ou unitaires) *▲

– Alaouites (ou noçairis ou ansariés)[3]

– Ismaéliens (ou chiites septimains)[3]

C – JUDAÏSME *● (en voie d'extinction)

– Séfarades

D – BAHAÏSME

Le Liban est l'un des rares pays du monde arabo-musulman où cette secte d'origine persane n'a pas été persécutée ou chassée, mais elle n'y est pas reconnue.

2. C'est un Arménien protestant qui représente actuellement à la Chambre les Eglises réformées.

3. Les alaouites et les ismaéliens n'ont pas encore de statut défini et sont censés être représentés par les autres musulmans.

LE « PACTE D'OMAR »

Ce document n'est sans doute pas dû, en tout cas pas tout entier, au premier calife de ce nom (VIIe siècle) comme certains auteurs l'ont prétendu, mais il a été appliqué pendant plusieurs siècles aux dhimmis (juifs et chrétiens) des pays islamiques et de nombreuses séquelles en subsistent dans la pratique de la plupart des Etats musulmans contemporains, où de plus les islamistes réclament maintenant, pour les non-musulmans, le rétablissement d'un statut semblable à celui de la « convention d'Omar » (Chourout Omar).

En voici quelques extraits significatifs, puisés dans la plus ancienne version connue, dite de Tourtouchi (auteur mort en 1126), d'un texte qui semble bien avoir été connu en Syrie dès la fin du VIIIe siècle. L'écrivain musulman d'Espagne Ibn Hazm (mort en 1064) en parle également dans ses œuvres.

« – Au nom d'Allah, le Bienfaiteur miséricordieux!

(...) – Nous ne construirons plus dans nos villes et dans leurs environs ni couvents, ni églises, ni cellules de moines, ni ermitages. Nous ne réparerons point, ni de jour ni de nuit, ceux de ces édifices qui tomberaient en ruine, ou qui seraient situés dans les quartiers musulmans.

(...) – Nous donnerons l'hospitalité à tous les musulmans qui passeront chez nous et les hébergerons durant trois jours.

(...) – Nous ne cacherons rien aux musulmans qui soit de nature à leur nuire.

– Nous n'enseignerons pas le Coran à nos enfants.

– Nous ne manifesterons pas publiquement notre culte et ne prêcherons pas. Nous n'empêcherons aucun de nos parents d'embrasser l'islam, si telle est sa volonté.

– Nous serons pleins de respect envers les musulmans. Nous nous lèverons de nos sièges lorsqu'ils voudront s'asseoir.

– Nous ne chercherons point à leur ressembler, sous le rapport des vêtements (...) ou par la manière de peigner nos cheveux.

(...) – Nous ne monterons point sur des selles.

– Nous ne ceindrons pas l'épée. Nous ne détiendrons aucune espèce d'arme et n'en porterons point sur nous.

– Nous ne ferons point graver nos cachets en caractères arabes.

– Nous ne vendrons point de boissons fermentées.

(...) – Nous ne ferons point paraître nos croix et nos livres sur les chemins fréquentés par les musulmans et dans leurs marchés. (...) Nous n'y élèverons pas la voix en présence des musulmans. Nous ne ferons pas les processions publiques du dimanche des Rameaux et de Pâques. (...) Nous n'enterrerons point nos morts dans le voisinage des musulmans.

– Nous n'emploierons pas les esclaves qui sont échus en partage aux musulmans.

– Nous n'aurons point de vue sur les maisons des musulmans.

– Telles sont les conditions auxquelles nous avons souscrit, nous et nos coreligionnaires, et en échange desquelles nous recevons la sauvegarde.

– S'il nous arrivait de contrevenir à quelques-uns de ces engagements dont nos personnes demeurent garantes, nous n'aurions plus droit à la *dhimma*[1] et nous serions passibles des peines réservées aux rebelles et aux séditieux. »

1. « Protection-assujettissement ».

LE « CATÉCHISME DRUZE »

Ce texte réputé secret, et dont les druzes nient l'authenticité en dépit de l'avis de tous les druzologues d'aujourd'hui et d'hier (parmi les traductions, de l'arabe au français, de ce document, on cite surtout celles dues à l'orientaliste Antoine Isaac Silvestre de Sacy en 1786 et au consul Henri Guys en 1863), est composé de 123 questions et réponses, un peu comme nos catéchismes. Il est destiné à apprendre les rudiments de la religions « unitaire » aux djohal *– les « ignorants » – qui forment la majorité des croyants druzes, en vertu des propres traditions de cette foi.*

*Voici quelques passages de ce « catéchisme » qui remonte à plusieurs siècles sans qu'il soit possible de le dater avec exactitude. L'emploi de certains termes (*pacha*, par exemple) permet à tout le moins d'affirmer que le catéchisme druze a été sinon écrit du moins remanié au* XVI*e* *siècle.*

Q. En quoi consiste la religion unitaire que suivent les druzes initiés (okkâl)?

R. Elle consiste à traiter d'infidèles toutes les autres sectes et religions (...).

Q. Comment est l'Evangile des chrétiens et qu'en disons-nous?

R. L'Evangile, c'est vraiment la parole du Christ-Seigneur qui est en réalité Salmane El-Farisi[1] (...) Le faux Messie, c'est celui qui est né de Marie, parce qu'il est fils de Joseph.

Q. Où se trouvait le Vrai Messie, lorsque le faux Messie était avec ses apôtres?

R. Il se trouvait avec lui, parmi ses apôtres. Il prêchait l'Evangile et enseignait le Messie, fils de Joseph. Il lui disait : « Fais ceci et cela », selon les prescriptions de la religion chrétienne. Il (le fils de Joseph) l'écoutait dans tout ce qu'il lui disait. Mais lorsqu'il a désobéi au Vrai Messie, celui-ci a mis de la haine dans les cœurs des juifs qui l'ont crucifié.

Q. Qu'est-il advenu de lui après la crucifixion?

R. Ils l'ont mis dans un tombeau. Le Vrai Messie est venu le voler du tombeau et l'a enterré dans le jardin et il a dit aux gens : le Christ a ressuscité d'entre les morts.

Q. Est-ce pour réfuter l'incrédulité qu'il a fait cela?

R. Il a fait cela afin que les unitaires [les druzes] puissent se cacher sous le voile de la religion du Christ et que personne ne se rende compte de leur existence.

Q. Comment se fait-il que les chrétiens ne sont pas entrés dans la religion unitaire?

R. Afin de montrer l'action de Dieu qui est El-Hakem[2] : il fait ce qu'il veut et comme il veut.

Q. Que signifie « la suppression du jeûne » (...)?

R. Notre Seigneur l'a supprimé parce que (Mahomet) l'avait imposé. Le jeûne qui consiste à briser l'âme est acceptable; de même que l' « aumône » (*zakât*); mais elle doit être faite uniquement en faveur des unitaires. Elle n'est jamais permise en faveur des autres. (...)

Q. Quand nous rencontrons des gens d'une autre confession que la nôtre, que faire?

R. On toussote, car le toussotement en présence des croyants est bénédiction, et en présence des incroyants, il est malédiction : pour les sunnites, 40 malédictions; pour les chiites, 50; pour les chrétiens, 30; et pour les juifs, 20. Pour les

1. Personnage également présent dans la croyance alaouite. Voir p. 90.
2. Calife chiite d'Egypte, fondateur du druzisme vers l'an mil.

autres, autant que l'on veut. Le toussotement est malédiction pour les polythéistes. Quant aux femmes, elles diront « *bakh, bakh* », parce que le toussotement ne convient pas aux femmes.

Q. Comment faut-il nous conduire avec les chrétiens et avec les musulmans?

R. Dans la promesse qu'on doit écrire, nous avons pris l'engagement de dire : « Nous n'adorons que notre Seigneur ». Ceci dans le for intérieur et entre nos frères les unitaires. Quant au for extérieur et avec les polythéistes, il faut nous en tenir à ce qu'a dit notre Seigneur : « Conservez-moi dans vos cœurs ». Et il nous a donné un exemple : quand quelqu'un se vêt d'un vêtement blanc ou noir, ou rouge ou vert, son corps reste le même, qu'il soit sain ou malade. Ce vêtement n'y fait rien : il ne change pas le corps. Cela signifie que les autres religions sont comme le vêtement et la vôtre c'est comme le corps. Revêtez-vous de ce qui vous semble convenable et faites semblant ostensiblement d'être de la religion qui vous plaira et que vous voulez. (...)

Q. Comment doit être notre conversation avec les gens d'une autre confession? (...)

R. (...) Là où il y a des chrétiens, soyez avec eux, et si les musulmans prennent le dessus, soyez musulmans, parce que Notre Seigneur [El-Hakem] nous a ordonné que : « *Toute confession qui triomphe de vous, suivez-la et conservez-moi dans vos cœurs* ».

LETTRES DE PROTECTION

accordées au Reverendissime Patriarche d'Antioche,
& à la Nation des Maronites,
par le Roy de France Louis XIV.
Du 28 avril 1649.

Louis par la grace de Dieu Roy de France et de Navarre : A tous ceux qui ces présentes Lettres verront : Salut. Sçavoir faisons : Que par l'advis de la Reyne Regente notre très-honorée Dame et Mére, qu'ayant pris et mis, comme Nous prenons et mettons par ces présentes signées de Notre main, en notre Protection et Sauve-garde spéciale, le Reverendissime Patriarche, et tous les Prélats, Ecclesiastiques et Seculiers, Chrétiens Maronites, qui habitent particulièrement dans le Mont-Liban : Nous voulons qu'ils en ressentent l'effet en toutes occurrences; et pour cette fin, Nous mandons à notre Ambassadeur en Levant, et à tous ceux qui lui succederont en cet emploi, de les favoriser, conjointement ou séparément, de leurs soins, offices, instances et protection, tant à la Porte de notre très-cher et parfait Ami le Grand Seigneur [Turc], que partout ailleurs que besoin fera, en sorte qu'il ne leur soit fait aucun mauvais traitement, mais au contraire qu'ils puissent librement continuer leurs Exercices et Fonctions spirituelles. Enjoignons aux Consuls et Vice-Consuls de la Nation Françoise établis dans les Ports et Echelles du Levant, ou autres arborans la Baniére de France, présents et à venir, de favoriser de tout leur pouvoir ledit Sieur Patriarche et tous lesdits Chrétiens Maronites dudit Mont-Liban et de faire embarquer sur les Vaisseaux François ou autres, les jeunes hommes et tous autres Chrétiens Maronites qui y voudront passer en Chrétienté, soit pour y étudier ou pour quelqu'autre affaire, sans prendre ni exiger d'eux que le Nolis qu'ils leur pourront donner, les traitant avec toute la douceur et charité possible. Prions et requerons les Illustres et Magnifiques Seigneurs, les Pachats et Officiers de Sa Hautesse, de favoriser et assister le Sieur Archevêque de Tripoly, et tous les Prélats et Chrétiens Maronites, offrant de notre part de faire le semblable pour tous ceux qui Nous feront recommandez de la leur. Donné à Saint-Germain-en-Laye, le vingt-huitième jour d'Avril mil six cens quarante-neuf, et de Notre Régne le sixième[1].

Signé, LOUIS. Par le Roy, la Reyne Regente sa Mére présente.

1. Louis XIV avait alors 11 ans et le gouvernement était exercé par sa mère la régente Anne d'Autriche.

DISCOURS
DU GÉNÉRAL HAFEZ EL-ASSAD,
président de la République arabe syrienne
AUX CONSEILS PROVINCIAUX.
Damas, 20 juillet 1976

(...) Le Liban nous préoccupe et préoccupe avec nous la région et le monde entier. Les événements du Liban nous concernent et concernent le monde arabe au moins autant que le Liban. A dessein, les conspirateurs brouillent le jeu et le rendent insidieux et complexe.

(...) Quand la crise libanaise a éclaté [en 1975], nous savions quels étaient ses objectifs : camoufler l'accord [égypto-israélien] sur le Sinaï, liquider la résistance [palestinienne], partager le Liban et embarrasser la Syrie. (...) La conspiration visait toute la région, mais plus spécialement la Syrie. Pouvions-nous nous dérober quand nous étions directement mis en cause? *La Syrie et le Liban ont formé tout au long de leur histoire un seul peuple, un seul pays*[1]. Nous avons autant de cousins de ce côté de la frontière que de l'autre côté... Veut-on une preuve de cette communauté d'intérêt? Un demi-million de Syriens vivaient au Liban avant les incidents : des médecins, des commerçants, des ouvriers. Depuis la crise, ils sont revenus, augmentés d'un demi-million de Libanais et de 150 000 Palestiniens.

1. Affirmation pour le moins hasardeuse dans la mesure où la Syrie, sous l'Empire ottoman, pour ne pas remonter plus loin, était une simple province turque, tandis que le Liban jouissait d'un statut spécial d'autonomie très poussée, ses émirs druzes ou maronites traitant directement avec l'étranger, et son patriarche maronite étant non soumis au pouvoir califal, contrairement aux autres patriarches orientaux.

(...) Au-delà de nos frontières, on continue à crier contre nous. On cherche querelle à la Syrie, en feignant d'oublier que le partage du Liban est précisément un des objectifs historiques du sionisme, moins en raison d'un intérêt militaire ou stratégique que dans un dessein idéologique et politique. Il faut à l'ennemi de petits Etats témoins dans la région pour faire tomber définitivement la proposition d'un Etat démocratique et laïque [en Palestine]. Qu'on se rappelle quel grand service on avait rendu à Israël en claironnant partout qu'on voulait jeter les juifs à la mer!

Tout Etat démocratique embarrasse Israël. Un Liban fractionné favoriserait tellement les arguments d'Israël contre l'Etat laïc! Le partage du Liban réduirait à néant l'accusation de racisme qu'Israël a méritée par un amalgame de citoyens se reconnaissant entre eux par le seul lien de la religion. Le Liban divisé en petits Etats confessionnels justifierait l'argumentation et les prétentions d'Israël. Le coup serait fatal à l'Islam et à l'arabisme. Notre tâche est de veiller précisément à empêcher les conspirateurs d'embarquer l'Islam et les Arabes dans une telle galère.

La conspiration contre le Liban vise les chrétiens et les musulmans engagés dans un même combat contre un même ennemi.

(...) Nous avons tout fait politiquement et militairement pour circonscrire le feu.

Il y eut un moment où le front de la résistance [palestinienne] et des partis [libanais] se faisant appeler nationaux se déclarait menacé d'effondrement. Il alla jusqu'à lancer des cris de détresse. Vers la mi-janvier [1976], se tenait le sommet d'Aramoun [près de Beyrouth]. Notre ministre des Affaires étrangères [Abdelhalim Khaddam] fut prié instamment d'intervenir auprès du président Soliman Frangié pour faire cesser le combat. Une demi-heure plus tard, nouvel appel. Je refusai d'y donner suite en faisant observer qu'ils devaient résister et qu'ils avaient tout pour le faire. Leurs appels m'avaient intrigué : *je savais que la résistance [palestinienne] avait plus d'armes que l'armée libanaise elle-même*; celle-ci ne participait pas, du reste, au combat.

(...) L'effort politique autant que les fournitures d'armes s'étant révélés inopérants, il ne nous restait plus qu'à intervenir directement. Nous en débattîmes au commandement. Nous étions placés devant un dilemme : si nous n'intervenions pas, la résistance [palestinienne] s'écroulait; si nous intervenions, nous la sauvions, mais au risque d'une guerre avec Israël. La difficulté fut néanmoins tournée, en agissant sous le couvert de l'Armée de libération de la Palestine[2]. Ceux qui se flattent aujourd'hui de parler au nom de la Palestine[3] n'avaient pas été mis dans le secret. Peu leur importait de savoir, d'ailleurs, comment ils avaient été sauvés!...

Après le sommet [musulman] Aramoun, les chefs des partis nationaux n'eurent rien de mieux à faire que de prendre le chemin de Damas en quête de secours. Kamal Joumblatt, notamment, vint à Damas : il était visiblement démoralisé. Je les rassurai tous : « Nous vous soutiendrons, leur ai-je dit. Nous sommes déjà à vos côtés; l'A.L.P. et d'autres forces ont pénétré au Liban. »

En leur présence et séance tenante, j'eus une conversation téléphonique avec le président Frangié. Que cet homme loyal m'excuse de ce que je vais révéler : – « Il y a des forces syriennes qui ont pénétré au Liban », me dit le président sans reproche.

Je lui répondis : – « Vous savez quelle est notre position de principe à l'égard des Palestiniens. Il y a une ligne rouge à ne pas franchir. »

(...) Restait la résistance [palestinienne] : que voulait-elle au juste? Ses chefs étaient venus à Damas, Yasser Arafat en tête, pour rédiger de leurs propres mains leurs desideratas. L'autorité libanaise, informée par nous, accéda à toutes leurs demandes.

Le président Assad donne alors lecture des conditions posées au Liban et obtenues de lui par les chefs palestiniens. « Le brouillon est écrit par eux-mêmes », précise-t-il.

1° – L'Organisation de libération de la Palestine représente seule le peuple palestinien.

2° – Elle est responsable des camps.

3° – Elle est responsable de sa propre sécurité.

4° – Interdiction d'attenter à la présence palestinienne ou à la sécurité de la résistance.

Ces conditions étaient-elles toutes indispensables à la sécurité de la résistance? On est en droit d'en douter. Et pourtant le président Frangié les avait acceptées!

Que veut de plus la résistance [palestinienne]? Cette résistance qui, à l'heure actuelle, au Liban comme sur la scène

2. Milice palestinienne d'obédience syrienne.

3. Allusion à Yasser Arafat et à ses partisans.

internationale, se bat pour des objectifs qui ne sont pas les siens, mais très visiblement pour le compte des autres, aux dépens du peuple palestinien!

Pour en revenir au Liban, le « document constitutionnel » avait accordé aux partis nationaux [à dominante musulmane] 95 % de leurs revendications. Nous avons dû intervenir pour y ajouter une clause que les partis nationaux avaient négligée : la clause qui confirme l'appartenance arabe du Liban.

Là encore, l'autorité libanaise se montra coopérante : elle souscrivit à tous les points.

(...) La crise se poursuivait donc par la volonté de ceux auxquels le retour à la sécurité faisait perdre le bénéfice de leurs subventions et de leurs soldes.

Cependant, un répit de cinquante jours suivit la publication du document constitutionnel.

(...) Les combats reprirent avec plus de violence [au printemps 1976]. On exigeait le départ immédiat du président Frangié. Yasser Arafat intervint alors pour me demander de donner audience à Kamal Joumblatt, que nous reçumes, alors qu'il persistait à accroître l'intensité des combats : « Nous vous avons soutenu politiquement et militairement, lui avons-nous dit, mais vous n'avez pas été en état de résister. Nous avons dû entrer au Liban au risque de déclencher une guerre avec Israël. »

(...) Joumblatt ergota. Selon lui le document serait vague, ambigu. Je lui expliquai que c'était un document de base, appelé à être traduit, le moment venu, par des lois et des règlements précis.

Il parla d'un Etat laïc. Je lui fis observer que les Kataëbs plaidaient avec plus d'ardeur encore le dossier de la laïcisation de l'Etat, mais que le mufti Khaled [sunnite] et l'imam Sadr [chiite] s'étaient récriés contre cette atteinte à l'essence de l'islam.

– « Les chefs musulmans, m'a répondu Joumblatt, ne représentent rien du tout! »

– « Ce n'est pas une question de représentation, lui ai-je dit, mais une atteinte aux bases mêmes de l'islam. »

Puis, parlant d'autre chose, il me dit :

– « Laissez-nous donc corriger [les chrétiens]. Voilà 140 années qu'ils nous gouvernent. Nous voulons nous en débarrasser. »

Joumblatt venait de jeter bas le masque. Ce n'était donc pas une question de gauche et de droite, ou de chrétienté et d'islam, mais un désir de vengeance qui remonte à 140 années![4]...

(...) Joumblatt s'en fut, courroucé et résolu à se battre. Nous ne pouvions plus composer avec lui.

(...) Nous avons dû [en mai-juin 1976] faire avancer nos forces en direction de Beyrouth. Sur l'insistance des Algériens et des Libyens, nous les avons immobilisées en chemin. Les chefs de la résistance [palestinienne] poussaient de nouveaux cris (...). Nos forces envoyées au Liban étaient constituées uniquement de fantassins. Elles n'étaient pas accompagnées de blindés; nos avions n'avaient bombardé nulle part au Liban.

(...) Cette magnanimité a nui à nos soldats. Jamais personne n'a causé autant de tort à nos troupes [que les Palestiniens]. Présents depuis trois ans dans les camps palestiniens à Beyrouth, à Tripoli, pour aider ces camps à repousser les raids éventuels de l'ennemi, nos soldats ont été en partie massacrés et en partie arrêtés. A Tell-Zaatar même, nous avions des soldats qui ont été capturés ou tués. A Sidon, la résistance [palestinienne] a massacré nos soldats qui la protégeaient contre l'ennemi!

Telle a été notre récompense!

Reconnaissons-nous là les mœurs des Arabes et de l'Islam?

Une compagnie envoyée par nous avait fait son entrée dans Sidon aux acclamations de la population. Les femmes, les enfants couvraient nos soldats de fleurs... Lorsque des coups de feu éclatèrent, tirés par les francs-tireurs des organisations palestiniennes, qui fauchèrent, avec nos soldats, les femmes et les enfants.

Cette image donne une idée exacte de leur style!...

Comme il nous eût été facile de riposter, et d'en tuer autant que nous voulions!

(...) Je retrouve dans mes procès-verbaux d'audience des documents qui décrivent fidèlement notre comportement et nos contacts avec les puissances : ainsi le procès-verbal d'une audience du 16 octobre 1975, accordée à l'ambassadeur des Etats-Unis à Damas : « Contrairement aux rumeurs en cours,

4. Entre 1840 et 1860 la paysannerie maronite secoua le joug de la féodalité terrienne. Les druzes réagirent par des massacres de chrétiens qui suscitèrent une intervention militaire de Napoléon III. Maronites et druzes conservèrent ensuite leur autonomie mais sous l'égide d'un gouverneur chrétien non libanais choisi par Constantinople.

l'Amérique, me dit-il, n'appuie pas la fraction chrétienne dure au Liban. L'Amérique n'est pas indifférente pour autant au sort des chrétiens. Elle estime que la solution recherchée au Liban devrait garantir les intérêts des chrétiens modérés. » L'ambassadeur ajouta qu'Israël verrait une menace dans toute intervention étrangère au Liban. (...) Ma réponse à l'ambassadeur a été celle-ci : – « Nous ne pouvons que nous intéresser au Liban arabe, qu'il soit chrétien ou musulman. (...) »

L'Amérique s'intéresse-t-elle vraiment aux problèmes de la religion? Croyante, elle devrait s'en prendre aux juifs qui ont crucifié le Christ! Israël n'a pas à intervenir au Liban. Le Liban est un pays arabe, comme la Syrie. Les Arabes forment une seule nation. Israël est un intrus dans la région. Israël pourra toujours trouver des prétextes pour justifier son intervention. »

(...) Qu'on se le tienne pour dit :

1) La Syrie a été et sera toujours le phare qui éclaire la route de tous les militants arabes.

2) Nous ne sommes pas prêts à marchander ou à brader nos droits ou nos principes.

3) C'est nous qui représentons la grandeur de la nation arabe. (...)

LE DERNIER DISCOURS DE BÉCHIR GEMAYEL

Il s'agit d'un message improvisé par le président élu du Liban, Béchir Gemayel, le 14 septembre 1982, quelques heures avant l'attentat qui devait lui coûter la vie. Ce discours a été prononcé à la maison générale des Sœurs franciscaines de la Croix (à Jal-el-Dib, au nord de Beyrouth), dont c'était la fête liturgique (Exaltation de la Sainte-Croix).

(...) Ne croyez pas que tout ce que nous avons subi s'est terminé par un coup de baguette magique, ou par un miracle. Si tout cela se termine aujourd'hui, c'est parce que des gens se sont sacrifiés, ont lutté, ont réfléchi à des solutions.

(...) Si vous me le permettez, je voudrais remercier les religieuses pour les drapeaux qu'elles nous ont confectionnés (...). Ces petits drapeaux confectionnés à l'ouvroir, c'étaient bien les étendards pour lesquels sont morts en martyrs de jeunes Libanais et de jeunes chrétiens – pour que nous parvenions aujourd'hui à cette situation : nous, en tant que chrétiens, au Liban, au nom de tous les chrétiens d'Orient, nous pouvons dire : « Le Liban n'est pas un foyer national chrétien, mais le Liban est une patrie pour les chrétiens, pour d'autres que nous s'ils le veulent, mais ce qu'il y a de sûr, c'est que c'est une patrie pour nous. » Nous devons le protéger, pour pouvoir reconstruire nos églises quand et comme nous le voudrons.

Yasser Arafat a transformé l'église de Damour en garage; nous lui pardonnons, nous reconstruirons l'église de Damour, bien qu'ils l'aient salie et profanée, bien qu'ils en aient défiguré toutes les caractéristiques chrétiennes. Nous la reconstruirons. Peut-être que si nous étions en Egypte ou en Syrie, nous n'aurions pas eu le droit de le faire. Ni reconstruire ni réparer aucune église exposée à la destruction.

Nous voulons être toujours présents dans cet Orient, *pour que les cloches de nos églises sonnent quand nous le voudrons*, pour les joies ou pour les peines. Nous voulons baptiser à notre convenance. Nous voulons pratiquer nos traditions et nos rites, notre foi et nos convictions à notre convenance. Nous devons pouvoir pratiquer notre christianisme dans cet Orient. Même si nous sentons que souvent, ce témoignage nous est imposé, ce témoignage, nous ne l'esquiverons pas. Nous témoignerons de notre christianisme au Liban, nous témoignerons de notre christianisme dans le monde à une époque où ce monde n'a plus de chrétien que le nom ou quelques symboles. Mais aujourd'hui, ce qu'il y a de plus profond dans le christianisme sort du Liban, car nous avons payé avec notre sang le prix de notre foi, de nos croyances, de nos valeurs et de nos traditions. C'est nous, aujourd'hui, qui témoignons pour tous les chrétiens du monde, à la manière des premiers chrétiens, au temps de Rome, qui mouraient pour témoigner de la religion et de la foi chrétiennes.

Il est certain que je suis le président de *tout* le Liban. Il est certain que je suis responsable de chaque Libanais vivant sur le sol de cette patrie et des Libanais qui se trouvent à l'étranger. Je suis responsable des institutions de l'Etat et du pays. Les institutions du pays sont libanaises. Elles ne sont ni chrétiennes ni musulmanes. Mais nous ne devons pas oublier que moi, à l'âge de 34 ans, je sors des rangs de la résistance libanaise, qui fut une résistance exclusivement chrétienne à un moment donné, qui fut une résistance chrétienne pendant huit ans, et qui a réussi aujourd'hui à être une résistance libanaise dans tous les sens que le mot « libanais » comporte.

Aujourd'hui, il est demandé à chaque Libanais de résister à tout étranger, de résister à tout occupant, de résister à tout agresseur qui essaient, de près ou de loin, de falsifier les apparences de la civilisation, du patrimoine, des convictions sur la terre libanaise. Car le Liban, pour être authentiquement tel que nous le voulons, est nécessairement la patrie de la liberté et de la civilisation. Sinon, nous serions comme le

Yémen ou comme tout autre pays où il n'y aurait aucune justification, aucune raison à notre existence.

Si nous, en tant que partie chrétienne dans cet Orient, nous n'étions pas différents des autres, et si nous n'avions pas un pays, et je le répète, pas un foyer national chrétien, mais véritablement un pays pour les chrétiens, où nous puissions vivre le front haut, sans que quelqu'un ne vienne nous ordonner « va à gauche » comme au temps des Turcs, lorsqu'on vous disait « prenez la file de gauche » parce que nous étions chrétiens, et sans que l'on nous oblige à mettre n'importe quel signe sur notre corps ou sur nos vêtements, pour que les autres sachent que nous sommes chrétiens, ou que nous soyons des citoyens vivant en dhimmis[1]. Nous, nous refusons désormais de vivre dans la dhimmitude. Nous, nous ne voulons plus vivre sous la protection de quiconque. Nos martyrs nous ont défendus. Nos martyrs ont défendu notre liberté et notre présence dans cet Orient.

Après huit années où le monde entier nous a niés, où le monde entier nous a vendus, où le monde entier nous a ignorés, quand nous avons été victorieux, tous sont devenus nos amis, tous ont cherché à se rapprocher de nous.

Nous sommes ici, et pour l'avenir, nous devons coopérer avec tout le monde, sans aucun complexe d'aucune sorte.

(...) Nous ne sommes pas sous-développés. Nous ne sommes pas des bédouins. Nous ne possédons pas de chameaux. Nous avons 6 000 ans de civilisation, et ces 6 000 ans de civilisation, nous en sommes fiers. Et nous savons très bien ce qu'il faut faire pour les sauvegarder.

(...) Nous sommes un peuple qui a été menacé dans son existence même plus que dans sa liberté. 5 000[2] de nos jeunes gens sont morts pour que ce Liban-là reste libre et garde la tête haute.

(...) Ceci nous montre à quel point nous pouvons l'emporter, lorsque nous nous comportons comme il se doit, nous, en tant que chrétiens, et surtout, en tant que maronites. Je m'excuse auprès de mon beau-frère (ici présent) qui est orthodoxe... Je parle de la maronité politique, à laquelle croit chaque chrétien du Liban, à laquelle croient tous les chrétiens d'Orient. Quand cette maronité politique sait ce qu'elle vaut et ce qu'elle veut,

1. Chrétiens et juifs dans la société islamique.
2. Il s'agit des seuls combattants des Forces Libanaises (chrétiennes).

alors elle est à la hauteur de la situation. (...) Parce que ce pays a été bâti sur les libertés, et les libertés, c'est nous qui les représentons, c'est nous qui les défendons, et c'est nous qui en sommes responsables.

L'expérience que nous avons traversée au cours de ces huit dernières années, lorsque les obus pleuvaient sur nos têtes, lorsque nous ne pouvions rester en sécurité dans nos maisons, lorsque nos enfants étaient à chaque minute exposés au pire, lorsque tout le pays était exposé à toutes sortes de périls, lorsque tous ceux qui aujourd'hui nous appuient se lavaient alors les mains du sang de ce juste que nous étions, lorsque nous traversions les pires difficultés, nous restions malgré tout debout, la tête haute, nous gardions le sourire aux lèvres, nous gardions un grand espoir au cœur.

(...) De la même manière que nous avons gagné nos batailles militaires, nous sommes aujourd'hui en train de remporter nos batailles politiques. De la même manière que nous avons gagné notre résistance, nous devons gagner tout le Liban, ou plutôt, comme quelqu'un d'autre l'a dit tout à l'heure, les 10 452 km^2. Nous gagnerons tout ce pays. Ce pays doit être à tous ses fils, toutes confessions, croyances et sentiments confondus. Mais, essentiellement, ce pays doit être pour la société chrétienne d'Orient un havre de sécurité et de tranquillité, car nous ne sommes nullement disposés à émigrer aux Etats-Unis, ni en Europe. Nous ne sommes nullement disposés à prendre « la file de gauche », ni à nous mettre à genoux ni à perdre.

Nous voulons vivre ici la tête haute. Cela, aujourd'hui, relève de la responsabilité de l'Etat libanais. C'est lui qui doit soulager le peuple, assumer les institutions privées, civiles et paramilitaires. Ces dernières ont poussé comme des champignons au cours des huit années de guerre. Mais ceci est une situation qui n'est pas normale, et l'Etat doit aujourd'hui défendre la paix et la sécurité de chaque citoyen libanais.

(...) J'espère aussi que dans l'avenir il nous sera donné une plus grande compréhension politique du sens de la lutte que nous avons menée, du sens de la résistance que nous avons menée. Que la réalité de notre lutte soit estimée à sa juste valeur, que dans les instances et institutions internationales, il y ait une plus grande compréhension de la lutte que mènent les chrétiens du Liban! Nous n'avons agressé personne. Nous ne nous sommes attaqués à personne. C'est Yasser Arafat qui nous a défiés à Beyrouth, et non pas nous qui l'avons défié en Palestine. Ce sont les Syriens qui nous ont défiés à Beyrouth et non pas nous qui les avons défiés à Damas. Jusqu'aujourd'hui, ils nous défient dans le Nord et dans la Békaa. Ce n'est pas nous qui les défions chez eux. Il faut que le monde entier commence à comprendre cela. Le Liban n'a jamais été l'agresseur. Le Liban a toujours été l'agressé. Chaque fois que nous avons été agressés, nous nous sommes défendus. (...)

LES NEUF « RÉSOLUTIONS-CADRES »
DU CONGRÈS CHRÉTIEN GÉNÉRAL

Ce document a été élaboré par le congrès chrétien en janvier 1984 à Bkerké (Liban), siège du patriarcat maronite; il est conçu comme « un point de départ pour un dialogue à l'échelle nationale avec les représentants de l'Islam religieux et politique ».

– « Premièrement – Le Liban, dans ses frontières délimitées par la Constitution et reconnues internationalement, est une patrie définitive, souveraine, libre et indépendante qui rejette toute occupation étrangère ou tout démembrement, toute partition ou toute implantation étrangère. Le Liban est ouvert sur le monde, il entretient des relations avec toute nation qui respecte son entité et son patrimoine et ce, dans le cadre de l'intérêt national supérieur.

– Deuxièmement – Le Liban est un carrefour de civilisations, de cultures et de religions. Il est un et unifié, terre, peuple et institutions. Il appartient à tous ses fils résidents ou émigrés. Ils lui doivent tous totale allégeance comme ils ont tous droit de participation à la vie politique et sociale.

– Troisièmement – Le régime du pouvoir au Liban est républicain, démocratique, parlementaire. Il respecte toutes les religions et il garantit la liberté du culte, sans toutefois avoir de religion d'Etat. Il consacre les droits de l'Homme et les libertés fondamentales. Aucune majorité n'y opprime une minorité, et aucune minorité n'y tyrannise une majorité. Il cultive les principes de la justice, de l'égalité des chances entre tous les Libanais, sans discrimination. Il permet à toute fraction de citoyens de réaliser sa personnalité propre et spécifique, dans le cadre de la Constitution et à l'ombre de la loi.

– Quatrièmement – Libérer toutes les régions libanaises des occupations qu'elles subissent et de toute présence étrangère non légale. Abolir tout ce qui est contraire à la souveraineté nationale et à la légalité, ainsi que tout ce qui s'oppose au droit de l'Etat de disposer seul de forces armées pour protéger les frontières et l'ordre en dispensant la sécurité et en assurant l'autorité de la loi sur tous les Libanais et autres résidents.

– Cinquièmement – Etablir une politique étrangère sur des bases claires mettant le Liban à l'abri de toute satellisation et de tout risque d'effritement en prenant soin d'empêcher les immixtions de n'importe quelle nation étrangère dans les affaires intérieures du pays. Le Liban est membre fondateur et actif des Nations-Unies; il en respecte la charte et la proclamation universelle des droits de l'Homme. Il est membre fondateur et actif de la Ligue arabe, édifiant sa coopération avec les autres pays membres sur le respect mutuel de l'indépendance, de la souveraineté et des lois de tout Etat.

– Sixièmement – Proposer le principe de la laïcisation et la suppression du confessionnalisme dans un dialogue national franc.

– Septièmement – le Liban reste attaché au régime d'économie libre qui se fonde sur l'initiative privée, l'accent étant mis sur le rôle d'organisation, de contrôle et de planification de l'Etat, afin d'empêcher l'exploitation abusive, et pour réaliser un développement global harmonisé, dans le cadre d'une justice sociale s'étendant à toutes les régions et à toutes les fractions.

– Huitièmement – Affirmer le droit de tout Libanais déplacé à rentrer dans son bien, reprendre possession de son lieu initial de résidence et de ses sources de revenu, en lui donnant tous les moyens voulus pour exercer ce droit, sans condition et sans atermoiement, afin de contrer le complot qui vise à la répartition démographique sur des bases confessionnelles.

Les participants, ont confié à S.B. le patriarche maronite Khoreiche, à LL.BB. les autres patriarches et à l'ensemble des chefs religieux le soin d'œuvrer en vue d'un congrès de dialogue national christiano-islamique, dans un climat de compréhension et de coopération pour sauver le Liban et en consacrer les fondements ».

DÉCLARATION ISLAMISTE SUR LE LIBAN

Ce document, distribué en 1985 dans plusieurs régions libanaises, et notamment à l'aéroport international de Beyrouth-Khaldé, sous le timbre du « mouvement islamique au Liban » est composé de slogans lancés dans plusieurs mosquées et dus, dans certains cas, à l'ayatollah Khomeiny ou à des cheikhs intégristes libanais sunnites ou chiites.

Tous les adeptes de l'islam doivent exiger la fondation d'une République islamique au Liban car le régime libanais est illégitime et criminel.

Imam Khomeiny

Le Liban est un pays d'islam et les musulmans y représentent la majorité démographique. Le but de la lutte du peuple musulman au Liban doit consister en la fondation d'un régime islamique se référant au Coran et aux lois de l'islam, qui assurent les droits des minorités.

Les dirigeants non musulmans du Liban sont des agents de l'Occident, et préfèrent l'occupation du Liban par Israël à un Etat représentant la majorité islamique. La faiblesse et la lâcheté ont abouti par le passé à un pouvoir de blasphémateurs dans ce pays.

Le président de la République libanaise doit être musulman.

La pensée maronite au Liban comporte tout ce que l'impérialisme a suggéré et celui qui conçoit une autre vie que celle sous le pouvoir islamique ne fait que blasphémer d'après les textes coraniques.

Cheikh Saïd Chaabane (sunnite)

L'impérialisme occidental a fondé un Etat raciste au Liban. Le seul moyen pour fonder une République islamique est la mobilisation de plus en plus de jeunes musulmans autour des leurs en religion islamique.

Cheikh Mohamed Ali El Jouzou (sunnite)

Le régime libanais actuel est laïque, arriéré et rétrograde, nous devons proclamer sa chute.

Cheikh Mohamed Chamseddine (chiite)

Nous affrontons le régime en place car il est le résultat de la vanité. Aucun raccommodage ou réforme n'est possible avec un tel régime. Le seul choix consiste à le déraciner. Nous vous appelons tous à choisir un régime islamique qui garantit seul la justice et la dignité.

Hezbollah (« Parti de Dieu »)

LE LIBAN DES CONFESSIONS

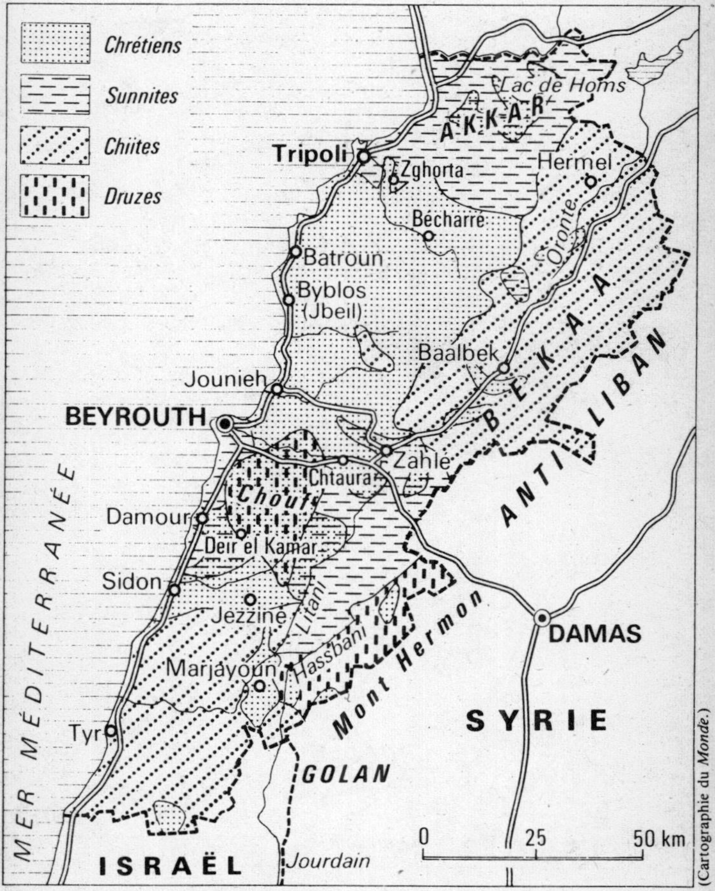

Cette carte ne tient compte ni des déplacements de population intervenus depuis 1975 ni des résidents ou occupants étrangers.

LE LIBAN « MILITAIRE »

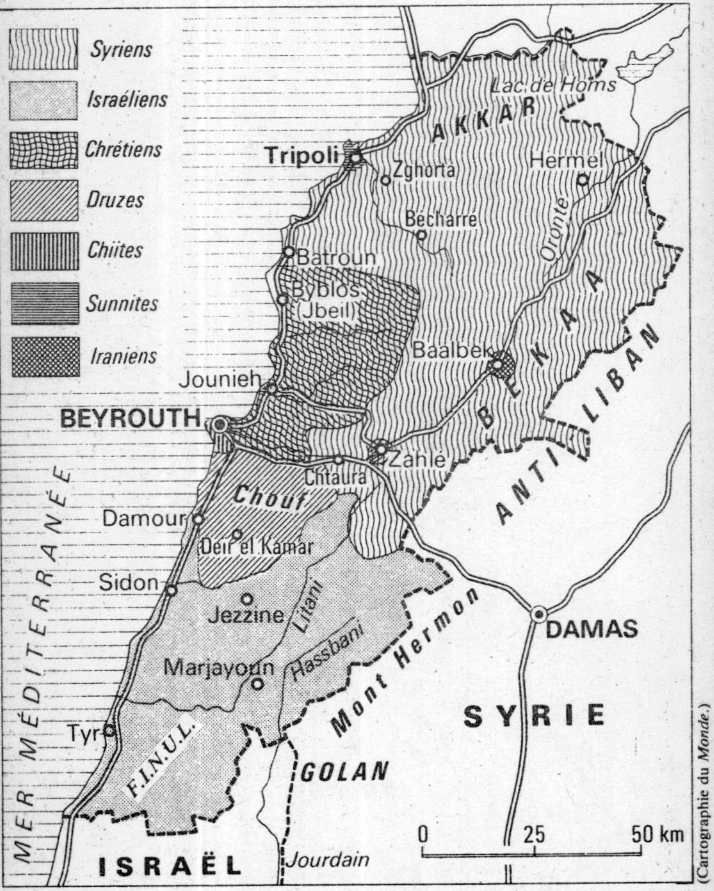

Situation au 1er octobre 1984 (la Force intérimaire des Nations unies au Liban — F.I.N.U.L. —, qui se trouvait déployée depuis 1978 dans le sud du pays, y est restée après l'occupation de cette région par Israël en 1982).

INDEX DES NOMS
DE PERSONNES CITÉES

M

N

O

P

R

TABLE DES MATIÈRES

DU MÊME AUTEUR

Chez d'autres éditeurs

LE « ROYAUME ARABE » OU L'ALGÉRIE SOUS NAPOLÉON III, Université de Genève, 1974.

« LE CAIRE, NEUF MILLIONS DE VILLAGEOIS » *in* CITÉS GÉANTES, Fayard, 1978.

LE RADEAU DE MAHOMET, Lieu Commun, 1983; Flammarion, 1984.

ASSASSINAT D'UN POÈTE, *suivi d'un inédit de Jean Sénac* (HEURES DE MON ADOLESCENCE), Jeanne Laffitte, 1983.

À paraître :

UN RÊVE ARABE DE LA FRANCE, Lieu Commun.

NOUVELLES NOUVELLES ORIENTALES, Lieu Commun.

Impression Brodard et Taupin
à La Flèche (Sarthe),
le 23 août 1985.
Dépôt légal : août 1985.
Numéro d'imprimeur : 6311-5.
ISBN : 2-07-032313-7 / Imprimé en France